JACKIE ET LEE

Critique littéraire pour de nombreux magazines, Stéphanie des Horts est aussi lectrice et traductrice. Elle a publié à ce jour neuf romans, traduits dans plusieurs langues. Elle aime régner sur un monde fascinant, un privilège de la littérature.

Paru au Livre de Poche :

PAMELA

LA PANTHÈRE

LES SŒURS LIVANOS

STÉPHANIE DES HORTS

Jackie et Lee

ALBIN MICHEL

ISBN : 978-2-253-93475-2 – 1re publication LGF

À mes parents, qui ont eu la délicatesse
de ne pas me donner de sœur…
mais un frère formidable.

« Never too rich, never too slim. »

Wallis Simpson

Moi, Lee Bouvier

— Caprice, attends-moi ! Ne tire pas aussi fort sur ta laisse, je vais tomber !

Caprice m'arrive presque au nombril. Il est noir, comme des boutons de bottine. C'est papa qui dit ça. Avec une petite langue rose et mouillée. Et des oreilles pointues, dressées en l'air. Parfois elles retombent. Caprice, c'est mon chien et je l'aime d'amour. Comme mon frère. Sauf que je n'ai pas de frère. Comme mon enfant. Souvent, à Lasata, je le promène dans une poussette. Il adore ça, il ne remue pas trop. Lasata, c'est la maison de Grampy Bouvier, là-bas à East Hampton au bord de l'Océan. C'est le paradis, Lasata. Parfois on y reste très longtemps avec maman, Grampy et tous les cousins. Papa arrive pour le week-end. Jackie et moi, on va le chercher à la gare. Il y a le train de Manhattan qui siffle, c'est le Cannonball. On l'entend de très loin, on sait que c'est lui, on sait que papa va apparaître, on se précipite en criant « Papa ! ». Il descend, immense, élégant, les gens le regardent, admiratifs. Jackie court plus vite, Jackie est dans ses bras la première. Et puis elle bat des pieds pour que je ne puisse pas m'accrocher à lui. Aujourd'hui j'ai mis les chaussures de maman, elles sont trop grandes. Je dois être bien habillée pour m'enfuir. Car je ne reviendrai pas, c'est décidé. Je pars avec Caprice et mes amies invisibles. Elles me guident. Pour quitter Manhattan, il faut prendre Triborough Bridge, ça je le sais, c'est le chemin qu'emprunte papa en voiture. Je ne me penche pas, juste en dessous c'est Harlem River. L'eau est très profonde, foncée, dangereuse. Les autos filent à toute vitesse, et c'est haut, mais je suis protégée par mes jolies fées. Je marche assez bien avec les souliers de maman. Jackie m'a montré. Il suffit de se tenir droite et de pousser le pied au bout de la chaussure. Et on ne tombe pas, même avec des talons hauts. J'ai une valise avec ma chemise de nuit et les rubans pour mes couettes. Je suis partie avant qu'elle ne se réveille. Sinon elle m'aurait dénoncée. Elle sait tout, elle répète tout, elle a toujours raison, et maman l'écoute. Moi je ne connais pas les choses de la vie, je ne sais rien. Car je suis la plus jeune et Jackie a pris quatre années d'avance sur moi. Elle le dit, d'ailleurs. « Pekes – elle m'appelle Pekes –, souviens-toi que je serai toujours la première, tu n'y peux rien, je suis née intelligente, toi avec du retard. Tu demeureras trois pas derrière moi. Mais c'est parfait car je te protège. Et je décide pour toi. Sans moi, tu n'existes pas. » *Oui, Jacks. Je l'appelle Jacks. Sauf que je dois partir. Et elle ne peut plus m'en empêcher. Car j'ai mes trois amies et Caprice. Lui, il ne les a jamais vues. Elles vivent dans ma tête. C'est un secret. Et c'est bien mieux car, si Caprice les avait vues, Jackie l'aurait su. Et mes amies auraient disparu, elles la détestent ! J'ai besoin d'elles. Elles sont légères et dansent dans des robes comme des voiles. Qui ondulent. Des robes presque transparentes. Blanches. Leurs che-*

veux sont longs et fins. On ne voit pas leur visage, mais je sais les reconnaître. Shahday, c'est la plus grande avec ses mèches pâles. De sa bouche mince, elle chuchote toutes ces choses à mon oreille. Dahday est son amie. Pas sa sœur. Elles ne sont pas sœurs. Elles n'ont pas de sœur. Dahday a des yeux immenses au milieu du visage. Shahday doit avoir aussi des yeux, mais je ne m'en souviens pas. Et puis il y a Jamelle, elle est toute molle, elle se tord dans tous les sens et vient se serrer contre moi. Parfois j'étouffe un peu quand elle s'enroule autour de mon cou. Mais j'aime ça. Sans elles, je suis perdue. Car maman est très énervée. Tout le temps. Elle n'arrête pas de se disputer avec papa. J'ai de la peine pour lui. Et mal à la tête. On en parle avec Shahday, Dahday et Jamelle. On joue en cachette aussi.

— Attends-moi, Caprice, tu vas trop vite.

Je ne pensais pas que c'était si difficile de marcher avec les chaussures rouges de maman. J'ai pris les rouges car on les remarque. J'ai de jolis pieds et les mains fines. Papa se moque de Jackie et de ses battoirs. Elle a de très grosses mains. Le jour se lève enfin, le soleil est orange et rose. Et les phares des voitures scintillent comme des milliers de vers luisants. C'est magique. Parfois les gens klaxonnent et Caprice aboie. Shahday, Dahday et Jamelle se balancent autour de moi avec de la poussière d'or sur les doigts. Caprice connaît le chemin. Tout droit jusqu'au paradis. Pourquoi la voiture s'arrête ? C'est dangereux. Viens, Caprice. La dame me fait des signes. Je ne la connais pas. Il ne faut jamais parler aux inconnus. Je n'ai pas peur, mes amies sont avec moi. Et mon chien. Papa est le plus beau garçon du monde, on l'appelle Black Orchid ou encore Black Jack. Pourquoi faut-il que ce soit elle qui lui ressemble ? Pourquoi faut-il que ce soit elle qui porte son nom ? Jackie pour Jack Bouvier. Et moi Caroline Lee, comme maman, Janet Lee. Elle affirme que nous descendons d'un grand général. Je me fiche du général, je préfère papa, je voudrais m'appeler Jackie et être la meilleure. Je voudrais m'appeler Jackie et que maman soit fière de moi. Je voudrais m'appeler Jackie et que papa m'aime encore plus fort. Il m'aime. Mais il voulait un fils. Et ç'a été moi. Donc ce n'est pas pareil. Rien n'est jamais pareil avec Jackie. Maman crie que je suis trop grosse. Papa hurle que ce n'est pas vrai. Et Jackie soupire dans mon oreille : « C'est vrai, tu es trop grosse, mais si tu te mets à fumer tu n'auras plus faim et tu maigriras. » J'ai essayé de fumer, ça me fait tousser. Oh ! je continue. J'ai les cigarettes fines de maman dans ma valise, des Parliament. On ne fume pas dans la rue, ça c'est important. Pourquoi les voitures ralentissent ? Je sais bien qu'il est trop tôt, que je devrais être au lit. Shahday ordonne de continuer. Et Dahday bat des paupières. Est-ce que Dahday a une bouche ? Ce n'est pas grave si elle n'en a pas, c'est toujours Shahday qui me parle. Et Jamelle me pousse en avant. Je vais y arriver, mais ce pont est immense. « Avance, Lee, avance, il reste encore du chemin », susurre Shahday. Et tout devient simple. Je ne sens plus la fatigue. Nous dansons en nous tenant par la main.

— Oh ! Caprice, reviens !

Mon chien s'est échappé. Il court en jappant vers la lumière qui tourne, la lumière rouge. C'est quoi ça ? Mes amies ont disparu, j'ai très froid et mal aux pieds. Ils sont deux, non, trois, ils descendent de leur grosse voiture noir et blanc. Je sais bien que c'est la police, je ne suis pas complètement idiote, ils tiennent Caprice, oh ! mon Dieu, ils ont Caprice... Pourquoi la sirène hurle-t-elle si fort ?

— Arrête-toi, ma petite, ne cours pas, personne ne va te faire de mal.

— Mais mon chien...

— Il est là, tu vois. Tiens, tu le veux, je te le rends ?

— Oui, merci, madame.

— Comment t'appelles-tu ?

— Moi, Lee Bouvier.

— Et quel âge as-tu, Lee ?

— Sept ans, madame.

— Dis-moi, où vas-tu comme ça ? Il est six heures du matin, tu ne devrais pas être dehors toute seule, sur un pont, à la sortie de Manhattan. C'est très dangereux.

— Je sais bien, j'ai pris un taxi.

— Quoi ?

— J'ai pris un taxi, juste en bas de chez mes parents. Un monsieur qui fumait, je lui ai demandé de m'amener à East Hampton, mais je n'avais pas d'argent alors il m'a laissée au bout du pont...

— Où habitent tes parents ?

— 740, Park Avenue.

— Mais que veux-tu faire à East Hampton ?

— Je ne connais qu'East Hampton, madame.

— Ne pleure pas, Lee, personne ne va te faire du mal.

— Oui, madame.

— Pourquoi as-tu quitté ta maison ?

— Je me suis sauvée.

— Quelqu'un t'a fait du mal ?

— Non, pas vraiment, c'est juste que...

— Quoi ?

— J'ai peur…

— De quoi ?

— De me regarder dans le miroir de la salle de bains…

— Pourquoi ?

— Tu ne me croiras pas…

— Dis-moi toujours, Lee.

— Parce que quand j'avance le petit tabouret juponné, je monte dessus, je peux me voir dans la glace…

— Et ?

— Et c'est ma grande sœur que j'aperçois… là dans la glace. C'est Jackie qui m'observe… ça me fait très peur. Parce qu'elle sourit tout doucement, comme ça…

50's

LOVE & MARRIAGE

1

— Au revoir, John.

— Jackie, j'aurais tellement voulu comprendre, nous aurions…

— Il n'y a rien à comprendre, répond la jeune femme de sa voix de gamine essoufflée.

— Mais je t'aime et tout mon amour peut…

— Au revoir, John, tu vas rater ton vol, souffle-t-elle en glissant la bague de saphir et diamants dans la poche de son fiancé.

Et c'est ainsi que le 6 mars 1951, John Husted Jr. embarque dans un avion à destination de New York. Il est fort peu probable qu'il revienne à Washington avant longtemps. Il est encore interloqué par l'étrange enchaînement des événements. Il y croyait pourtant, à cette fille qui ne ressemble à personne. Il se retourne une dernière fois. Elle est là qui le regarde. Pourquoi ? se demande John Husted dans un fol espoir. Pour être certaine qu'il va disparaître à jamais de sa vie. Pour l'éradiquer. Comme il se doit avec toute forme d'obsolescence. Droite comme un I, avec son sourire de façade, la chevelure bouffante, le tailleur impeccable, un collier de perles fines autour du cou, Jackie

Bouvier, dans un souci de perfection esthétique, lève sa main gantée. Son maquillage est méticuleux, ses lèvres vermillon scintillent, son regard est fixe, elle est froide comme un glaçon.

Il s'en est fallu de peu que la vie de Jackie ne prenne un tournant dramatique. Sa mère, Janet, l'avait pourtant prévenue. «*Marry Money.*» Jackie et Lee connaissent la rengaine. Janet elle-même l'a faite sienne en épousant Hugh D. Auchincloss, milliardaire et homme d'affaires avisé. Certes, John Husted avait tout pour plaire. Beau garçon, diplômé de Yale, courtier à Wall Street, une demande dans les règles au Polo Bar du Westbury Hotel, des espérances incroyables… Mais que sont les espérances de Janet Auchincloss ? Des chiffres, de simples chiffres. Alors, elle a posé la question au fiancé.

— Vous gagnez combien par an, John ?

— Dix-sept mille dollars.

Là, Janet est tombée de cheval. Elle s'est fracassé la tête sur un rocher. Enfin, c'est tout comme. Et l'incident a conduit à une séparation immédiate.

— Comment ai-je pu passer à côté de cette information ? s'interroge Jackie en allumant une fine cigarette.

— Il avait peut-être des perspectives, émet Lee en repoussant une mèche rebelle.

Pourquoi faut-il que mes cheveux soient indisciplinés alors que ceux de Jackie se tiennent parfaitement ? songe-t-elle. Les deux sœurs éclatent de rire. Elles sont complices, se prennent par le bras. Enveloppées d'écharpes colorées, protégées par des gabardines cintrées, elles bravent le vent, les giboulées, et déambulent sous les chênes centenaires de l'université Sarah Lawrence à Yonkers. Lee y poursuit des études d'art, Jackie est venue lui rendre une dernière visite avant de commencer à travailler pour l'un des plus grands journaux de Washington.

— Tu dois être triste pour lui, il avait l'air très amoureux, chuchote Lee.

— Je ne comprends même pas pourquoi on en parle encore, Pekes. Dans une semaine, dans un mois, il aura complètement disparu de nos vies, on ne se souviendra même plus de son nom, murmure Jackie en écrasant sa cigarette du talon.

Ce côté garce de Jackie, Lee ne s'y fera jamais. Une femme d'un certain âge pénètre en même temps qu'elles dans l'une des maisons Tudor du « vieux campus ».

— Oh ! Jacks, voici ma professeur de dessin. Je suis ravie que vous vous rencontriez toutes les deux, miss McLennan. Ohé ! miss McLennan, n'est-ce pas que je fais des progrès ? Vous aimez mes esquisses, dites-le à ma grande sœur.

— Mais oui…

— Jackie Bouvier, interrompt cette dernière en tendant la main. Quel honneur de vous rencontrer, Lee ne tarit pas d'éloges. Je dessine aussi, voyez-vous, j'ai d'ailleurs sur moi un carnet de croquis, voulez-vous me dire ce que vous en pensez ? poursuit-elle en éloignant le professeur de Lee.

On ne peut être plus différentes que les sœurs Bouvier. Jackie est immense et charpentée. Son visage à angles droits et son teint rappellent le marbre de Carrare. Ses pommettes proéminentes et ses yeux écartés lui donnent un air étrange, un rien hypnotique. Elle est coiffée d'un casque d'ébène qui ajoute à sa froideur. Alors que Lee est la finesse même. Une liane, un regard de biche aux reflets moirés. Sa bouche est sensuelle, sa chevelure folle s'envole à chaque mouvement. Lee est féminine, aérienne. Elle est bien plus jolie que Jackie. Pourtant on ne voit que Jackie. Lee est intelligente, vive et sensible, très douée pour les arts. Mais Jackie a multiplié les études, s'est spécialisée dans la culture et l'histoire françaises. Elle use allègrement de la langue de Racine et mêle avec ridicule le français à l'anglais dans la conversation. Quiconque ose afficher sa surprise subit son profond mépris. Lee s'en émeut, Lee s'en énerve, Lee s'en amuse. Elle regarde sa sœur accaparer l'enseignante qui ne lui a jamais accordé plus de cinq minutes d'attention. Et si elle tirait profit de ces fiançailles avortées… Une Chevrolet ronronnante s'arrête sous le réverbère. Ses essuie-glaces grincent sous l'averse.

— Jacks, ton taxi est là.

— Je file. Au revoir, Pekes, je reviendrai bientôt, lance Jackie en chantonnant.

Elle embrasse sa sœur et s'engouffre dans la berline. Un train l'emmène vers une nouvelle vie dans la capitale. Car on l'espère de pied ferme. Pour vingt-cinq dollars la semaine, Jackie Bouvier entre au *Washington Times-Herald*. Ils ne savent pas encore de quoi elle est capable.

— Ma chère, vous êtes réceptionniste, soyez souriante et bien élevée, ordonne Frank Waldrop, le rédacteur en chef, pensant que l'entretien est clos.

— Vous n'avez pas compris, je veux écrire, rétorque la jeune fille de vingt-deux ans, en levant le menton.

Incrédule, il ajuste ses lunettes et observe la nouvelle recrue. Brunette, plutôt pas mal, vêtue d'un tailleur rose pâle, le nez dans l'axe du soleil, elle le toise effrontément.

— Vous êtes sérieuse ? Habituellement les demoiselles papillonnent avant de se marier.

— Je veux écrire, faire carrière. Et je n'ai pas de temps à perdre, affirme-t-elle avec raideur.

Surpris, Waldrop en casse son crayon à papier.

— Parfait, vous serez enquêtrice, conclut-il, amusé.

Et c'est ainsi que Jackie Bouvier parcourt les rues de la ville, le Rolleiflex automatique en bandoulière et le carnet à la main. Elle interroge les infirmières dans les hôpitaux, s'élance à l'assaut des ouvriers qui sortent de l'usine le visage fermé, elle poursuit de sa fougue les politiciens dans les couloirs du Congrès, les concierges des hôtels, les chauffeurs de bus au milieu des embouteillages… Elle vient à bout de leur timidité, quand ce n'est pas de leur intimité, elle les prend en photo sur le vif et soudain explose en une multitude de questions :

— Que porteriez-vous si vous invitiez Marilyn à dîner ?

— Et le bikini, c'est immoral selon vous ?

— Est-ce que vous pensez que vous êtes une personne normale ?

— Vous avez l'air important ? C'est bien ça ?

— Quelle mort vous a le plus troublé ?

— À votre avis, les riches s'amusent-ils plus que les pauvres ?

— Les femmes doivent-elles laisser croire à leurs maris qu'ils sont les plus intelligents ou pas ?

— Quel est le profond désir de la femme ?

— Quand vous êtes-vous rendu compte que la femme n'était pas franchement le sexe faible ?

— Une femme doit-elle soutenir son mari dans ses ambitions ?

Peu à peu ses questions prennent une orientation politique, elle ne quitte plus les couloirs du Congrès, elle s'y sent chez elle.

— Une femme présidente des États-Unis, vous y croyez ?

— Le physique des candidats vous influence-t-il ?

Elle parvient même à se glisser dans le clan républicain et interviewe Pat Nixon et les nièces d'Eisenhower. Ses papiers font fureur. Frank Waldrop se frotte les mains et, dans les cercles du pouvoir, on s'énerve. Mais qui est cette petite garce qui n'a peur de rien et se prend pour une princesse ? Jackie s'en moque, on parle d'elle, c'est tout ce qui compte. Elle avance, rien ne semble pouvoir l'arrêter. Son nom, c'est Jackie Bouvier, elle a un destin et n'en finit pas de le répéter, les gens vont commencer à s'en souvenir. Son seul problème, c'est qu'elle est dépensière, un vrai panier percé. Il lui faut trouver un moyen de gagner beaucoup d'argent.

Lee termine l'université. La conversation et la culture ne sont plus les monopoles de Jackie. Bientôt aux côtés de Diana Vreeland au *Harper's Bazaar*, Lee se pique d'effervescence et de chic féminin. Elle devient l'assistante de la grande prêtresse du goût. Diana Vreeland relate le mode de vie de ses lectrices, elle retranscrit leurs sorties, leurs dîners, les événements les plus courus de New York. Elle a des certitudes, il faut paraître plus riche qu'on ne l'est et cultiver l'élégance des puissants, les bonnes manières suivront. Son nez proéminent ne l'a pas empêchée d'épouser Reed Vreeland, beau gosse sans fortune. Dans son bureau, les pages du prochain magazine alignées par terre, la diva enseigne les ficelles du métier à la jeune fille de bonne famille. Au mur, des centaines de couvertures encadrées. Ainsi que des portraits d'elle, son fume-cigarette et son profil si singulier. Une tasse de thé refroidit sous la lumière tamisée d'une lampe Art déco. Lee ne pipe mot.

— Se lasser du rouge, ce serait comme se fatiguer de l'homme qu'on aime. Je sais ce qui est beau, ce qui sera beau, ce qui va faire fureur. Le génie de la mode, vous l'avez, Lee, je le sens !

— Je voulais être chanteuse, mais ma mère a refusé.

— Vous allez apprendre l'élégance. L'élégance, c'est le refus. Nous avons tous besoin d'une touche de mauvais goût. Je suis contre le non-goût. Quant au bikini…

— Oui ?

— L'invention la plus importante depuis la bombe

atomique. Mes lectrices, je les connais par cœur. Je sais ce qu'elles vont porter avant même qu'elles en aient envie.

À la conférence de rédaction, Lee découvre avec stupeur que Diana Vreeland est sous la coupe de Carmel Snow. Très menue, habillée par Balenciaga, Snow est fascinée par l'éphémère. Elle se heurte à Diana, l'excentrique, qui va à contre-courant de tout. Quoi qu'il arrive, Carmel Snow a le dernier mot. Et Lee apprend la rébellion.

— La parution de juin sera entièrement rouge magenta, assure Vreeland.

— Deux pages, peut-être quatre, assène Snow à Alexis Brodovitch, le directeur artistique.

Beauté et damnation, Lee apprend, Lee s'amuse, elle est nommée assistante spéciale, c'est-à-dire qu'elle ouvre grands ses yeux ambrés et fait tout et n'importe quoi. Elle rapporte à Diana les derniers ragots glanés au Stork Club, choisit des chameaux pour une prise de vues à Brooklyn ou court sur la VIIe Avenue à la rencontre de designers foutraques. Tous ses sens sont en émoi, Lee ressent la mode, son urgence, être la première, celle que les autres suivent. Quand Diana pénètre dans une pièce, tout l'étage s'en trouve ébloui. C'est ce que je veux être, songe Lee, c'est ce que je veux faire.

— N'ayez jamais peur d'être vulgaire, Lee, ayez peur d'être ennuyeuse.

Elle a son avenir en main, elle est bien décidée à battre Jackie sur son propre terrain. Sa sœur a pris du retard. Jackie n'a plus de fiancé. Mais pour combien de temps ?

Ce soir-là, Lee prend un verre au King Cole Bar du St Regis avec Jill Fox. Une amie de Farmington, l'incontournable collège de Miss Porter. Elles sirotent des Bloody Mary sous l'œil bienveillant du barman. Jill Fox est une jolie blonde pulpeuse à l'œil perçant. Elle repère soudain, à une table ronde, deux beaux garçons qui ne lui sont pas étrangers. L'un est immense, très mince, un visage en lame de couteau, une cigarette coincée au bord des lèvres, il avale un whisky en faisant des gestes démesurés. L'autre l'écoute avec attention. Blond, le nez court et droit, les yeux clairs ourlés de longs cils, la silhouette élancée.

— Lee, regarde. Tu te souviens, c'est…

— Blair Fuller et Michael Canfield.

— Je prends Blair, assène Jill en se dirigeant vers le plus grand.

Lee se souvient de ce garçon qui venait lui rendre visite à Farmington. Elle avait quinze ans, lui vingt-deux, il avait fait la guerre dans les marines, un héros, un vrai. Il n'en parlait jamais, sa discrétion, sa timidité, son charme avaient fait rêver l'adolescente quelques mois. Et puis il y avait le mystère autour de sa naissance. Michael Canfield n'est pas le fils de Cass et Katsy Canfield, tout le monde le sait. Il est le fils caché du duc de Kent et de Kiki Whitney Preston, une aventurière américaine. C'est au Kenya que Michael a été conçu. Une expérience enivrante. Kiki initia son prince à tous les plaisirs. Cocaïne, héroïne, alcools forts et autres prouesses charnelles. La population locale fut sollicitée. Le duc de Kent eut un mal fou à s'en remettre. Et épousa immédiatement la princesse Marina de Grèce. Mais il y avait cet enfant. Que l'on fit naître en Suisse. Qui n'excita pas plus que cela Mr Preston. Car il existait un Mr Preston. Il y eut des indiscrétions. Kiki, en larmes, appela sa meilleure amie Katsy Canfield, qui tomba en pâmoison devant le divin bâtard. Et l'adopta aussitôt. Pour en faire un héritier, les Canfield étant à la tête d'un important groupe d'édition, Harper & Row. Et de ce moment d'égarement Michael Canfield fit son plus bel atout. Un royal lignage, une ascendance patricienne, l'aristocratie est palpable, Michael Canfield prend l'accent anglais et le léger bégaiement qui va avec. Il ne porte que du tweed, « un parangon de bon goût », assure son ami George Plimpton qui usa les mêmes bancs à St Bernard's, l'école chic de New York. Michael s'installe à Londres, noblesse oblige. Il a ce je-ne-sais-quoi totalement à part. Britannique... Et cette fille, assise au bar, dans sa robe moulante magenta, assortie à la fresque de Maxfield Parrish en arrière-plan, elle ne manque pas d'audace. Elle l'observe avec défi, fait glisser ses gants et découvre des bras aux attaches fines. Les gants tombent par terre, elle y est pour quelque chose. Il se précipite. Lee Bouvier était mignonne à quinze ans, elle est sublime à dix-neuf. L'Amérique à portée de main, mais quel challenge pour un sujet de Sa Majesté au tempérament inquiet ! Bientôt, ils ne se quittent plus, déjeunent au Colony, dînent au Pavillon, boivent un verre au Copacabana, la revue est épatante, les filles à moitié nues, des palmiers en stuc scintillent de mille feux, la lumière est douce. Michael se noie dans le brandy, Lee préfère le champagne, Michael assaisonne chacune de ses phrases d'un « terriblement » ou d'un « marrant », Lee acquiesce avec bonté.

— Quel esprit terriblement blasé, souligne Michael en serrant Lee contre lui.

— Je ne suis pas blasée, je suis enthousiaste. C'est ton côté anglais qui ressort.

— Longue vie à notre roi !

Les verres s'entrechoquent, les lèvres se joignent, chastes. Ils ont en commun la passion du glamour et de l'esthétisme. Lee se souvient qu'il sort de Harvard, un bon point pour sa famille. Elle est irrésistible ce soir, ses yeux de biche vacillent avec l'alcool, son rire est doux, cette façon de parler bas, très bas comme si tout était secret, sa bouche qui s'étire, Michael est conquis, charmant, bon camarade. Il ne manque plus qu'une étincelle. Lee s'en charge. Un soir, sur la 54e Rue, en sortant du Stork Club, Lee plaque Michael contre le mur et lui fourre sa langue dans la bouche. Le pauvre garçon lève les bras en l'air, bafouille, voudrait respirer, mais c'est difficile avec cette fille belle comme l'aurore collée contre lui. Et la voilà qui passe la nuit chez lui. La chose est si peu concluante que Lee se demande si Michael n'aimerait pas les hommes. Ah ! ce côté anglais, Michael est plus royaliste que le roi ! En se levant vers midi, elle n'est pas épanouie, mais bien plus jolie, l'idée a fait son chemin. Ses cheveux châtains roulent sur ses épaules, son teint est lumineux, elle se sent investie d'une autorité qui lui rappelle Jackie. Adossée à l'armoire de la chambre, nue sous la chemise de Michael, un café brûlant dans une main, une cigarette dans l'autre, elle organise la suite.

— On va se marier, Michael.

— Mais on vient juste de…

— Nous sommes sur la bonne voie, chéri. J'ai téléphoné à maman, elle est ravie.

— Ta mère, mais…

— Je dois régler certains détails avec Janet.

— Lee…

— Oui ?

— Tu viens de me demander en mariage.

— Il faut bien que quelqu'un le fasse !

— Je suis un homme honnête, je…

— Et moi une jeune fille marquée par la cruauté familiale. Bienvenue dans mon monde. Je file, j'ai du travail.

C'est compter sans Janet Auchincloss qui n'est pas certaine que les revenus de Michael soient à la hauteur de ses ambitions. Quant au duc de Kent, Janet sait bien que les racines se réinventent. La preuve, elle-même descend du grand stratège sudiste, le général Robert Lee… depuis peu. Elle doit tirer les choses au clair et passe chercher sa fille au *Harper's* où elle croise Diana Vreeland qui l'ignore. Janet a le regard incisif, d'un bleu glacial. Ses traits sont fins, mais sans douceur. Elle est petite et sèche, n'oublie jamais rien, plus déterminée qu'elle, cela n'existe pas. Ah si, Jackie ! À l'Oyster Bar, sous les voûtes en mosaïque de Grand Central, elles se retrouvent toutes trois assises à une table à carreaux rouges et blancs. Penchées, telles des conspiratrices, Janet et Jackie mesurent l'étendue du désastre qui menace de s'abattre sur Lee Bouvier.

— Je voudrais être certaine que tu épouses Michael pour de bonnes raisons, commence Janet.

— Je l'aime, avoue Lee outrée.

— Ce n'est pas une bonne raison, Pekes ! susurre Jackie.

— Ton beau-père est en train de vérifier sa fortune.

— Il héritera du groupe d'édition de son père, affirme Lee.

— Oui, mais quand ?

— Au lit, c'est comment ? demande Jackie.

— Écoute, Jacks…

— Les Anglais sont tous homosexuels, interrompt Janet. Chérie, tu ne l'épouses pas pour être la première à te marier, dis-moi ? Je t'interdis d'être en compétition avec ta sœur !

— Si j'avais voulu l'être, j'aurais commencé à cinq ans, rétorque Lee froissée.

— Tu as commencé à cinq ans, Pekes !

S'il avait eu ce côté dominateur que les femmes adorent, s'il avait su retourner deux ou trois gifles, il aurait peut-être connu une destinée différente. Mais Michael Canfield est avant tout un garçon gentil, sincère. Alors que Lee se précipite pour donner sa démission – elle n'a jamais prétendu faire carrière, travailler plus de quatre mois c'est indécent –, Michael Canfield retrouve son comparse Blair Fuller au Colony sur Madison. Les murs sont tendus de tissu à grosses rayures, un canopy surplombe le bar, on se croirait à une party dans les Hamptons. Canfield s'enfonce dans un grand fauteuil tapissé, il souffre mille morts. Après trois doigts de sherry, il confie ses doutes à Fuller.

— Elle m'a sauté dessus. Terriblement sauté dessus.

— Et alors ?

— Elle est très belle, certes, mais un brin répulsive…

Blair s'étrangle dans son verre.

— Répulsive ? Lee Bouvier ? Tu es homo ou quoi ?

— Mais bon, je crois que je vais accepter.

— Enfin, Mike, tu l'aimes ou pas ?

— Aucune idée. Elle est si charmante et répulsive à la fois. Elle fume comme un pompier pour ne pas grossir, elle parle tout bas comme si c'était classé secret-défense, elle est longue et fine, elle serait trop triste si je refusais. Je ne peux pas lui faire cela.

Et c'est ainsi que Michael Canfield, beau gosse de royale ascendance, sans sexualité affirmée contrairement à sa mère, se fait avaler tout cru par la fille la plus lancée de New York. Pour l'occasion, il accepte de se convertir. Les Bouvier sont catholiques et férus de principes religieux. Lee est loin d'être vierge, et sa sœur lui a enseigné comment faire sa toilette intime une jambe sur la baignoire et l'autre par terre.

— Toujours mieux avant l'amour, Pekes ! Parfois les hommes choisissent de nous faire plaisir !

2

Holly Trinity Church, Georgetown. Il pleut depuis le matin et personne n'y trouve à redire. La bonne société retient son souffle. Deux questions essentielles agitent les esprits des fidèles catholiques : Black Jack sera-t-il assez sobre pour conduire sa fille à l'autel ? Jackie fera-t-elle bonne figure ? Les sumacs sont en fleur, on dit qu'ils sont vénéneux. On piaffe d'impatience sur les larges trottoirs. Fantaisie et glamour sont de mise. Étoles en soie, mousselines, bibis extravagants rivalisent dans une joyeuse effervescence. La cathédrale de style néoclassique est impressionnante. Un rayon de soleil troue les nuages et vient se fracasser sur les colonnes blanches. Les berlines sont à touche-touche devant l'université jésuite, les invités en sortent au compte-gouttes. Ils sont d'une élégance rare. Purs WASP. Distingués, blancs, raffinés, intelligents. Les portes de la cathédrale sont béantes, plus une place libre à l'intérieur. On discerne les voix des chanteurs groupés dans le chœur. L'excitation est palpable, la voiture de la mariée apparaît enfin, une Cadillac Coupe DeVille flambant neuve. Jack Bouvier en descend, fringant. Jaquette et pantalon de flanelle, il porte beau et il le sait. Il tient fermement son haut-de-forme. Lee émerge à son tour. Des murmures éblouis fusent de toutes parts. Son visage est dégagé, son regard balaie la foule. Elle est émue. Sa robe est faite d'organza ivoire, avec un corsage ajusté au col montant, de petites manches et une énorme jupe de taffetas épais opaque et bouffante, un mélange de douceur et de majesté. Sa taille est ceinturée de soie, haute et marquée, si fine qu'on pourrait l'enserrer entre deux mains. On dit que l'ouvrage a nécessité huit semaines de travail intensif. Le voile de sa grand-mère, en dentelle point-de-rose à l'aiguille, est fixé sur un diadème de fleurs. Lee Bouvier est stupéfiante. À sa main, un bouquet d'orchidées jaunes et blanches. Son père lui tend le bras, elle s'y appuie. Elle tremble, elle a deux bonnes raisons : elle se marie la première, et elle est au côté de l'homme qu'elle aime le plus au monde. Black Jack est bronzé comme s'il débarquait des Bahamas. Véritable sosie de Clark Gable, il en joue. Sa fine moustache accompagne ses sourires enjôleurs. Ses cheveux de jais, teintés de fils blancs sur les tempes, sont calamistrés. Il a des yeux noirs très expressifs, et un front immense, bombé. Il fait preuve d'une certaine raideur. Est-ce de la timidité ? Il porte à la boutonnière une orchidée enlevée au bouquet de Lee.

— C'est pour toi, papa, que je les ai choisies.

Car cet homme-là est un bourreau des cœurs, lui qu'on surnomme aussi Black Orchid ou Black Prince. Une jolie femme est un défi auquel il ne peut résister. Cela lui a coûté son mariage avec Janet. Il tourne autour de sa proie comme un fauve, elle devient l'unique objet de son désir. Il ne lui laisse pas le choix.

Elle finit par succomber. Il aime les aventures courtes. Les liaisons l'ennuient. Il ne vit que pour la conquête, il veut qu'on l'aime pour une nuit et c'est toute la vie. « Ah ! la *principessa* », chante-t-il à celle-ci, « La plus belle du monde », roucoule-t-il à celle-là, « Oh ! dis-moi que tu m'aimes » à cette dernière. C'est un charmeur et un amant fougueux, un amoureux de l'amour, les femmes sur son terrain de jeu s'abandonnent, s'oublient, puis se perdent. Jack Bouvier n'a connu que deux véritables amours qui dureront jusqu'à la fin de ses jours. Ses filles. Il a épousé Janet qui était amoureuse de Bud, son frère, mais Bud s'était entiché d'Edna Woolworth, l'héritière. Janet cherchait une reconnaissance, les Bouvier en ce temps-là, c'était ce qu'il y avait de plus chic. Jack Bouvier et Janet Lee se sont mariés pour de mauvaises raisons. La légende dit que, dès son voyage de noces, il a trompé Janet avec Doris Duke, une dondon à mille millions de dollars, il a prétexté une partie de poker. Jack Vernou Bouvier, troisième du nom. Un courtier qui avait la vie devant lui. Membre des cercles les plus influents. Le crash de 1929 allait le ratisser. Il allait perdre sa femme, ses filles, bientôt sa maison. Se mettre à boire, à jouer, à dépérir. Comme n'importe qui ! Mais tout ce qui compte aujourd'hui, c'est Lee, et il est bien décidé à se montrer à la hauteur. Dégoulinante d'orgueil, elle descend à son bras la nef d'un pas léger, les têtes se tournent, les gens chuchotent, Lee Bouvier a vingt ans !

— Elle est sublime, chuchote Chauncey Parker qui en est fou depuis toujours.

— Tellement féminine, assure Rue Hill.

— Bien plus belle que Jackie, continue Chauncey.

Le marié a bu pour calmer l'angoisse naissante. Cela se voit légèrement. Il est rouge comme un homard. À ce moment précis a lieu cet étrange ballet que peu ont eu la chance de saisir : Jack Bouvier donne sa fille à Michael Canfield, qui plonge son regard en Lee, mais elle détourne la tête pour chercher l'approbation de Black Jack qui ne regarde que Jackie, rayonnante dans sa robe de mousseline jaune pâle. La plus belle demoiselle d'honneur du monde, elle est lumineuse, oh ! ce jour lui appartient !

— Quel gâchis, soupire Hugh Auchincloss, en ajustant ses petites lunettes cerclées de fer, tout cela se terminera mal.

— Comment pouvez-vous dire une chose pareille, Daddy ! s'exclame Gore Vidal, son beau-fils. Ils vont tellement bien ensemble.

— Canfield n'est pas en mesure de s'offrir Lee, rétorque Janet en pinçant les lèvres.

C'est à Merrywood, en Virginie, que les Auchincloss reçoivent. Une maison somptueuse, d'architecture géorgienne, se profile sur les hauteurs escarpées de la rivière. La propriété est époustouflante. Même les plus blasés ne peuvent être que bluffés. En épousant Hugh D. Auchincloss, Janet Bouvier savait ce qu'elle faisait. Conservateur, stable, sérieux, intelligent. Milliardaire. Un bel homme de soixante-six ans, effacé, au regard clair derrière ses bésicles, le cheveu gris coiffé en arrière, assez grand, toujours en retrait et d'une distinction rare. Hugh n'est pas un as du sexe, on dit qu'il a la chose molle et gluante, une espèce de nouille filante, mais performante tout de même, il sait faire des enfants. Et de l'argent, beaucoup d'argent. C'est tout ce qui compte pour Janet. Donc voilà Merrywood à McLean en Virginie. Plus de deux mille mètres carrés de jardin, neuf chambres, treize salles de bains, une piscine extérieure, un court de tennis, un pavillon indépendant, une piscine intérieure, une salle de sport, des cuisines, des maisons d'invités… Une vue plongeante vers les eaux boueuses et bouillonnantes du Potomac, des collines alentour verdoyantes. Les pelouses tondues de près descendent vers des bosquets de jeunes bouleaux et de chênes verts. Cela ne vaut pas Lasata, songe Black Jack, déstabilisé. Le luxe dans lequel vivent son ex-femme et ses filles est au-delà de tout ce qu'il pouvait imaginer. Janet a atteint son but, elle a fait des lieux un rêve d'ascension sociale. C'est vertigineux. Jack Bouvier en a plein les yeux et sa vision se brouille. Il a tout perdu. Comment et pourquoi ? Il se pose encore la question. Ne s'en souvient plus. Avale un whisky cul sec et affiche un sourire de façade. C'est un truc que Janet et Jackie lui ont appris. Et qui colle parfaitement avec son physique d'acteur hollywoodien. Il tire une cigarette de son étui en cherchant Jackie du regard. Elle aussi bientôt se mariera. Il ne rêve que de cet instant où il la conduira à l'autel. Aujourd'hui, il est intimidé, dubitatif. Car Auchincloss a tout ce qu'il n'aura jamais. Et l'étale impunément. On fait des gorges chaudes de toute cette pompe. Là-bas les écuries, plus loin la forêt et ces prairies qui dévalent vers la rivière appartiennent au domaine. Des dizaines d'hectares. Les portes-fenêtres du rez-de-chaussée sont ouvertes, et des buffets se dressent sous des tentes à rayures. C'est très grand genre, songe-t-il, pas un plouc à l'horizon ! Les talus sont accidentés, il est plus dangereux de marcher que de courir, « Attention les enfants ! » crient les nounous appelées en renfort. La musique résonne de toutes parts, il y a des orchestres noirs et des joueurs de banjo, le champagne coule à flots, les petits fours sont légion. Lee est rayonnante, Michael aussi, chacun à un bout de l'immense jardin.

— Tu en penses quoi ? demande Janet à son amie Deena Atkins-Manzel.

— Ils ont l'air amoureux.

Dubitative, Janet fait la moue.

— Ce n'est pas de l'amour, rétorque-t-elle. Je ne sais pas ce que c'est, mais ce n'est pas de l'amour !

— Jackie est blême, s'amuse Jill Fox.

— Toujours rivales, les sœurs Bouvier, persifle Laura Pyzel Clark.

— Jackie est lourde, vise ses chevilles, poursuit Jill. Lee est mille fois plus belle, gracile, aérienne.

— Alors dis-moi pourquoi tout le monde ne regarde que Jackie ? Dis-moi pourquoi, le jour du mariage de Lee, tous les regards convergent sur sa sœur ?

— Non, ils n'ont pas l'air amoureux, murmure Shelly Parker Geyelin.

— De qui parles-tu ? demande son frère Chauncey.

— Des mariés, enfin…

— Ah, les mariés ? Ce n'est pas le but… ! conclut Terrance Landown.

Lee dégage un certain mystère. Éthérée, elle scintille. Comme si elle était en contact perpétuel avec les esprits d'un autre monde. Elle est la quintessence de la féminité et du glamour. Seule une femme peut rivaliser avec elle, sa sœur. Ivre, Michael titube. Son ami Blair Fuller aussi. Tous se répandent en banalités sur la roseraie. Ce qui est toujours mieux que de faire l'apologie du fascisme. John Marquand Jr se joint à eux.

— J'adore Jack Bouvier. Mon beau-père est comme moi, dépassé par ces femmes qui ont décidé de prendre notre vie en main.

— Il est surtout sur le carreau. Qui dit que cela ne m'arrivera pas… En tout cas toi, Mike, tu as touché le gros lot, estime John Marquand Jr, balayant les lieux du regard. Moi j'ai essayé avec Jackie, mais bon, à part le sexe…

— J'espère que Lee est couchée… sur le testament de son beau-père.

— Janet saura arranger ça.

Sauf que le bon Hugh a fait deux enfants à Janet et, s'il n'est pas très performant sexuellement parlant, il sait compter ses sous. Et comme il en a beaucoup, il compte lentement.

— Où est ma femme ? demande Michael.

— Là-bas avec Jackie, répond Fuller.

— Elles sont toujours comme ça à chuchoter, l'une contre l'autre ? interroge Marquand.

Michael acquiesce, les yeux rivés sur les deux sœurs. Il s'approche. À sa vue, elles s'étouffent de rire.

— Je vous dérange ?

— Oui, rétorque Jackie.

— Vous parliez de quoi ?

— Des gants et de la façon de les enfiler, riposte Lee hilare.

Elle attrape la main de sa sœur et tourne les talons. Elles s'éloignent en se faisant des messes basses. Michael est ahuri. Il a vraiment trop bu. Il faut l'aider à marcher. Lee lance son bouquet, et devinez qui se précipite pour l'attraper ? Jackie Bouvier elle-même ! Car elle a beau faire bonne figure, Jackie l'a sacrément mauvaise. Même si elle fréquente depuis peu John Fitzgerald Kennedy, un jeune sénateur de douze ans son aîné. Elle a rencontré ce héros de guerre dans le Pacifique chez son ami journaliste, Charles Bartlett. Il a les yeux turquoise et des ambitions démocrates. Ce que Janet Auchincloss considère déplacé. C'est un coureur de jupons, tout le monde le sait. Il a été déniaisé par Gloria Swanson, la maîtresse de son père, sur les ordres de ce dernier. Mais Jackie n'a pas le temps de finir vieille fille. Elle a ce regard lointain et prometteur, comme la lave d'un volcan en éruption. Lee l'observe. Sa sœur a de faux airs de star de cinéma, elle ne sait pas encore qu'elle va devenir une icône. C'est un des rares mariages où l'on n'aura jamais vu les mariés ensemble. Le pli est pris.

3

Il l'attend à l'aéroport de LaGuardia. Jackie revient de Londres où elle a couvert le couronnement de la reine d'Angleterre, pour une quelconque feuille de chou. Il faut y mettre du tien, concentre-toi, Jack, intéresse-toi à elle. Il a promis, il a des ambitions, ou plutôt son père a des ambitions pour lui. Le vieux Joe Kennedy avait écrit un autre scénario, mais son fils aîné a explosé corps et biens pendant la guerre. Une mission inutile, un avion transformé en bombe volante. Il est le premier à mourir. Rose, sa mère, va devoir s'habituer. Elle n'a pas fini de voir tomber ses enfants. John, le cadet, a repris le flambeau. Avec un seul but, la Présidence. Un credo, tout est permis. Un plan, la précision. Le hasard n'existe pas, tout est millimétré, organisé, prévu. On tait la maladie dégénérative du futur candidat, on le bourre de cortisone, on l'étouffe dans des corsets. Et on le marie à une catholique bien sous tous rapports. Un peu athlétique, certes, mais intelligente. John sort d'une courte liaison avec Audrey Hepburn. Sa finesse, son évanescence lui manquent. Femme-chatte, femme-enfant, ah ! John Kennedy est nostalgique ! L'avion a du retard.

Ce n'est pas la faute de Jackie, pourtant il lui en veut. Et puis, c'est quoi déjà, ce journal dans lequel elle pige ? Il essaie de se concentrer, il pense à son père, à son frère Joe Jr. Président des États-Unis d'Amérique. Son destin. Une image de gagnant, une vitalité contagieuse, une force quasi divine, et la famille idéale à ses côtés. D'où les fiançailles avec cette grande bringue à la tête dure qu'il n'en finit pas d'attendre. Soudain une nuée de voyageurs et… Zsa Zsa Gabor, à moitié nue sous un vison bleuté. Elle prend des poses comme s'il y avait trois cars de photographes alentour. Il y a John Fitzgerald Kennedy, c'est pas mal. Il a dans le regard cette curiosité terrible qui dénude moralement et physiquement la personne en face de lui. Et des souvenirs en veux-tu en voilà plein la tête. Zsa Zsa ne demande rien de plus.

— Oh ! amour, tu as su que j'arrivais, où allons-nous ?

— Désolé, beauté, j'attends ma fiancée.

— Alors tu as sauté le pas…

— Je suis dans un truc qui s'appelle la politique.

— Rappelle-moi ton parti, chéri, que je vote correctement…

Jackie arrive. Elle porte une robe droite, écrue, sans manches et un carré Hermès à peine serré sur ses cheveux bouffants. Des lunettes noires barrent son visage, elle a la foulée alerte, le sourire figé, soudain elle ralentit. Jack et la peroxydée hollywoodienne… évidemment il connaît la starlette. Il a une réputation d'homme à femmes, comme son père, mais les « bad boys » ont toujours fasciné Jackie. Saura-t-elle le mettre au pas ? Pour l'heure, elle ne songe qu'à cette future investiture démocrate, à la marche à suivre, c'est tout ce qui compte. Président. Donc First Lady. Oui, elle l'envisage.

— Vous êtes le secret le mieux gardé de la côte Est, susurre Zsa-Zsa Gabor, mielleuse à souhait.

— Un secret incontournable, assure Jackie en retirant ses lunettes pour l'observer de près.

— Je vois qu'il vous a déjà corrompue, déclare l'actrice piquée au vif.

— Je l'étais avant, s'amuse Jackie en s'accrochant au bras de son fiancé.

John Kennedy éclate de rire et découvre des dents d'une blancheur rare. Cela fait partie du personnage. Et de la Présidence. Le genre carnassier, un atout maître ! Zsa Zsa disparaît dans une nuée de parfum. John conserve son numéro de téléphone, on ne sait jamais.

Le chauffeur de taxi se penche pour leur ouvrir la porte. Oh, ça, c'est vraiment le couple parfait, on dirait une publicité. Cette jeune femme a tout d'une reine avec sa mèche brune qui volette sous son foulard, et ce grand garçon aux yeux azur et à la peau hâlée respire la santé. Ils sont beaux, naturellement ils sont riches. Le chauffeur lance d'un coup sec son *checker cab* jaune à damiers.

— Tu devrais arrêter ce job, chérie, estime John en posant la main sur la cuisse de Jackie.

— Pourquoi, pour être sur ton dos ?

— Mais on est fiancés, on va se marier, et on se connaît à peine.

— Ne me dis pas que tu veux tout savoir de mon passé, Jack ?

Il l'observe un instant avant de répondre :

— Non, mais…

— *Ite, missa est*, souffle-t-elle de sa petite voix en ajustant ses lunettes sur le bout de son joli nez court.

Ce snobisme de Jackie, John ne s'y habitue toujours pas. Dire qu'il va associer sa vie à une peste pareille, espérons que son père a raison. Les Kennedy ont soif de pouvoir. Quant à Jackie, elle n'a qu'une idée en tête, rattraper son retard et enfoncer sa cadette. Michael Canfield est bien mignon, mais il n'a pas plus d'ambition qu'un koala. Certes, chez les Auchincloss on a toujours voté républicain, mais un président, même démocrate, on peut difficilement faire mieux. Et ce que Jackie veut, Dieu le veut. La main de John Kennedy s'est immiscée sous la robe de la jeune femme, elle étend ses jambes, soupire, le chauffeur n'en perd pas une miette.

Le 12 septembre 1953 à Newport, Rhode Island, a lieu le mariage du siècle. On en parle encore. On n'a jamais vu autant d'invités. Huit cents convives se pressent à l'église St Mary sur William Street. On en attend le double pour la réception à Hammersmith Farm, la somptueuse propriété des Auchincloss.

À l'hôtel Viking, dans le vieux quartier, au milieu des demeures seigneuriales, il a été accueilli comme un maharaja. Black Jack s'est installé avec fébrilité. Il a attendu ce moment toute sa vie. Il a passé l'été à se faire bronzer à East Hampton, il veut être magnifique pour sa fille chérie, faire bonne impression. Il sort d'une cure de désintoxication. Il n'a lésiné sur aucune dépense. Son habit vient de chez un grand tailleur, son pantalon à rayures est à la longueur adéquate. Il portera l'épingle de cravate de son père et des gants en daim gris clair. Jackie va être fière de lui.

Au deuxième étage de Hammersmith Farm, une ruche s'affaire autour de la future mariée. Modiste et coiffeuse, styliste et assistante, toutes sont survoltées. Ciseaux, séchoir, épingles, mais où est la brosse ronde ? Janet et Lee papillonnent en discutant. Elles sont aux petits soins pour la reine du jour. Quarante-cinq mètres de taffetas de soie ont été nécessaires à la confection de la robe. Sa couleur ivoire met en valeur le teint de porcelaine de Jackie. La taille est marquée et accentuée par une jupe ample brodée de roses et décorée de minuscules fleurs de cire. En bas, une guirlande de froufrous. Un décolleté dévoile pudiquement ses épaules, accentué par de petites manches.

— Comment tu me trouves ? demande Jackie à sa mère.

— Magnifique, chérie, répond Janet qui ne fait jamais de compliments.

— Plus belle que Lee ?

— Mais enfin, s'écrie cette dernière, tu ne peux pas t'en empêcher…

— C'est pour rire, s'amuse Jackie avec un sourire méchant.

Trop tard, Lee claque la porte.

— Tu es ridicule, déclare Janet, la bouche pincée.

— Quelqu'un s'est inquiété de papa ? Il devrait être là.

Au Castle Hill Inn, John Fitzgerald Kennedy, que tout le monde appelle Jack à partir de maintenant, serre son nœud de cravate. Cette fille a quelque chose de plus, une autorité, et c'est sans doute ce qui faisait défaut aux autres. Elles étaient distrayantes ou amoureuses, souvent collantes, des idiotes, des actrices… Zsa Zsa le harcèle, il n'aurait pas dû coucher avec elle après la scène de l'aéroport. Il n'y peut rien, songe-t-il. Il n'a jamais pu résister à une femme. C'est dans ses gènes. Ce n'est pas son père qui va le condamner. Ni sa mère, muette et résignée. Cette fille qu'il s'apprête à épouser pourrait bien l'aider à accéder aux plus hautes fonctions de l'État et c'est tout ce qui compte.

Black Jack voudrait un whisky. L'hôtel respire le luxe et le service est indéniable. On lui propose un en-cas, mais le père de la mariée est invité à dîner ce soir. Chez Auchincloss, cet invertébré qui ne sait pas baiser ! Un whisky, que diable, et laissez la bouteille ! Black Jack a chaud, c'est la fièvre de Rhode Island ! Ses filles, c'est toute sa vie. Mais il va falloir se taper Janet et Auchincloss. Et la baraque ! Merrywood, c'était quelque chose, il paraît que Hammersmith Farm, c'est pire. Farm, pourquoi Farm ? La maison a tout d'un palais, c'est ce qu'on chante partout. Farm, les manières des riches ! Cette teinte ambrée, cette chaleur qui roule dans le gosier, le bien que ça fait ! Jackie est la meilleure des cavalières. Combien de concours a-t-elle gagnés, petite ? Elle lui ressemble, elle porte son prénom, elle se marie aujourd'hui. Il tient bien l'alcool, il n'a pas de raison de s'inquiéter. Peut-être prévoir une autre bouteille. Pour le retour. Ne pas se sentir seul. Elle est le soleil de sa vie. Son bébé, elle est la terre et le ciel. Et les étoiles aussi.

— La réception, oui, Jack Bouvier, chambre 109. Pourriez-vous avoir la gentillesse de monter une bouteille de scotch ? Merci mille fois, vous êtes charmante.

Le long voile de dentelle brodée appartenait à la grand-mère de Jackie. Lee l'a porté en avril dernier. Jackie l'arbore avec une tiare de fleurs d'oranger. Elle s'observe dans le miroir, une touche de rose sur les pommettes peut-être ?

— Elles sont assez proéminentes, moi je mettrais de la poudre pour adoucir, souligne Lee.

Sa sœur a le visage carré, il faut arrêter de lui faire croire qu'elle est féminine.

— Proéminentes, vraiment ? Maman ?

— Plus de rouge, mais sur les lèvres, déclare Janet qui ne se trompe jamais.

— Papa devrait être là depuis longtemps. Où est mon bouquet ? Lee, est-ce que tu pourrais t'en occuper ?

— Du bouquet ?

— Non, de papa. Ce n'est pas normal. Il faudrait téléphoner à son hôtel. Où est-il descendu ?

Ce mal de dos lancinant. Mais cela n'en finira donc jamais. Vive les piqûres du docteur Jacobson, un cocktail de vitamines, paraît-il. Cela rend sa peau un peu jaune et tannée. Jack se rapproche du miroir. Il tapote sans s'en rendre compte sur le robinet du lavabo, c'est nerveux. S'il parvient à cette investiture démocrate, il devra tout miser sur sa communication. Fini les pépées roulées comme des Marlboro, non, il sera discret. La couleur bleue, opaque de ses yeux est un plus, il en est conscient. C'est dommage que Jackie n'ait pas les yeux clairs aussi. Cela donne un côté nouveau monde, non, nouvelle frontière, voilà l'idée, plus loin, ensemble, en famille, pour gagner. Il faudra faire des enfants très vite. Non, tout de suite. Une tripotée de bambins qui feront rêver l'Amérique. Jack Kennedy ne se dérobera pas à son destin. Il ira jusqu'au bout, même s'il en crève, foi d'Irlandais !

À l'hôtel Viking, dans le vieux quartier, Jack Bouvier n'aperçoit pas la vue magnifique sur le port. Ni les voiles qui se gonflent. Les trois-mâts sont de sortie, il y a de la régate dans l'air. Quelqu'un lui a proposé d'embarquer sur sa goélette pour explorer la côte atlantique, mais qui ? Jack Bouvier se sert un nouveau verre de whisky et le lève à la santé de Janet, d'Auchincloss et de leur putain de fric. Lui, il a tout perdu, même Lasata ! Il aura l'air de quoi là-bas, Black Jack, Black Prince, Black Orchid… Black shit, oui ! Il les entend d'ici. Ah bien sûr, c'est le premier mari, celui dont elle s'est débarrassée, un divorce terrible. Heureusement elle a rencontré Hugh. Hugh D. Auchincloss ou la providence ! Ce cher Hughdie. Mesdames de Newport, pas la peine de chuchoter, je vous emmerde !

— Mademoiselle, chambre 129, ah non, 219, non,

mademoiselle, Jack Bouvier, une bouteille de scotch, merci !

La robe est imposante, les accessoires, discrets. Jackie arbore une broche en forme de feuille qui lui vient de son père et un fin bracelet en diamants offert par son fiancé. Une rangée de perles et des gants à hauteur de poignet confortent l'ensemble. Lee la fixe, bouche bée. Sa sœur est la mariée suprême, celle des livres que l'on dévore en cachette, celle des films qui font les légendes. Jackie bouillonne à l'intérieur, mais cela ne se voit pas. Michael Canfield vient de partir, il traque son beau-père dans tous les hôtels de Newport, Lee téléphone aux hôpitaux, à la police, Janet est enfermée avec Hugh dans le bureau du bas. La robe de Jackie épouse parfaitement ses courbes.

— Mais où est-il, quelqu'un le sait, nom de Dieu, où est-il ?

Vivement que cette journée se termine, songe Jack Kennedy. Il n'en peut plus de jouer les gentils fiancés. Il voudrait retrouver sa vie d'avant, les filles à gogo, les partouzes égrillardes et les dimanches familiaux à Hyannis Port. La douleur le foudroie, le docteur Jacobson lui injecte une dose massive de cortisone. S'il le pouvait, il se laisserait tomber dans son rocking-chair. Trop tard, Bob et Teddy viennent d'entrer dans sa chambre, il est grand temps d'y aller.

Boum, fait Jack Bouvier en s'affalant sur le parquet. Un coma éthylique. Rien de très inhabituel.

— Hughdie te conduira à l'autel, chérie.

La journée est merveilleuse, une légère brise empêche les invités de mourir de chaud. L'archevêque de Boston, Richard Cushing, les mains ouvertes devant Dieu, s'apprête à unir le jeune couple. Le fiancé se tient très droit, ses cheveux tirent un peu sur le roux, il esquisse un sourire et découvre ses dents blanches. La marque de fabrique familiale. À son côté, son frère Bobby, le même en moins bien. L'assemblée est fascinée. Jackie, majestueuse, descend la nef. Lee, dans une robe de taffetas rose pâle, la suit avec les demoiselles d'honneur. Le charisme, l'autorité, la splendeur de la mariée sont tels que personne ne remarque qu'elle n'est pas au bras de son père, mais d'un monsieur très bien, aux lunettes cerclées d'argent, celui qui reçoit chez lui aujourd'hui plus de mille deux cents personnes.

Bienheureux Black Jack qui n'a pas connu Hammersmith Farm, il ne s'en serait jamais remis. La maison principale, victorienne, toute de briques et boiseries, se dresse au milieu de pelouses verdoyantes. Un toit en bardeaux, des pignons par dizaines, des tourelles à chaque coin et d'énormes baies vitrées qui dominent la baie de Narragansett. Près de trente pièces et treize cheminées. Sur le fronton, les armes de la famille Auchincloss avec cette devise, *Spectemur agendo*, « Jugez-nous sur nos actions ». Chevaux et poneys s'ébrouent dans les prés envahis de fleurs des champs, coquelicots, colchiques, bleuets. À côté des écuries, la plus vieille ferme de la région fournit lait et œufs à de nombreux voisins. Vaches, chèvres, poules, cochons, tous les animaux sont présents. Et d'énormes bœufs Black Angus à la robe noire et brillante. Sous les tentes rayées de bleu et de blanc, des buffets regorgeant de caviar, homards et coquillages variés. L'orchestre de Meyer Davis joue comme jamais. Des tables et des parasols sont disséminés alentour. Les politiciens du Massachusetts, la bonne société de Rhode Island, les maires, les sénateurs, les débutantes, on s'amuse, on se jauge, on s'admire, on se déteste. Et ce couple tellement glamour, Lee en a le vertige. Elle virevolte parmi les invités et ne peut s'empêcher d'entendre les chuchotements, les questions posées à demi.

— Quelqu'un a-t-il aperçu le père de la mariée ? demande Sargent Shriver.

— Il paraît que c'est un sujet tabou, admet Ethel Kennedy.

Jackie et Lee Bouvier, les deux filles les plus lancées de la côte Est, sont étincelantes. Personne ne sait qu'au fond d'elles-mêmes une bête immonde ronge leurs entrailles. La rancœur. Jackie porte l'art de la dissimulation à son paroxysme, on ne peut mesurer l'étendue de sa souffrance. Elle joue son rôle à la perfection, elle est l'orgueil de Joe Kennedy. Parfaite, il le crie haut et fort. Lee resserre sa ceinture bordeaux, elle est si mince que rien ne tient sur elle. Ces Kennedy, elle les trouve diablement sexy. Les filles ont de grandes dents, mais quand elles ferment la bouche, ça passe. Les hommes sont terriblement séduisants. Oh ! mais qu'ils ouvrent la bouche, Lee s'y engouffrera. Car ce n'est pas son joli Michael qui fait des prouesses avec sa langue. Lee danse joue contre joue avec Alastair Forbes qui tombe fou amoureux. Le serveur lui tend discrètement un message plié en quatre. « Oublie, elle est mariée au poivrot assis à côté de ta sœur », signé JFK. On dirait qu'il a assorti ses yeux aux rayures bleues des tentes du traiteur.

— Jackie a tout d'une princesse ! s'exclame Julian Balridge.

— Et une idée bien définie de sa destinée, poursuit sa mère Carolyn, une amie d'enfance de Janet.

— Lee est une fille très attirante qui luttera toujours pour se faire une place, conclut son mari Edward.

— Mes filles s'étendent à merveille, assène Janet avec un sourire pincé.

Alors que la mariée jette son bouquet de gardénias et d'orchidées et qu'une bande d'hystériques se précipite pour l'attraper, Jack Bouvier quitte le Viking Hotel et prend le premier train pour New York. Quand il pénètre enfin dans son appartement sombre et poussiéreux du Village, toute l'horreur de son comportement s'abat sur lui. Il ne s'en remettra jamais. Plus tard, il écrira à sa fille, elle lui pardonnera. Mais c'est par la presse qu'il apprendra qu'elle est enceinte. Quel mariage magnifique, glamour et d'une cruauté sans pareille !

4

Randolph Churchill les surnomme les « chuchoteuses », parce qu'elles sont toujours collées l'une contre l'autre avec un sourire de connivence et se confient leurs secrets dans un souffle. Un souffle de petites filles modèles. Ce jour-là au Pavillon, assises sur la banquette de l'entrée, elles fument sans arrêt en se faisant des messes basses.

— Souhaitez-vous la carte, mesdames ?

— Deux verres d'eau glacée, s'il vous plaît, répond Lee.

Elles ne mangent rien. Elles ne seront jamais assez minces. Elles ne seront jamais rassasiées l'une de l'autre. Elles ont mille choses à se raconter. Les affres de la nuit de noces ? Certainement pas, elles ne se sont pas mariées vierges. Ne faut-il pas mettre toutes les chances de son côté ? Jackie Kennedy et Lee Canfield ont retenu les leçons de leur mère. Le voyage de noces à Acapulco et en Californie ? Bon, ils se sont amusés. La maison de Georgetown ? Ennuyeuse. Entourée de demeures cossues, impénétrables, cachées derrière leurs fenêtres à guillotine. La vie à Washington ? Jackie suit des cours de science politique et devient meilleure que son mari en histoire contemporaine. Il la force à s'arrêter. Non, ce jour-là, entre deux gorgées d'eau glacée et quarante-cinq cigarettes, elles évoquent le problème Michael Canfield.

— Il est évident qu'il ne gagne pas assez. On ne fait rien, soupire Lee.

— Je suis certaine qu'il ne s'en rend même pas compte. C'est bien le genre à être heureux avec ce qu'il a.

— On lui a proposé un job à Londres, dans le groupe de son père adoptif, je crois qu'il va accepter.

— File à Londres, chérie, les avions continueront de voler longtemps avant que tu en sois lassée.

— La carte, mesdames ?

— Deux autres verres d'eau glacée, je vous prie.

À Londres, il fait nuit au milieu de l'après-midi. Il pleut comme nulle part ailleurs, l'herbe est grasse et luisante. Et les cheminées tirent toute la journée. Pourtant, dès quatre heures, les lueurs des pubs plongent le pays dans une douce torpeur. Les enseignes d'Oxford Street scintillent, le Strand s'anime d'une effervescence singulière. Et dans Soho tout est permis. Que reste-t-il de la splendeur victorienne ? Et de l'Empire britannique ? Lee découvre une ville brumeuse, des pierres noires de suie, des mœurs rigides et l'hypocrisie sexuelle. Et sa contrepartie. Underground. Francis Bacon et Lucian Freud. L'avant-garde n'est pas loin, la révolution pop non plus. Des courants contraires s'affrontent, Lee cherche sa place, ni bohème ni puritaine, elle vacille. Les Anglais la trouvent charmante, un peu tape-à-l'œil certes, mais sympathique. Elle est américaine, on lui pardonne son côté spectaculaire.

Dans une lettre à Diana Vreeland, elle n'en finit pas de se répandre sur ce drôle de peuple. « Les Anglais, ma chère Diana, en matière de chic et d'élégance, sont un peu retardés. Ils traînent derrière eux un petit chien ou des sentiments refoulés. » Ceux qu'elle commence par croiser la laissent un brin perplexe. Michael Canfield est chargé de la rubrique littéraire pour *Harper's*. Il voudrait être Maxwell Perkins et découvrir Hemingway, tu parles ! Il entraîne sa femme chez des écrivains tous plus fauchés les uns que les autres, Harold Pinter, John Osborne, Kingsley Amis... des jeunes gens en colère, des livres contre l'establishment et le capitalisme. Elle les trouve ploucs et démodés. « Et en plus, chez eux, ça sent le chou », écrit-elle à sa sœur.

Lee veut fréquenter le beau monde. Sa position sociale est ce qu'il y a de plus important, son agenda doit être rempli. « J'essaie de m'adapter à ce nouveau mode de vie, poursuit-elle dans sa lettre à Jackie. Mais, le lundi matin, j'ai peur de découvrir à quel point la semaine est vide. Et cela me déprime, tu n'imagines même pas ! Tu crois qu'on peut congédier un mari avec des indemnités ? J'ai appris pour le bébé, je suis désolée, je pense à toi. Tout le temps. Moi aussi je voudrais un bébé. Vivement un scandale pour me sauver de cette morosité. »

Dans sa maison de Belgravia, Lee joue à la décoratrice, mais le tissu tendu n'est pas encore à la mode, on ne trouve que du liberty, et la fleurette ça lasse. Lee a l'impression de jouer une mauvaise pièce de théâtre, elle s'ennuie ferme et apostrophe son mari, ce garçon étrange qui n'en demandait pas tant.

— Ne peux-tu faire comme tout le monde et travailler dans le pétrole ? Je voudrais recevoir des banquiers, des aristocrates. Sers-toi de tes liens familiaux. Je veux trois dîners par soir, un déjeuner chaque jour, l'opéra, le théâtre, la campagne le week-end. Je veux briller, m'amuser, rire, porter les bijoux du Grand Moghol !

Michael repousse sa mèche qui tombe sur l'œil et esquisse un sourire triste en haussant les épaules. Il se sert un verre de gin.

— Et en plus tu es incapable de me baiser ! lance-t-elle devant sa mine déconfite.

Elle sanglote et se recroqueville dans un fauteuil en cuir. Michael ne répond pas, il se laisse tomber sur une chaise, dépité. Lee va s'enfermer dans sa chambre, elle termine sa lettre, demain il la postera. Jackie trouvera la solution. Pauvre Jackie, à peine mariée et si cruellement éprouvée par la perte de son premier enfant. Lee enfile un pyjama de soie et se glisse dans son lit à baldaquin avec *Look Back in Anger*. Elle ne va pas mourir idiote et Osborne a beau être une saleté de communiste, il a une jolie plume, elle l'admet.

Jackie se rapproche de la fenêtre. Elle vient de lire son courrier. Il pleut depuis le matin à Georgetown, de fines gouttes courent le long de la vitre. Le long de ses joues. Elle a vingt-sept ans, elle n'en peut plus d'attendre qu'il se passe quelque chose. Son mari la trompe, tout le monde le sait. Ah, cet attrait freudien pour les séducteurs de la vieille école. Elle les aime riches aussi. Les Kennedy sont riches. Mais cette profusion de garces, les Lana Turner, Joan Crawford, Hedy Lamarr, Susan Hayward, elle ne peut plus les voir ! Le 23 août 1956 est née la petite Arabella. Mort-née. Jack Kennedy est resté sur la Riviera. Jackie froisse la lettre de Lee et la laisse tomber dans la corbeille. Elle saisit le téléphone.

— Mademoiselle, passez-moi Lee Canfield, Chesham Place, Londres.

— Ne quittez pas, madame.

— Pekes ?

— Jacks !

— Je le quitte, je n'en peux plus, je débarque chez toi.

— Oh oui, viens vite, je t'aime, Jacks.

À Londres, on avance à contre-courant et on a l'impression de promenades infinies. Certains portent la fraise, d'autres la perruque ou des bonnets à poil qui leur cachent les yeux. Pickpockets, cockneys, crève-la-faim, harangueurs, c'est un spectacle permanent, et Jackie adore ce côté interlope. On dirait une petite fille à l'approche de Noël. Dans les ruelles du West End, elle déambule avec sa sœur et son beau-frère, on croise n'importe qui, n'importe quoi, comme dans un roman de Dickens. Le brouillard est tombé, les devantures des clubs sont happées par un halo mystérieux. Les gens émergent des théâtres en riant, on se bouscule, on s'interpelle, on va boire un dernier verre. Des lumières douces percent les carreaux en culs de bouteille des tavernes. Il y a un club afro qui vient d'ouvrir pas très loin. Il s'appelle Cy Laurie, les filles y portent des ceintures de bananes sur les reins et des noix de coco sur les seins ! Les portiers ont le cheveu roux et la mine patibulaire.

— C'est ici ! s'exclame Lee.

Le nom est gravé sur une petite plaque en laiton, à droite de la porte vermillon. Lee fait jouer le heurtoir, le judas s'ouvre, un œil apparaît, des cils battent. On les laisse entrer. Un rideau de velours, un escalier en colimaçon, des murs voûtés, et des gens avachis sur des divans en moleskine. Ça sent le tabac et la sueur, la musique est étourdissante, sur une piste circulaire des gens se déhanchent en mesure. Le barman est musclé, il sert des rhums à la cantonade. Il a une cicatrice jaunâtre qui barre sa joue. Jackie le regarde fixement, elle est effrayée par sa brutalité.

— Un coup de surin à Tokyo, m'am.

Lee éclate de rire. Jackie constate que l'ennui de Lee n'est pas proportionnel à son propre chagrin. En fait tout va bien. Sauf Michael dont l'inaptitude sexuelle commence à se faire sentir. Il ne parvient pas à faire un enfant à sa femme. Il n'en a pas envie. Tout ce qu'il souhaite, c'est garder Lee, car, chose étrange, il est fou d'amour. Ce soir c'est Pam Heagren qui chante et Lee se précipite pour danser. Jackie observe sa sœur avec intérêt. Elle est belle dans sa robe trop courte et ses bottes qui montent jusqu'aux genoux. Ses hanches ondulent dans tous les sens, ses cheveux volent, ses bras bougent en cadence. Jackie en profite pour remonter les bretelles de son beau-frère qui a besoin d'un bon coup de pied aux fesses. Il observe sa femme qui bavarde avec un homme au visage racé, David Somerset.

— Michael, je vois bien que cela ne va pas entre vous, il est temps que tu te reprennes !

— Mais je fais ce que je peux, c'est Lee qui n'est jamais contente. Je veux la rendre heureuse, je l'aime. Je sais que je ne suis pas à la hauteur, j'en suis malade. Mais je n'y peux rien.

— Vous n'avez aucun train de vie, Michael, ouvre les yeux, déclare Jackie en allumant une cigarette. On n'a pas été élevées comme ça !

— Quoi ?

— Gagne de l'argent, articule-t-elle en appuyant sur chaque syllabe.

— J'ai un bon salaire sauf que je déteste l'édition, avoue-t-il en se jetant sur son quatrième rhum. J'aimerais ouvrir une boutique d'antiquités.

— Ça suffit, Michael ! reprend Jackie d'une voix ferme. Je te parle de véritable argent ! Et arrête de boire, s'il te plaît.

— Un ivrogne a besoin d'une bonne raison pour être sobre. Or je n'en ai pas.

Le lendemain, Michael est parti se cacher à son bureau, et Jackie rejoint sa sœur dans son baldaquin. Elles ont les cheveux emmêlés et le regard encore embué par la folle soirée. Magazines et livres sont entassés par terre. Une petite bonne entre avec un plateau de scones, de la confiture, du beurre et deux tasses de Breakfast Tea. Elle est suivie par deux golden retrievers survoltés.

— Non, Emily, pas de scones, nous ne gardons que le thé, ordonne Lee en cherchant ses cigarettes.

— Tu couches avec lui, déclare Jackie.

— Qui ? bafouille Lee en empêchant les chiens de sauter sur le lit.

— L'homme avec qui tu dansais.

— David ? Oh ! rien n'est sérieux, l'amour est volatil. Tu as aimé le twist ? Tu as compris, tu écrases ta cigarette avec le pied et tu te sèches le dos avec une serviette.

— J'ai adoré, on va lancer cela chez nous ! Parle-moi de David.

— Il est duc de Beaufort, magnifique, non ?

— Et au lit ?

— Il me fait jouir, et je ne vais pas m'en priver.

Naturellement Jack Kennedy échoue à l'investiture de son parti, on ne peut pas courir la gueuse et gagner la course en même temps. Il est temps que quelqu'un reprenne la situation en main. Le vieux Joe connaît la musique mieux que personne. Et il a percé sa belle-fille à jour. Cela tient en un coup de fil et quelques mots :

— Un million de dollars, Jackie.

— C'est vous que j'aurais dû épouser, bon papa, je rentre.

Lee se lie d'amitié avec Winthrop Aldrich qui ne peut rien lui refuser. Surtout pas un poste pour son mari. Et Michael de devenir le secrétaire particulier de Monsieur l'Ambassadeur des États-Unis en Angleterre. Les Canfield déménagent au 45, Chester Square. Lee possède un don pour la décoration, sa maison est raffinée et chaleureuse, et pourtant elle avait un budget limité. On dirait que la chance tourne, il était temps. Parce qu'ils sont jeunes, beaux, de lignage mystérieux, les Canfield sont enfin reçus partout. On s'arrache la belle Américaine aux cheveux châtains et son mari qui semble sortir d'une publicité pour une compagnie aérienne. Aristocrates et milliardaires, tous les cercles influents s'y mettent. Lee est rayonnante. On la croise chez les Niarchos comme chez les Agnelli, elle dîne avec Douglas Fairbanks Jr et prend un verre avec le maharaja de Jaipur, elle flirte avec David Niven, puis avec Sadri Aga Khan. Leslie Caron devient sa confidente, et Diana Cooper la reçoit pour le thé. Lee Canfield se sent désormais chez elle en Angleterre. Elle fait la couverture des pages « Bystander » du *Tatler* : « Une Américaine reçoit à Londres ! » Seule ombre au tableau, Michael, incapable de lui faire un enfant. Elle l'envoie chez un médecin qui prescrit de baigner ses testicules dans un bouillon chaud. Tous les soirs Michael Canfield se noie dans le gin et néglige ses testicules. Lee danse, Lee rit, Lee badine pour oublier qu'elle a raté son mariage. Quand Alastair Forbes débarque pour une nuit, Lee l'enferme dans sa chambre et se jette sur lui.

— Baise-moi, Alastair, dit-elle en retirant son chemisier.

Ahuri, il fixe ce corps d'une incroyable minceur.

— Mais enfin, Lee, je suis tout de même assez copain avec Michael.

— Et moi, terriblement en manque.

Naturellement, Alastair le répète à Michael qui s'enivre de plus belle. Toujours aussi fringant et consciencieux, il s'assure que les invités de l'ambassadeur descendent dans les grands hôtels, dînent dans les meilleurs restaurants et s'égarent dans les clubs à la mode. Michael boit de plus en plus, titube, explique que cela fait partie de son travail, comme les convenances qu'il pratique avec brio. Son beau visage commence à s'empâter. Lee, elle, s'est remise à monter et chasse avec l'équipage Beaufort, mené par… David Somerset. Sur les collines du Gloucestershire, « *Tally-ho, tally-ho* », on saute les haies en cadence, de Cirencester à Bath, de Malmesbury à Nailsworth, « *Tally-ho, tally-ho* », les cheveux de Lee Canfield prennent une couleur auburn qui n'est pas sans rappeler la robe du renard. On jase, Lee n'en a cure. Un soir, Terrance et Betty Landow, de passage à Londres, viennent dîner chez les Canfield. Ils sont fascinés par la maison, les meubles tous parfaitement choisis, les murs tendus de tissu bariolé. Et les chiens assortis aux canapés.

— Je ne sais plus où poser les yeux, Lee, tout est magnifique, complimente Betty.

— Pas aussi bien que chez David Somerset, persifle Michael qui a encore avalé le verre de trop.

— De qui parlez-vous ? interroge Terrance.

Lee fixe son mari avec intérêt. Ainsi, il a décidé de jouer. Mais il ne sait pas à qui il a affaire. Pauvre Michael, on te l'avait pourtant bien dit que les filles Bouvier étaient des garces, tout Harvard s'y est mis pour te faire la leçon. Lee sourit à ses amis avec candeur, et répond :

— Michael évoque le duc de Beaufort, un homme charmant s'il en est. Non seulement il est riche, mais qui plus est de sang royal. J'entends de réel sang royal. Il descend en droite ligne d'Édouard III.

Les Landow s'enfoncent misérables dans leurs sièges, le nez plongé dans l'assiette.

— À toi, mon amour, à tes envies et qu'elles se réalisent ! lance Michael avant d'avaler son gin cul sec et de fracasser le verre par terre.

Mais Londres révèle l'âme de son peuple, et impose sa loi : l'heure du thé, son raffinement et la cruauté qui l'accompagne. Tout ce qui compte, c'est la discrétion, et Lee en fait trop selon Somerset qui finit par la plaquer. Tant mieux, elle est terrifiée à cheval. Comme Jackie, Lee possède cette vitalité, cette énergie, cette malice dans le désir. Elles sont identiques et contraires, complémentaires et indissociables. Elles mènent la même lutte, être aimées pour le côté grisant de leur conversation comme pour leur charme. Adorées pour leur génie créateur, comme pour leurs exigences. Elles ont la passion de la séduction et le besoin de l'exprimer. Ces filles-là rebondissent toujours, et bien plus haut que l'on ne s'y attend. Ambition, passion, orgueil et jalousie sont de sacrés moteurs, alors attendez-vous au pire.

5

Il tape sa longue incisive blanche avec l'ongle de son index, un tic nerveux. Son visage est enflé, sa dent de sagesse le fait souffrir. Nu sous son peignoir, Jack Kennedy s'observe dans le miroir de la salle de bains, chez lui à Georgetown.

— Comment pourrais-je tenir un discours à Baltimore avec une tête pareille ?

Il se tourne de profil, mesure l'ampleur des dégâts, il est vraiment désespéré et le rire persifleur de son épouse n'arrange rien.

— Oh ! Jackie, s'il te plaît.

— Que tu es vaniteux, s'amuse-t-elle en bouclant sa valise.

Des dizaines de maillots de bain recouvrent le lit, des paréos, des chapeaux de paille… Elle file rejoindre les Canfield au cap d'Antibes. Michael a loué une maison près du phare de la Garoupe. Jackie a besoin de prendre le large. Cette campagne électorale est interminable, et son mari, une machine de guerre. Elle veut bien s'y coller aussi, mais qu'on lui accorde un répit. Dix jours, c'est tout ce qu'elle souhaite. Elle emmène la petite Caroline. À quelques mois à peine, ce bébé la remplit de bonheur. Et puis, cela changera les idées de Lee, qui n'a pas d'enfant. Ou du moins qui a un mari qui ne sait pas les faire.

C'est une maison Art déco cachée derrière les genévriers et les pins parasols. Rose pâle avec des volets vert amande, elle ne compte qu'un étage et abrite une enfilade de pièces de réception. La terrasse s'ouvre sur une piscine en demi-lune et la roseraie en contrebas. Un véritable sanctuaire. Évidemment, il fait un temps de rêve. Pour aller à la plage, on use du dernier cri, un buggy Fiat tout juste sorti de l'usine de Turin, cadeau de Gianni Agnelli à ses chers amis. On l'appelle la Spiaggina, elle va bientôt faire fureur. Une voiture sans toit ni portes, avec un parebrise raccourci et des sièges en osier pour s'asseoir mouillé. Les sœurs Bouvier la prennent tous les jours pour aller nager dans l'anse de la Garoupe. Elles aiment marcher le long du rivage, leur ombre se découpe à contre-jour dans la lumière du midi. Ni l'une ni l'autre ne sont heureuses. Le seront-elles jamais ?

— Cette fois-ci, je n'y retournerai pas, assure Jackie. Il m'a affirmé qu'il partait à Baltimore, il est en Suède avec Gunilla von Post, les journaux en font leurs gorges chaudes !

— Qui est-ce ? demande Lee en époussetant les grains de sable sur sa peau dorée.

— Une salope. Insipide. Une blonde avec un air godiche, assure Jackie.

— Suédoise donc ?

Jackie acquiesce.

— Donne-moi une cigarette, Pekes.

— S'il veut être élu, il ferait mieux de soigner son image.

— Le pire, continue Jackie, en s'allongeant sur un matelas de plage à grosses rayures vert bouteille, c'est qu'il semblerait qu'il l'ait connue avant notre mariage. Donc cette fois-ci, Pekes, tu peux me croire, je n'y retournerai pas ! Monsieur, s'il vous plaît, deux verres d'eau glacée.

Le plagiste s'exécute. Lee soupire. Son ménage sombre. Winthrop Aldrich a démissionné en début d'année et Michael a perdu son poste à l'ambassade. Il parle à nouveau d'ouvrir une boutique d'antiquités. Lee a du mal à joindre les deux bouts, elle a des chiens, des domestiques, une jolie maison, c'est trop peu.

L'affaire Gunilla von Post a un retentissement sans précédent. À Palm Beach, à La Guerida, la villa familiale, le vieux Kennedy manque de s'étouffer en découvrant la presse. À trois ans de l'élection, c'est d'une bêtise ! Que Jack fricote, certes, mais discrètement. Joe Kennedy est cramoisi, Rose craint l'infarctus, il plaque tout, décide d'aller chercher son rejeton pour le ramener à sa femme. Diligemment.

Quand il voit Kennedy père et fils débarquer au cap d'Antibes, Michael Canfield songe qu'il aurait dû choisir une demeure plus spacieuse, Jackie fait la moue et Lee minaude. Soudain l'ambiance s'allège, derrière son sourire de façade, Joe Kennedy veille au grain. Gianni et Marella Agnelli ne sont jamais loin, leur Riva non plus. La coque en acajou verni tape les flots, les chromes scintillent sous le soleil, et dans la baie de Juan-les-Pins, tout le monde s'accorde à le reconnaître, Lee est bien meilleure que Jackie au ski nautique. Ali Khan convie la maisonnée au château de l'Horizon. Jack Kennedy attrape un coup de soleil, et en fait une affaire d'État. Bettina Graziani expose sa théorie sur les peaux de roux, mais personne ne l'écoute, Lee rayonne, énigmatique à souhait. Michael est distant, elle s'en moque. Jackie est heureuse d'avoir récupéré son mari. Elle a beau faire des manières, elle ne partira jamais. First Lady, elle en rêve chaque nuit. Parfois un bébé pleure, on se souvient de Caroline et on s'attendrit. Ce sont des vacances, donc, des vacances qui ne servent à rien d'autre qu'à se reposer. Des vacances sans conséquences, sauf qu'il semblerait que certains secrets doivent rester cachés. C'est ce qu'explique Joe Kennedy à Michael Canfield. Le vieil homme n'a aucune morale, pas de sentiment, tout ce qui compte, c'est la présidence des États-Unis, sa raison de vivre. Il l'aura. Ou plutôt son fils l'aura, c'est tout comme ! *Terminado*, les vacances, chacun rentre chez soi.

Dans le Northumberland, à la frontière écossaise, elle le croise un week-end de chasse. Amusant, ni Lee ni Michael ne sont chasseurs. Lord et Lady Lambton ont réuni quelques amis dans leur manoir de Fenton, à Wooler dans le nord-ouest du comté. Ils sont assez gais et ont le commerce facile. Bindy Lambton est d'une beauté hiératique. On la dit proche de Lucian Freud. On raconte même qu'elle aurait posé nue pour lui. Il semblerait que plusieurs portraits existent. Portraits ou preuves adultérines ? On dit Tony Lambton amateur de call-girls, on aimerait en savoir plus. Lord et Lady Lambton partagent un profond amour et un domaine de plus de mille hectares de terres. Un manoir blanchi à la chaux datant de 1875, des fenêtres à meneaux, des tourelles à foison, près de douze chambres et autant de salles de bains. Des écuries, des fermes alentour, deux maisons de gardien, une vue époustouflante sur les monts Cheviot, le paradis pour un couple de tourtereaux. Après une journée au grand air, on se réchauffe, un thé fumant entre les mains. Ou un scotch. Le salon n'est que boiseries et tentures de brocart, les corniches sont richement travaillées, un feu brûle dans les cheminées de marbre. Les portes grincent, le majordome dépose un plateau de douceurs. Les fauteuils ploient sous les plaids aux couleurs de clans rivaux. Le prince et la princesse Radziwill sont l'objet de toutes les attentions. Stas, on l'appelle Stas. C'est un aristocrate polonais. Il a quelque chose d'étrange, quelque chose de transparent et lourd à la fois. Des poches très marquées soulignent un regard pâle. Il est impulsif, a la carrure large, la moustache aristocratique. Il n'y a pas plus chic. Son épouse est riche de convenances. De générosité et d'ennui. La lumière du soir se teinte des tensions latentes. Allongée sur le sofa, enveloppée dans une étole ardoise aux parements de chinchilla, Lee se perd en Stas Radziwill, recroquevillé à ses pieds.

— J'ai toujours voulu visiter la Pologne. Vous savez, je connais bien la France, je me sens très européenne, ce côté passionné des gens de l'Est me fascine.

— J'adorerais vous y emmener, mais je suis un exilé, je n'ai pas le droit de retourner dans mon pays.

— En fait, je ne devrais pas dire visiter, mais vivre. Je voudrais vivre la Pologne, sa culture, ses habitants, j'ai cela en moi, Stas. Quand j'étais à Paris, je suis devenue française. Je voudrais devenir polonaise.

Michael la fixe, interloqué. Grace Radziwill se rapproche de Bindy Lambton comme pour dire « Mais tu l'as trouvée où celle-là ? ».

— Enfin, Lee, qu'est-ce que tu racontes ! interrompt Michael, blême. C'est bien la première fois que je t'entends évoquer la Pologne. Tu ne saurais même pas la placer sur une carte.

— Vous conviendrez, Stas, de toute la considération de mon époux à mon égard. Bien sûr que je sais où situer la Pologne. Michael, je te l'ai dit au moins un million de fois, écoute, chéri, cela t'évitera de paraître ridicule. Et pose ton verre, voilà pourquoi tu oublies tout. Oui, Stas, j'adorerais vivre la Pologne…

La journée a été longue pour le prince, tireur hors pair. Le meilleur est à venir. Ses sens sont en émoi. L'audace de Lee l'excite. Et puis l'allure, l'élégance, le raffinement de la fille bien née et ce grain de folie si européen. Elle ne doute de rien, ce soir elle est la sirène au trident, personne ne peut se mesurer à elle. Les Lambton, la princesse Grace, Michael sont relégués aux oubliettes du château.

— J'adore votre bouche, murmure-t-elle en le frôlant pour saisir sa tasse de thé, vous avez les lèvres sensuelles.

— Pourquoi, interroge Stas en lissant délicatement sa moustache, pourquoi me faites-vous cet effet alors que je n'attendais plus rien de la vie ?

C'est vrai qu'il a une bouche à se damner. Du

prestige aussi, et de l'autorité, qualités qui font défaut à Michael. Lee est une enfant gâtée, brimée par sa sœur, elle a besoin qu'on lui explique qu'elle vaut mieux que quiconque. Ce que Stas a l'intention de faire. Il descend d'une très ancienne famille d'origine lituanienne, anoblie en 1515, dont l'influence et la richesse ont compté en Pologne. Il a un petit air Ancien Régime qui balaie tout, une présence folle. Il a grandi dans un vaste domaine près de Varsovie, suivi des études en Suisse, et a écrit une thèse sur les Ukrainiens de Pologne. En 1937, il prend des fonctions gouvernementales, et plus tard la présidence de la Croix-Rouge. Sauf que l'invasion nazie modifie ses plans. Passé par les camps de concentration, il est ensuite dépossédé de tous ses biens par les communistes. Ironie du sort, sa somptueuse maison de Varsovie devient un musée à la gloire de Lénine. Les mauvaises langues racontent qu'il s'est sauvé avec les actifs de la Croix-Rouge, laissant derrière lui un général endosser la faute. En 1946, il s'installe à Londres, bienheureux d'être vivant. Il se lance dans l'immobilier, florissant à cette époque. Effacer les traces de la bataille d'Angleterre, quel sacré jackpot ! Quand il devient citoyen britannique en 1947, Stas perd l'usage de son titre, mais le conserve envers et contre tout. Prince du Saint Empire romain, cela a une sacrée gueule tout de même ! Prince du Saint Empire romain, voilà qui rend Lee si légère. La frivolité est importante dans l'échelle des valeurs Bouvier. Stas n'est pas un snob, c'est un homme aux grandes qualités humaines, élevé comme un prince. Lee est plus souple que Jackie, plus attachante, plus fragile aussi.

Intelligente, Stas s'en rend compte immédiatement, elle joue son rôle de petite dernière à la perfection.

— Stas, avez-vous lu *Le Hérisson et le Renard* ?

— Un exercice intellectuel charmant !

— Ma sœur est très hérisson, comme Ibsen et Dante, elle ne voit le monde que par une règle simple, la sienne.

— Et vous êtes renard, comme moi, Shakespeare, Pouchkine... vous tirez parti d'une multitude d'expériences.

— Mais de quoi parlent-ils ? s'étonne Grace Radziwill.

— De chasse..., émet Michael.

— Je vais me coucher, soupire Lee, vous n'êtes pas à la hauteur, poursuit-elle en jetant un regard excédé sur son mari et la princesse horrifiés.

Parvenue en haut de l'imposant escalier en acajou noir, elle se penche par-dessus la balustrade et agite le bras, le salut de la reine. Stas symbolise trop la vieille autorité pour que Lee manifeste une quelconque envie d'y résister. Il possède une telle sensualité. Et ressemble à Black Jack, c'est certain. Le même visage un peu fort, la moustache raffinée. Un ensorceleur. Et tout le monde le connaît à Londres ! Adossé à la cheminée, une cigarette à la main, Stas Radziwill fait un clin d'œil à Lee Canfield...

Est-ce ce soir-là ? Est-ce le suivant ? L'après-midi peut-être ? Toujours est-il que chasseur et proie finissent par se rencontrer. Elle s'introduit dans sa chambre. Le lit est fait, mais une cartouchière, des bottes, un gilet gisent épars sur le sol. La porte de la salle de bains est entrouverte. Dans la baignoire, il fume, tête en arrière, yeux clos. Elle ferme à clé derrière elle. Il se retourne trop vite et laisse tomber sa cigarette dans l'eau.

— Je vous ai fait peur, pardon, souffle-t-elle.

— Ce n'est pas grave, je suis certain que vous avez pensé à tout.

— Oui.

Elle s'assied sur le rebord de la baignoire à pattes de lion. Il penche la tête sur le côté et pose sa main sur sa cuisse. Pieds nus, vêtue d'un pull-over à col roulé en cachemire et d'un pantalon en flanelle gris, elle ne porte aucun bijou. La baignoire est face à la fenêtre, la nuit est tombée. Et si un promeneur passe devant, il aura tout le loisir d'apercevoir ce qui se trame ici. Mais qui se baladerait à sept heures passées, après une journée de chasse ?

— Un garde-chasse justement, ironise Lee.

— Je ne savais pas que vous vous intéressiez à eux.

— Je suis férue de littérature.

— J'avais cru comprendre, avoue Stas en la dévorant des yeux.

— Je m'intéresse aussi au bain que nous allons partager.

Elle retire son chandail et découvre des seins hauts, une taille fine. Elle laisse glisser son pantalon sur ses hanches étroites et pénètre dans l'eau.

— Vous avez beaucoup de chance, estime-t-elle en s'agenouillant face à lui.

Il sourit, la prend dans ses bras et l'embrasse avec fougue, puis il la retourne dans le bac. Ses yeux lancent des éclairs, ses cheveux mouillés se collent sur ses épaules. Ses doigts courent le long de son corps fiévreux. Il la relève pour mieux la contempler, avale ses lèvres, elle gémit, tout ce qu'elle ressent, tout ce qu'elle avait oublié. Soudain il se met debout, la fait sortir de la baignoire.

— Mais…

— J'ai besoin du goût de ta peau, ta chaleur, ta douceur infinie, je veux tout de toi.

Il la pousse contre les lavabos, le marbre lui vrille les reins, mais elle ne sent que sa langue dans sa bouche, ses mains entre ses jambes. Il la soulève d'un bras et l'assied sur la tablette, le trouble la fait divaguer. Il la mange de caresses, sa tête se dérobe, son souffle est court, il se cogne contre le miroir, Stas Radziwill est aspiré par Lee Canfield, il l'avale avec passion. Elle ne sait plus où elle est, en veut encore. Soudain il se recule.

— Quoi ?

— Je te regarde, ma beauté.

— Tu vois quoi ?

— La femme de ma vie.

— Baise-moi encore.

Un rire nerveux, une démangeaison singulière, il prend sa bouche, elle boit sa salive. Des soupirs, des ardeurs, des paroles furieuses, ses joues sont d'un carmin brûlant. C'est un animal, son désir est si puissant que Lee en a le vertige, tout cet amour qui ruisselle. Est-ce qu'elle crie ? Quelle importance. Chéri, attends, je n'en ai pas fini avec toi. Ils roulent au milieu des serviettes, elle rampe sur lui comme un serpent, elle ondule, se tord, il n'y a plus aucun sens à cette histoire, ses jambes faiblissent, Lee veut en finir avec cet homme, elle s'emploie à le faire jouir, ronge ses tétons allègrement, il se met à hurler, son corps est pris de convulsions.

— On va nous entendre…

— N'arrête pas.

Bien sûr qu'elle continue, elle est enchantée, ses mèches trempées caressent le torse de son amant, elle a les membres à demi brisés, l'ivresse est une torture étrange, et le râle sourd qui s'échappe du prince Radziwill la remplit de volupté. Extatiques, engourdis, ils se laissent retomber par terre, il baise sa main, le silence est revenu, demain est un autre jour.

Ce week-end à la campagne est tout ce qu'il y a de plus conventionnel. La chasse à la grouse, un sport national. Le dimanche soir, deux couples ont éclaté. Nous sommes en Angleterre, on préserve les convenances et on part ensemble en vacances.

Lee et Stas, c'est une évidence, appréhendent le monde de la même manière, il la trouve insensée et drôle, elle rayonne en sa présence. Leur liaison n'est un secret pour personne. Plus Stas passe du temps avec Lee, plus Michael se consacre à Grace Radziwill. Ils vont même au cinéma ensemble, ils sortent par paires dans les dîners. À Londres, on ne parle que du quatuor. On établit même des pronostics, va-t-il y avoir un échange en bonne et due forme ? Avant, Lee était l'ombre de sa sœur. Depuis qu'elle connaît Stas, elle existe.

En Sicile, à Taormine, cette année-là, les Canfield croisent par hasard les Radziwill, chez les Fox ou les Forbes, les Fuller peut-être ? Les Lambton sont là naturellement, ils ne manqueraient cela pour rien au monde. Ils clament partout que tout a commencé chez eux. Grace est dépassée, Lee n'en fait qu'à sa tête. Et Stas attend la nuit. Michael en a assez de se battre pour que sa femme le considère. Autour de la piscine certains bronzent, d'autres lisent, tous attendent le coup de théâtre.

— Je vais dans le corso Umberto avec Stas, il va m'acheter des sandales, mes lanières sont cassées, tu viens, Michael ? demande Lee en se penchant vers son mari qui brunit un peu trop vite.

— Non, je vais nager, répond-il sans conviction.

— À tout à l'heure, chéri. Embrasse-moi, ordonne Lee, chatte à ses heures.

Michael se redresse et lui tend la joue. Elle explose.

— Mais embrasse-moi comme un homme ! Tu m'humilies devant nos amis, tu t'en rends compte ? Ne va pas te plaindre ensuite, les racontars, c'est toi qui les alimentes.

Elle attrape son chapeau de paille et son panier, part furieuse. La canicule est intenable. Michael hausse les épaules et rejoint Grace Radziwill dans l'eau turquoise, elle sourit.

— Il faut dire que vous n'y mettez pas du vôtre, Michael.

— Mais qui voudrait embrasser une telle garce ?

— Mon mari apparemment, répond Grace avant de s'élancer dans une brasse coulée.

Les vacances vont bientôt prendre un tournant sinistre et inattendu. Un soir, sur la terrasse surplombant la Méditerranée, ils sont tous ivres de soleil et de chianti. Les Agnelli sont arrivés pour dîner, bientôt rejoints par Sandro d'Urso. Il y a cette boîte qui s'est ouverte sur la route de Naxos, on y danse le twist quand la nuit est noire d'encre, deux jeunes Italiens y poussent la chansonnette, Adriano Celentano et Giulio Libano, on ne s'approchera pas trop de l'Etna. Mais voilà, Jackie Kennedy téléphone et ce qu'elle annonce va détruire la vie de sa sœur. Sans préambule, elle assène :

— Papa est mort.

— Quoi ?

— Viens vite, je t'en prie.

Lee saute dans le premier avion, Michael à sa suite avec les bagages. Une dizaine d'heures et un océan pour prendre conscience de la tragédie. Non, elle n'y croit pas. Comment Jackie a-t-elle pu être au courant avant elle ? Son père est mort et la nuit brille de mille feux. New York enfin, New York qui ne dort jamais. Lee a le vertige. Comme si ces mastodontes de verre et d'acier allaient s'abattre sur elle. Jackie a fait rapatrier le corps chez elle, dans son pied-à-terre de Park Avenue. Il fait une chaleur infernale. Nous sommes le 4 août 1957. La ville entière bout. Comment a-t-il pu leur cacher son cancer du foie ? Elles seraient venues immédiatement. Elles n'ont pas su qu'il avait été hospitalisé la semaine précédente. Il est mort seul, à Lennox Hill Hospital, à soixante-six ans. Jackie s'est chargée de tout. Comme d'habitude, c'est parfait. Des funérailles à St Patrick. Pas de chrysanthèmes ni de couronnes sophistiquées, mais des fleurs des champs dans des corbeilles en osier. Le cercueil est revêtu d'un lit de pâquerettes, l'autel ploie sous les gerbes de coquelicots. Plus tard, dans la berline qui les conduit à East Hampton, les sœurs Bouvier sont pelotonnées l'une contre l'autre, silencieuses et foudroyées. Il n'y a pas plus d'une douzaine de personnes au cimetière St Philomene. La famille, Jackie, Lee, leurs maris et des millions de boutons-d'or. Partout. Des paniers pendent aux réverbères dans les allées, la tombe est noyée sous une couche de renoncules. Quand soudain, ce sifflement si caractéristique, le Cannonball, le train de Long Island, le train du vendredi soir… Deux petites filles en vacances à Lasata, elles courent vers leur papa qui vient pour le week-end. Il est là, fringant, sa moustache taillée court, son pas alerte et son sourire de star. Il est unique, irremplaçable. Il ouvre ses bras, elles vont se jeter dedans, il va les serrer à les étouffer. Papa ! Lee s'écroule en sanglots, Jackie essaie de la réconforter, elle est encore plus abattue. Janet ne s'est pas déplacée.

C'était un courtier de Wall Street. Fils de la Révolution américaine, il ressemblait comme deux gouttes d'eau à Clark Gable, on l'appelait Black Prince, Black Jack, ou Black Orchid. Il était de la race des seigneurs, il restera à jamais un personnage idéalisé dans l'imaginaire de ses filles.

6

Gore Vidal, leur demi-frère, les a toujours considérées comme ses sœurs. Mais il est terriblement ambivalent à leur égard. Il adore et en même temps déteste les voir. Cela stimule sa méchanceté. Dans son journal, il note tout. Surtout le pire. Ce jour-là, il débarque de Miami avec Tennessee Williams à qui il a brossé un portrait incisif.

— Jackie sait tout faire et le fait bien. Mais elle a un corps de garçon, athlétique et ferme. Pas de taille, des épaules larges, de grandes mains.

— Tu aimes les garçons, non ?

— Certes, mais si je devais m'en taper une, des deux je choisirais Lee. Tellement plus fine, reconnaît-il, mais on s'en fout. Viens, je vais te présenter le mec le plus sexy du monde.

À Palm Beach, Jack Kennedy a offert une villa à sa femme, tout près de La Guerida, la propriété familiale. Une résidence d'hiver face à l'Océan, bordée de palmiers qui ploient sous les vents. On l'appelle « la maison blanche ». Le luxe absolu avec ses onze chambres, ses quatorze salles de bains, sa piscine, son garage pour quatre voitures. Le dos tourné au court de tennis, Kennedy s'entraîne à tirer sur des cibles placées sur des poteaux. À ses côtés, Michael Canfield se pique de quelques commentaires choisis. Les deux hommes portent des pantalons blancs et des polos colorés, ils sont bronzés, chevaliers des temps modernes.

— Non, plus à droite, non, à gauche, enfin…

— Je ne suis pas très bon, reconnaît Jack avec une moue irrésistible.

— Je n'arrive pas à comprendre pourquoi tu t'échines à vouloir devenir président ?

— Parce que je ne sais rien faire d'autre, mon vieux, tu vois bien.

Tennessee Williams et Gore Vidal s'approchent. Williams trouve ces gens très amusants, les filles s'agacent apparemment, les hommes sont sublimes, son copain Vidal a toujours des idées fabuleuses, mais le beau gosse qui joue au cow-boy est vraiment mal barré.

— Dites-moi, s'amuse l'écrivain, vous êtes vraiment très très mauvais.

— Je m'entraîne, justement, explique Jack Kennedy.

Il sourit et c'est toute l'Amérique qui fond.

— Laissez-moi vous montrer, lance Williams en saisissant la carabine. Bien tirer est un art qui nécessite précision, patience et ténacité.

Il tire trois fois, trois fois dans le mille. Gore Vidal exulte, Jackie et Lee applaudissent. Ils retournent en bavardant vers la maison pour se changer, on a parlé de baignade. Jack ouvre la marche avec Michael. Jackie et Lee ont des sourires de connivence. Et quelques pas derrière…

— Regarde-moi ce beau petit cul, s'enthousiasme Williams. Et l'autre n'est pas mal non plus.

— Tu ne vas pas draguer notre futur président, s'amuse Gore Vidal.

— Président ? Allons, ne sois pas ridicule ! dit Tennessee Williams en fixant Kennedy, qui enlace Jackie.

— Ces deux-là sont bien trop beaux, ils ne seront jamais élus.

— Et les deux autres, Lee et Michael ?

— Eux ? Mais enfin, ils se haïssent !

Dans le patio ombragé, Jackie et Lee récupèrent leurs maillots de bain, elles sont comme deux aimants qui s'attirent et se repoussent. La mort de leur père les rapproche, la jalousie en fait des rivales. Jackie essaie de fermer les yeux sur les infidélités de Jack, admire la force de Lee, tout en doutant de sa manière de vivre.

— Il va être président, Jacks, concentre-toi sur cette idée, le reste n'a pas d'importance.

Elle acquiesce.

— Je l'aime et je voudrais tant que l'on arrive à construire quelque chose ensemble.

Lee soupire.

— Ne rêve pas. Tu l'as perdu, il appartient à l'Amérique, il te trompe, alors trompe-le.

— Non.

— Fais comme moi. J'aime Stas Radziwill. Michael le sait. Et alors ? Puisqu'il n'a pas été fichu de me rendre heureuse, mon bonheur c'est moi qui le construis.

Jackie, les yeux dans le vague, demande :

— Tu crois que les homosexuels sont plus heureux que nous ? Gore et Tennessee ?

— Ils sont ensemble ?

— Oh ! je n'ai pas demandé !

Elles éclatent de rire et filent en courant vers le ponton, les autres les attendent en faisant de grands signes. Pas Michael qui est dans sa chambre, la fenêtre ouverte. Ces deux-là, il ne peut plus les supporter, il voudrait être n'importe où, mais très loin d'ici. C'est ce qu'il explique à sa belle-mère, quand elle arrive impromptu.

— Où sont-ils tous ?

— Sur le bateau, avec Jack et les pédés.

— Quoi ?

— Gore et Tennessee.

— Eux… pourquoi pas vous ?

— Nous sommes fâchés. Elle ne m'aime plus, je le sais, poursuit le jeune homme en repoussant ses cheveux en arrière.

S'il y a bien une chose qui insupporte Janet, ce sont les dysfonctionnements maritaux.

— Alors il faut partir, Michael. Sans regarder en arrière, dit-elle en tournant les talons.

Elle est furieuse. Son gendre la rattrape par le bras. Elle se retourne, outrée. Comment ose-t-il !

— Je suis désolée pour vous, déclare-t-elle en brossant sa manche comme si le diable en personne l'avait mordue. Préparez vos bagages, Michael.

— Mais je n'ai rien fait.

— Justement, il n'y a plus rien pour vous ici, partez.

De grosses larmes coulent sur ses joues, il se retire d'un pas lourd, puis revient et, dans un élan, serre Janet contre lui. Elle suffoque.

— Vous êtes la seule à avoir montré un sentiment à mon égard, au revoir, belle-maman.

Il la laisse interloquée, Janet déteste le sentimentalisme. Avec le terne Auchincloss, elle est à l'abri. Quand Lee et Jackie débarquent du Riva, elles ont les cheveux emmêlés et la peau couverte de sel.

— Tu es arrivée, maman, quelle joie ! Je suis bien meilleure qu'elle au ski nautique. Mais où est Michael ?

— Parti, tout est réglé.

Lee réalise bientôt qu'elle est enceinte de Stas. Les choses se compliquent. Il faut divorcer, c'est une évidence. Cet enfant, elle l'attend depuis si longtemps. Stas va l'épouser, exit Michael.

— Mais que vont devenir les chiens ? demande la bonne société londonienne qui n'en perd pas une depuis le début du feuilleton dans le Northumberland.

— Des golden retrievers, c'est cela ?

— Eh bien, on va les donner ! déclare Lee énervée.

La bonne société la condamne vertement.

Ils se marient civilement le 19 mars 1959, Lee a vingt-six ans et Stas dix-neuf de plus. Dorénavant, elle est princesse. Mais cela ne lui suffit pas. Elle demande l'annulation de son mariage précédent afin de pouvoir se marier religieusement. Michael fulmine.

— Quand je pense qu'elle a couché avec Jack Kennedy ! pleurniche-t-il dans les dîners en ville.

— Quoi ?

— Dans la pièce, juste à côté de notre chambre, au cap d'Antibes !

— Pas possible…

— Le vieux m'a payé pour me faire taire.

— Mais qui ?

— Joe Kennedy ! Oui, je vous assure, j'étais là ! Mais qu'est-ce que vous croyez, les filles Bouvier, c'est pas des anges ! Alors moi, Stas Radziwill, tout prince qu'il est, je lui souhaite bien du plaisir !

— Apparemment, Michael, tu es le seul avec qui elle n'ait pas couché, relève Alastair Forbes. Rien que pour cela, elle risque bien de l'obtenir, son annulation !

Les Radziwill emménagent au 4, Buckingham Place, à l'ombre du palais de la reine. Une ravissante maison géorgienne de trois étages, dissimulée derrière des palissades blanches. Lee refait les lieux de fond en comble, y incluant avec art tout le bazar des descendances polonaise et lituanienne. Lee accouche d'Anthony un peu tôt pour les convenances, elle raconte qu'il est prématuré de trois mois, cela ne portera bonheur ni à la mère ni à l'enfant. Lee était mince, elle s'affine encore, ses cheveux prennent du volume, elle gagne en assurance, elle est toujours merveilleusement habillée. Elle a compris ce qu'était le raffinement, tant en matière d'hommes, de décoration que de vêtements. Elle passe de fabuleuses soirées avec des gens chics, porte des robes de couturiers français, s'extasie sur son bébé et son mari si prévenant, s'entend à merveille avec celui de sa sœur. Quand elle le présente à Janet, celle-ci commente :

— Ton père en pire.

— Il descend des rois de Prusse et de Pologne, de George Ier d'Angleterre.

— Son capital se réduit à son charme et à l'aisance de se mouvoir dans le monde, la chute n'en sera que plus dure, chérie.

La lumière d'août à Hyannis Port est rose vif. Presque violente. Jack est obnubilé par son élection, et le peu de temps qui lui reste. Jackie est enceinte. Lee aussi. Deux grossesses coup sur coup, elle est épuisée. Au 111, Irving Avenue, les deux sœurs se sont installées à l'abri du vent, allongées sur des chaises longues devant la maison. Jack revient de la plage avec Caroline. Il avance doucement. Sa démarche est raide. Une blessure de guerre, c'est ce que Jackie raconte aux journalistes à longueur de journée, mais cette saleté de maladie d'Addison ne lui laisse pas de répit. Il porte un pantalon en toile beige et une chemise turquoise. Sa peau est hâlée, ses yeux d'un bleu profond sont bordés de mille petites rides. Il tient la petite par la main, Caroline repousse maladroitement ses cheveux qui volettent dans tous les sens. Jackie se lève, ravissante dans un ample caraco blanc sur un pantalon corsaire, son ventre est bombé. Elle trouve que l'image est belle. Le père et sa fille, le coucher de soleil, le sable qui voltige. Il ne manque qu'elle. C'est très vendeur pour la campagne électorale.

— Fais une photo, Pekes, l'appareil est là.

— Quoi ?

— Je vais à leur rencontre, fais une photo, la famille idéale, tu sais bien.

Oui, la famille idéale, Caroline qui gambade à la rencontre de sa mère, Jack un peu tendu et le soleil qui plonge dans la mer. Jackie a raison, elle a un sens inné de la mise en scène, des symboles qui façonnent l'histoire. Clic, clac, la voilà ta légende, chérie.

— Si la photo est bien, je l'envoie à CBS, estime Jackie.

— Ton mari dégage un charisme dingue, il transperce l'objectif, il sera président, j'en suis certaine.

Lee se lève pour vérifier qu'Anthony va bien. Il est sans doute avec Stas. Elle est fatiguée. Depuis que Jackie a accouché d'un bébé mort-né, elle est inquiète de tout, même du sommeil de son fils. Oui, il dort dans le salon, dans les bras de son père qui fait chut en souriant tendrement. Le regard étrange et rassurant de Stas, ses yeux opaques, bordés de longs cils, son air bienveillant, Lee est presque heureuse. Elle rejoint sa sœur, dehors.

— Parfois j'ai envie de tout balancer, avoue Jackie, je n'en peux plus de toutes ces garces.

— Des putains, il y en aura toujours, ton mec a une libido d'ado. Et alors ?

Lee s'assied contre sa sœur.

— Je suis énorme, n'est-ce pas ?

— Tu es enceinte de six mois, Pekes, heureusement que cela se voit. Tu connais la dernière ?

— Non.

— Il paraît que Jack a mis une main aux fesses de

Marlene Dietrich dans un ascenseur, elle s'est retournée et lui a collé une gifle.

Et les deux sœurs de s'esclaffer.

Stas et Jack Kennedy s'entendent merveilleusement. Ils jouent en backgammon pendant des heures en établissant des plans de campagne concernant le vote des Polonais. Stas s'investit auprès de son beau-frère avec ferveur. Il voue un culte à sa femme, il se fiche qu'elle dépense des fortunes pour s'habiller, elle se moque de lui car il parle anglais avec un très fort accent polonais. Le 18 août 1959, Lee manque de mourir en donnant naissance à sa fille. Tina naît prématurée de trois mois et demeure en couveuse. Stas et Lee rentrent en Angleterre sans le bébé. Ce serait trop risqué pour le nourrisson. Et Lee sombre dans la dépression. Elle pleure sans arrêt, Stas est perdu, il ne sait que faire. Il est profondément amoureux de sa femme.

Le 8 novembre 1960, John Fitzgerald Kennedy est élu président des États-Unis face à Richard Nixon. Moins de 1 % de voix séparent les deux candidats : 118 550 sur 69 millions de votes. À quarante-trois ans, Jack est le trente-cinquième président des États-Unis.

— Je ne peux pas le croire ! hurle Janet. Oh ! Jackie, je ne peux pas le croire ! Jamais je n'ai été aussi fière de quelqu'un. Bravo, ma chérie !

Ce n'est pas ça qui va améliorer la neurasthénie post-partum de la princesse Radziwill. Elle s'enfonce au creux de son lit, à Londres, se dit que sa vie est une luxueuse façade sur un terrain vague. Éprouvantes, ces années-là.

Deux petites filles

Lasata, tous les week-ends, toutes les vacances, toute la vie… Lasata ! Chez Grampy Bouvier à East Hampton ! Lasata qui commence dans Further Lane et se termine dans l'Atlantique. Lasata, c'est la sérénité en indien, a dit papa. Un parc immense, un manoir anglais, tellement de vigne vierge qu'on ne voit même plus le fronton et les armes de la famille. Les clôtures qui enferment les chevaux sont cachées sous le chèvrefeuille, les abeilles du monde entier y butinent. Les pelouses sont lisses, l'allée d'érables tourne juste avant l'entrée. Il y a une piscine, des écuries, un manège, un tennis… C'est notre paradis, notre enfance protégée. Quand on arrive dans la Zephyr noire de papa, on klaxonne à tout va pour prévenir les cousins. Ils sortent nous accueillir en agitant les bras. Et puis on cavale jusqu'à l'Océan en hurlant, souvent les mouettes font encore plus de bruit que nous. Il y a Miche, Edie, Maude et puis Scottie et Sheila… C'est Jackie la plus grande. On sait déjà qu'elle va nous snober et passer ses vacances en jodhpurs, sa cravache à la main. Elle gagne tous les concours hippiques de Long Island sur sa jument Danseuse.

Mes cousins et moi, on a notre cachette secrète, dans

le bosquet juste derrière les Trois Grâces. Ce sont des statues de marbre, elles ont les mains croisées au-dessus de la tête, comme ça. Grampy les appelle Volupté, Chasteté et Beauté. Nous, on leur a donné le nom de nos tantes, Zénaïde, Alexine et Mary. En descendant vers le potager, il y a deux fontaines en grès entourées de bergers grecs, elles dégoulinent de crottes d'oiseaux car ils viennent y boire. On les guette doucement, puis soudain on braille et on agite les bras, ils s'envolent en perdant des plumes. J'adore le potager de Grampy, c'est Paul qui s'en occupe, toujours à quatre pattes pour arracher les mauvaises herbes, il y a des tomates grimpantes, d'énormes bouquets de lavande, de la menthe, des rangées de fraises et des potirons. Un peu plus loin, la tonnelle sous la glycine : c'est là qu'on prend notre goûter. Mais on déjeune sur la terrasse près du jardin italien, juste derrière la maison. On joue à la marelle sur les allées de pavés, sous les arbres fruitiers. Papa est le grand spécialiste des daiquiris, il les prépare pour maman, Grampy et ses sœurs, mais pour nous, les enfants, il confectionne le meilleur jus de tomate du monde.

— Assaisonné, papa !

— Bien entendu, ma chérie.

On mange avec les doigts des épis de maïs grillés, la glace à la vanille est servie sur un linge blanc et la sauce au chocolat fume dans une saucière en argent ! Lasata, c'est notre paradis. Jackie et moi, on a un rituel : dévaler jusqu'au court de tennis caché par d'immenses grillages qui manquent de s'effondrer sous le jasmin, la première qui trouve une vieille balle à balancer sur le court a gagné… On revient en passant par la roseraie. En juillet, il n'y a plus de roses mais des pétales partout par terre, ils ont laissé la place à des bulbes orangés. Les voitures sont garées à l'ombre des ormes vieux de plus de cent ans. Il y a une Mercury noire décapotable, la Stutz marron glacé que conduit Adam, le chauffeur en livrée. Et puis aussi une Nash rouge.

— East Hampton, c'est le coin des artistes, les fermiers disparaissent peu à peu, explique papa alors que nous nous rendons à pied au Maidstone Club.

Nous l'écoutons religieusement.

— Ils se sont installés ici, principalement entre Amagansett, Sagaponack, Three Mile Harbor et Springs…

— Pourquoi, papa ?

— Pour la lumière, Lee, répond Jackie.

— Tiens, tu vois ce monsieur qui marche pieds nus là-bas sur Egypt Lane ? poursuit papa.

— Oui ?

— C'est Jackson Pollock, un immense peintre.

Le Maidstone Club, c'est l'endroit où il faut être. Mais tout le monde n'a pas le droit d'y être. Nous, si. Le Maidstone Club, c'est des tennis, un golf, des restaurants, une piscine et la plage de sable fin bordée de cabines en arc de cercle. On possède la plus importante avec une terrasse pour lire à l'ombre des parasols. Papa connaît tout le monde, il faut toujours dire bonjour, Jackie le fait très bien, en souriant, il ne manque plus que la révérence. « Bonjour, madame Page, bonjour, docteur Boots, hello, madame Marble. » Et tous la trouvent si belle. Moi je suis déjà dans l'eau.

Mon père, c'est le plus beau, il est tout bronzé, ses cheveux plaqués en arrière avec une fine raie sur le côté et sa moustache qui me chatouille quand je l'embrasse. Mon père, il sait tout.

— Celui qui ne fait pas partie du Maidstone Club, explique papa, n'est personne.

— Comme Lee, interrompt Jackie.

— Je fais partie…

— Sois gentille avec ta petite sœur, Jackie.

Ce que je préfère, c'est me baigner avec papa. Je reste dans l'eau toute la journée, me jette dans les vagues. Qu'est-ce qu'il y a de l'autre côté ?

— Il y a l'Europe, raconte papa. Un jour tu iras.

— J'irai avec Jackie.

— Il faudra apprendre à faire les choses seule, Lee. Va plus loin, chérie, tu peux le faire, viens sur mon dos, tu es ma sirène, nageons ensemble.

— Jusqu'en Europe ?

— Bien sûr, chérie.

Il éclate de rire et nous pataugeons jusqu'au rivage. Ce sont les meilleurs moments de ma vie. Mon père est un héros, je ne veux jamais le quitter.

Jackie passe son temps sur Danseuse. Elle revient de chaque concours avec un ruban bleu. Moi j'ai trop peur depuis que je suis tombée. Papa m'a forcée à remonter, j'ai accepté, je voulais qu'il soit fier, mais je suis tombée encore. Je me suis cassé une dent, trois côtes et j'ai eu la marque du sabot sur mon ventre pendant des semaines. Jackie était morte de rire.

— Allez, sois mignonne, Pekes, montre-moi l'empreinte du diable, me suppliait-elle tous les soirs.

Et moi je soulevais ma chemise en pleurnichant. Ma sœur, elle est autoritaire, elle fait ce qu'elle veut des gens.

Elle lit tout le temps et, avec Grampy, ils passent des heures dans la bibliothèque. Grampy a publié un ouvrage sur la généalogie des Bouvier. Nous descendons d'une famille d'aristocrates français du XVIe *siècle, ce qui plaît beaucoup à maman. Les amis de ma sœur se nomment Mowgli, le petit Lord Fauntleroy, Robin des Bois... L'après-midi, on est censées faire la sieste quand il fait trop chaud. Jackie ne dort jamais. Elle s'installe au bord de la fenêtre et lit George Bernard Shaw ou Tchekhov. Papa répète tout le temps qu'elle est brillante. Comme lui. Il a étudié à Yale et son monde est divisé entre ceux qui sortent de Yale et les autres. Moi, il ne me regarde pas beaucoup. Alors je fais du bruit et il me caresse la tête comme si j'étais son chien, King Phar. Je suis sa fille.*

— Regarde comme elle monte bien ! s'écrie papa.

À Montauk, ce jour-là, le vent s'est levé. Nous sommes accoudés à la palissade, Jackie cavale par-dessus les haies.

— Regarde, Janet. Une véritable amazone.

— Elle s'est entraînée tout l'hiver à New York.

— Quelle allure ! Qu'est-ce que ce sera quand elle aura vingt ans !

— Elle aura tous les hommes à ses pieds, j'imagine, comme moi, estime Janet en vérifiant son rouge à lèvres.

— Oh ! c'est certain, elle épousera un garçon du Raquet Club !

Papa préfère Jackie, je l'ai toujours su. Elle lui ressemble comme deux gouttes d'eau. Après elle, il souhaitait un fils, donc sa première impression de moi fut une déception. Elle est meilleure pour tout, même pour grimper aux arbres, moi je ne peux pas lever les fesses.

— Tu es trop grosse, tu es trop grosse ! chante-t-elle à tue-tête.

Heureusement que papa me défend.

— Lee sera ravissante plus tard. Elle est la féminité incarnée.

Je sais bien que je suis plus jolie. Elle, c'est un garçon manqué avec des genoux et des coudes toujours écorchés. Elle a les plus grands pieds du monde et ne peut entrer dans les chaussures de maman. Je me moque d'elle quand on joue au croquet. Pour se venger, elle me donne un coup de maillet sur la tête. C'est vrai que je suis toujours collée derrière elle, mais ce n'est pas une raison. Elle se débrouille tellement bien que c'est moi qui me fais gronder par maman.

Ce soir, dans notre chambre, serrées dans le même lit, nous nous endormons, quand nos parents entrent nous embrasser.

— Vous allez où ?

— Danser au Central Park Casino, il y a Eddy Duchin qui chante.

Maman est tellement belle dans sa robe de mousseline bleue et papa porte un costume à rayures marine avec une chemise blanche, il a glissé une orchidée à sa boutonnière. Ils sentent bon, ils sont si romantiques.

Le lundi, papa retourne travailler à Wall Street et on passe la semaine à l'attendre. Le vendredi, on se précipite à la gare pour l'arrivée du Cannonball, le train de New York. Un truc que j'adore faire, c'est déposer quelques pennies sur les rails bien avant que le train n'apparaisse. Cela fait hurler de peur maman. Siffle, le train siffle, c'est le Cannonball, Black Jack est de retour !

À l'école, Jackie est bien meilleure élève que moi, elle sait tout. Pas moi. Nous sommes inscrites à la Chapin School dans l'Upper East Side. Nous sommes ensemble la plupart du temps, malgré nos quatre années de différence. À la récréation, Jackie reste à côté de moi. Pour me protéger. Je n'aime pas cette école, mais maman y était aussi, c'est une tradition familiale.

— Lee est une petite fille qui a l'air de lutter pour trouver sa place, explique la maîtresse à mes parents.

Nous apprenons les bonnes manières dès notre plus jeune âge. Nous ne voyons que des gens bien. Nous prenons des cours de danse et de piano, c'est important. Il y a le fameux récital de Chapin School, donné par les élèves lors du spectacle de fin d'année. C'est essentiel pour Jackie qui déteste le piano. Mais elle doit y arriver. Je sais qu'elle n'est pas prête. Elle revient de chaque leçon en pleurnichant, c'est trop dur. Alors je m'y mets, j'apprends en cachette. Je m'entraîne et progresse. Je m'inscris au récital en secret.

Ce jour-là, dans la salle de musique transformée en auditorium, tous les parents sont là. Dans sa jolie robe à volants et plumetis piqués, avec ses rubans dans les cheveux, Jackie a l'air d'être le soleil. Mais moi je sais qu'elle est morte de peur. Elle s'installe au piano et, dès les premières notes, Le Beau Danube bleu *est un désastre ! Rien que des couacs ! Elle saute du tabouret et laisse retomber exprès le couvercle de l'instrument. Maman fait la moue, papa lisse sa moustache, ennuyé. La maîtresse est horrifiée. Puis, de sa voix douce, elle présente :*

— C'est une surprise, mes chers amis, voici la petite Lee Bouvier qui n'était pas prévue au programme, mais qui compte absolument jouer pour nous.

Lee Bouvier. Jackie se retourne et me fixe, méchante. Moi je m'assieds sur le tabouret, il est un peu bas. La maîtresse se précipite et le fait tourner pour le remonter. Merci, madame. Je soulève le couvercle du piano, me tourne vers ma grande sœur et lui souris. Elle est dans l'encoignure de la porte. Mes parents, au premier rang, sont stupéfaits. Je pose les doigts sur les touches et Le Beau Danube bleu *envahit la salle de classe. Le public est suspendu à mon jeu, c'est un tonnerre d'applaudissements et ma plus belle victoire.*

— Ce n'est pas très malin ce que tu as fait, me lance Janet un peu plus tard. Être en compétition avec ta sœur ! Quelle idée, ma chérie, sois toi-même. Car tu montres des capacités inattendues.

Mais notre enfance idyllique va bientôt prendre un tournant tragique. Nos parents se disputent tout le temps. Dans l'appartement de Park Avenue, dissimulées derrière la porte, Jackie et moi entendons des mots qui nous terrifient : divorce, adultère, départ, séparation...

— Non, je refuse ! hurle papa. Je refuse que mes filles grandissent loin de moi !

— Et moi je refuse d'être trompée à tour de bras par toutes les filles que tu croises. Je n'ose même plus te faire venir aux réunions de l'école, tu dragues tout ce qui bouge !

J'apprends à vomir et je maigris. Jackie m'a montré, elle le fait tout le temps. Je pleure beaucoup, Jackie arrête de parler, elle reste droite, sans un mot, un sphinx.

— Nous divorçons.

— Oui, maman, nous le savons déjà.

Vivre avec maman, c'est connaître les règles, les conventions, en user comme d'une arme. Devenir fortes, gagner, n'avoir jamais peur de rien. Nous sommes des guerrières et notre armure est en fer-blanc. Nous grandissons invincibles !

Vivre avec papa, c'est Lasata, la folie, c'est connaître la joie à chaque instant, la gaieté. Papa séduit les femmes, alors ses filles, vous imaginez... Avec lui on fait tout ce que maman nous interdit, on va au zoo, aux matchs de boxe, on déjeune au Plaza, on patine au Rockefeller Center, on prend le thé au Waldorf. Quand on rentre chez maman à Park Avenue, on ne parle que de papa, et maman est furieuse. Elle se venge en nous expliquant pourquoi elle l'a quitté.

— C'est un coureur de jupons, un alcoolique !

— L'avantage d'avoir un parent alcoolique, c'est que l'on obtient certaines informations essentielles avant tout le monde, assène Jackie du haut de ses douze ans.

Ma sœur et moi sommes plus fusionnelles que jamais. Elle me fascine, me rassure. Elle a une idée précise de sa destinée, et je l'envie aussi pour cela.

— Un prénom, je serai un prénom, affirme-t-elle le soir avant d'éteindre la lumière.

Je m'endors en lui tenant la main et en rêvant de Lasata. Et dans un demi-sommeil...

— C'est qui Clark Gable, déjà, Jacks ?

— Quelqu'un qui ressemble à papa, Pekes.

60's

SWINGING CAMELOT

7

Rivaliser avec ça, songe Lee, je ne pourrai jamais !

Comment en est-on arrivés là ? s'interroge Janet.

J'y suis enfin, se dit Jackie…

Le bureau ovale. Dans l'aile ouest de la Maison Blanche. Lee longe les trois fenêtres de la pièce sacrée, sa main glisse sur les vitres. Ce genre de verre doit résister à tout, même aux explosions. Aux tirs de balles. On affirme qu'un système subtil brouille toute éventuelle lecture sur les lèvres à distance. C'est très nouveau pour Lee, les questions de sécurité, le protocole, la pompe… Sa sœur est suivie en permanence par un certain Clint Hill, de la CIA. Janet et Jackie restent debout au milieu de la pièce, occupées à débattre du bien-fondé de conserver ou pas les fauteuils à haut dossier.

— Roosevelt avait un goût épouvantable, tout le monde le sait, souligne Janet. Quant à Ike, n'en parlons pas. Et sa femme, cette péquenaude du Colorado… Non, chérie, il faut que tu changes tout, et pendant que tu y es, refais la décoration entière de la demeure.

— Je ne garde pas le bureau ?

— Le *Theodore Roosevelt-Desk* ? Une horreur ! Tu vas bien trouver autre chose dans les greniers.

Janet pose toujours le doigt tendu sur ses lèvres pincées quand elle réfléchit. Elle jette un coup d'œil circulaire. Son nez se plisse. Sur la cheminée trône le portrait d'Abraham Lincoln, pas gai. Et cet énorme tapis verdâtre, à vomir ! Et toutes ces statues, des figurines, des bustes… Quelle indélicatesse de la part d'Eisenhower d'avoir oublié ses cochonneries !

— Tu crois que je peux m'asseoir derrière le bureau ou c'est choquant ? demande Lee.

— Tu peux tout, Pekes, répond Jackie.

— Et comment dois-je appeler mon beau-frère maintenant ? Monsieur le Président ?

— Oh ! chérie, concède Jackie avec un rire nerveux, appelle-le Jack comme d'habitude.

— Sauf qu'on ne peut plus penser à lui en tant qu'homme, observe Janet, il est l'Amérique et tu es son épouse.

Voilà trois mois que l'investiture a eu lieu. En ce 15 mars 1961, la First Lady est inouïe dans une robe en organza blanc imaginée par Oleg Cassini. Elle se remet enfin de son accouchement par césarienne, survenu en novembre dernier, le petit John a bien failli ne pas voir le jour. Ce soir, elle reçoit pour sa sœur chérie. Lee est lumineuse dans un fourreau en taffetas anis, les cheveux relevés en un chignon flou piqué d'épingles de strass. Dans le salon d'apparat, les tables sont recouvertes de plusieurs couches de nappes en soie cuivrée, on dirait de la feuille d'or, elles ploient sous les freesias et les bougies immaculées, les couverts sont en vermeil, la vaisselle en porcelaine de Sèvres. Janet adore la gloire par procuration. Le beau monde se presse ce soir. Des Kennedy à foison, de Peter Lawford que tout le monde voudrait oublier au jeune Teddy promis au plus bel avenir. Des Bouvier qui débarquent de France. Des milliardaires, des écrivains, des artistes, chacun se dissimule derrière un sourire désinvolte.

— Je t'ai mis à la table de Lee, explique Jackie à Gore Vidal, séparé de Truman Capote par une Anglaise idiote. Vous pourrez parler par-dessus sa tête.

— C'est la troisième fois que je viens cette semaine, raconte Arthur Schlesinger à Rose Kennedy. J'ai l'impression d'être le fou du roi !

— Et dire que je suis là, moi, un républicain qui déteste la liberté, avoue Hugh Auchincloss. Mais je suis heureux d'être le beau-père d'un président, même d'un président gauchiste !

— Où est Ondine ? couine Capote de sa voix de fausset.

— Savez-vous qui se cache derrière Cholly Knickerbocker, le chroniqueur mondain ?

On s'enivre de Piper-Heidsieck 1953 dans le salon bleu où l'orchestre de Lester Lanin joue *Tea for Two*. Sinatra transpire d'orgueil. Porteur de valises et roi du blanchiment, il escorte la première dame vers la salle à manger. Il ne sait pas qu'il n'est que toléré ici. Il le doit à ses relations avec la Mafia. Et aux consignes de vote qu'elle a ordonnées. Car l'Organisation a offert la côte Ouest aux Kennedy. Le vieux Joe est un homme reconnaissant, surtout avec ses anciens amis.

Oleg Cassini partage ses secrets avec Truman Capote, il exhibe un carnet dans lequel il a noté toutes les putains qu'il s'est envoyées et leurs spécialités. Capote sursaute en avalant son petit rire, ce qui provoque des espèces de « squeezes » agrémentés d'un hoquet, on dirait un poussin qui s'étouffe avec une cacahouète. Ses yeux sont deux billes, c'est vrai qu'il débarque d'Alabama, le pays des ploucs. Après le dîner, on danse comme des fous, après tout le roi et la reine sont jeunes et beaux ! On surnomme leur royaume Camelot, du nom d'une comédie musicale que le Président adore. Voici le twist qui fait son entrée, mais où est Chubby Checker ? Ali Khan serre de près Pamela Turnure, Jack Kennedy est furieux, c'est sa maîtresse, Jackie le sait. Lee et Stephen Smith s'élancent dans un duo endiablé. Lyndon Johnson se trémousse, dérape et se casse la figure, il reste hilare par terre pendant dix minutes. Ivre mort, Franklin Roosevelt Jr raconte ses déboires familiaux à Oleg Cassini, persuadé qu'il s'agit de son vieux copain Radziwill.

Gore Vidal prend Jackie dans ses bras pour la faire valser. Bobby se précipite pour repousser Vidal.

— Ne la touche pas !

— Tu es un grand malade, toi !

— C'est la première dame, assène Bobby écarlate.

— C'est ma putain de petite sœur, sale con d'Irlandais !

Il sera jeté dehors par George Plimpton. Les Kennedy ont la sensibilité à fleur de peau. Une soirée formidable, les invités se tortillent comme des possédés jusqu'à quatre heures du matin. Le lendemain, Pierre Salinger fait passer un démenti à la presse en précisant qu'évidemment le twist n'a jamais été dansé à la Maison Blanche.

Il est temps de se mettre au travail. Mais sans oublier la famille. Le Président a des liens particuliers avec Lee, ne l'oublions pas. Et il adore son mari, ce n'est pas incompatible pour un Kennedy. Il doit remercier le prince Radziwill pour son implication auprès des Polonais. Après tout il a battu le rappel, il s'est porté garant, a fait jouer ses relations, son nom. Jack voudrait lui offrir un poste quelque part. Avant toute prise de décision, le FBI enquête et soumet un rapport au Président. Le dossier pèse une tonne.

— Dois-je tout lire ? demande Kennedy étonné à Edgar Hoover.

— Non, Monsieur le Président, contentez-vous de refuser la nomination.

— Fais de Bobby ton *district attorney*, ordonne Joe Kennedy.

— Monsieur le Président, c'est dégoupiller une grenade, s'affole Hoover.

— On ne discute pas les ordres de mon père, estime le Président.

Ça commence mal. Hoover ne supporte déjà plus cette famille sur laquelle il a de nombreux dossiers. Il pourrait dégommer le vieux Joe facilement. Admirateur de Hitler, pote de McCarthy, bootlegger… De quoi le coffrer pour un bon bout de temps, songe le patron du FBI. Attendons un peu, Bobby va ruer dans les brancards, c'est sûr. C'est un teigneux, un roquet, il est l'éternel second et aboie bien fort pour se faire remarquer. Et puis il donne des leçons de morale à tout le monde, à l'heure où le Président se tape Judith Campbell, la poule de Giancana, introduite par Sinatra. Opération « Mains propres », a juré Bobby, et pour le sexe on fait comment ?

Jackie s'attaque à la rénovation de la Maison Blanche avec le décorateur français Stéphane Boudin, directeur artistique de Jansen. À peine a-t-il posé le pied à Washington que les critiques fusent. Jackie passe outre et rajeunit tout.

— Un peu trop martial, concède Jack Kennedy en découvrant le nouveau papier peint du petit salon, avec des soldats portant des fusils.

— C'est français et XVIIIe.

— Mais ça va coûter une fortune !

— Non non, rien, chéri, j'ai mon idée.

Une très bonne idée. Jackie fait financer les travaux par la sortie d'un livre, le manuel de la Maison Blanche. Elle organise une visite guidée devant les caméras de CBS. L'émission fait un record d'audience et gagne un Emmy Award. Du coup le Congrès consacre l'endroit monument national. Et voilà une affaire rondement menée. Adieu les niaiseries de Mamie Eisenhower et bonjour au chic Jackie Kennedy. Elle mène la danse, personne n'est surpris. Elle est arrivée à ses fins, agrippe son destin à pleines mains. Ça fait près de trente ans qu'elle hurle sur tous les toits qu'elle est la première. La première quoi ? La première, c'est tout. Bravo, Jackie. First Lady, l'Amérique t'appartient, c'est plutôt bien vu, ça. Ta coiffure est bouffante à souhait, grâce à Kenneth, le coiffeur des stars. Tes lunettes *oversized*, ton foulard noué autour de la tête, ton bibi tambourin assorti à tes tailleurs, tes robes trois trous et tes petits talons. Tu découpes même les griffes de tes manteaux Givenchy avec des ciseaux à ongles pour les faire passer pour des modèles Cassini. Une première dame doit absolument être habillée par un couturier américain. Cassini en profite, les circonstances servent son prestige. Givenchy s'étouffe, on passe outre. Les médias deviennent fous, la télévision est partout, les caméras gênent le service, la communication s'empare du couple présidentiel avec une fougue saisissante. Rose Kennedy considère l'ensemble d'un air distant, oui son fils est président, mais est-ce vraiment ce que souhaitait le Seigneur ? Le monde a les yeux rivés sur les Kennedy et ils en ont conscience. Soudain, ils se redressent et gagnent quelques centimètres, ça fait tellement de bien d'être les rois du monde.

Lee et Stas passent de plus en plus de temps à Washington depuis que Lee est nommée dame de compagnie. Dans l'ombre de sa sœur. Encore et toujours. Ainsi qu'elle le lui a expliqué.

— C'est simple, Pekes, tu fais tout ce que je fais, trois pas derrière.

À la fin du mois de mai 1961, Lee va mesurer l'étendue de l'idolâtrie dont son aînée bénéficie. Visite officielle en France. Préparée en amont par Pierre Salinger. La presse est sous sa coupe, il manœuvre mieux que personne, l'air de rien, le cigare aux lèvres et les pieds sur la table. C'est un renard, il joue sur les origines françaises de Jackie et sa connaissance de la culture du pays. Elle devient ainsi historienne et spécialiste des XVIIe et XVIIIe siècles. *Paris Match*, *Jours de*

France, *Noir et Blanc*, *Femmes d'aujourd'hui*, *Vogue*, *Constellation* se jettent sur l'héroïne.

Il n'est que temps de rejoindre Idlewild Airport et le Boeing présidentiel confié au colonel James Swindal pour son premier voyage officiel à l'étranger. Mais une ravissante fillette blonde de trois ans et demi s'en mêle. Elle est accrochée à la jambe de son père, le président des États-Unis d'Amérique, qui lui caresse distraitement la tête en bouclant les derniers dossiers en cours.

— Tu vas où, papa ? interroge Caroline.

— En France, ma chérie.

— C'est loin ?

— Au bout du monde, le royaume du Roi-Soleil !

— Oh, il a un château alors !

— Immense et magnifique, je vais même y dîner.

— Tu me rapportes un cadeau ?

— Je te rapporterai l'Arc de triomphe et la tour Eiffel.

— Alors tu peux partir tranquille, je garderai *baby* John.

Le général de Gaulle a soixante-dix ans. Jack Kennedy pourrait être son fils. Sera-t-il à la hauteur ? se demandent certains sénateurs de l'opposition. Certes il a un physique d'acteur de cinéma, mais Kennedy est avant tout un professionnel de la politique, un homme à l'intelligence froide. Politicien par goût, sa culture politique et la connaissance qu'il a des dossiers lui confèrent une autorité inhabituelle pour un homme de son âge. Il s'est bien fichu de Truman qui le traitait de gamin inexpérimenté pendant la campagne électorale. Kennedy est une machine de guerre. Ses journées durent vingt heures. Ses secrets, une rapidité inouïe de lecture et la possibilité d'aborder chaque nouveau sujet la tête fraîche, en faisant fi des autres problèmes. À la satisfaction d'avoir atteint son rêve s'ajoute l'ambition qu'il a de réussir. Jack Kennedy est un homme heureux. Il débarque en France en connaissance de cause : de Gaulle, il le connaît déjà par cœur.

On les applaudit sur leur passage, les Champs-Élysées sont en liesse. Près d'un million de personnes les attendent, la foule est en délire. Des milliers de petits drapeaux, une nuée de bannières étoilées sous une pluie battante. On scande « Ja-ckie, Ja-ckie », on sait que la première dame a tout de la Parisienne. Le peuple l'acclame. La garde républicaine est à cheval, les motards en grande tenue.

— Ce n'est pas une capitale, souffle Jackie au Général dans la voiture qui les mène à l'Élysée, c'est une promenade sentimentale.

Il en rougit ! Quand l'automobile s'arrête enfin, le Président américain et son épouse décident de prendre un bain de foule et serrent familièrement toutes les mains tendues. La sécurité, la sécurité ! songe Clint Hill. Les Kennedy mesurent l'ampleur de leur triomphe. La télévision française a diffusé la veille une interview où Jackie évoque ses racines, son amour de la langue et de la culture, le tout dans un français parfait. Jackie devient une icône nationale. Pas Jack, qui ne parle pas la langue de Voltaire et prend légèrement ombrage de ce succès inattendu. Il faut avouer que Jackie se met en scène avec une dextérité incroyable, ses vêtements sont judicieusement choisis, son sourire est contagieux. Elle explique aux gens qu'elle est des leurs, et ils la croient ! Quand elle visite l'École de puériculture du boulevard Brune, une jeune maman l'applaudit avec tant de passion qu'elle en oublie son bambin qui disparaît. On retrouve le petit Jeannot à quatre pattes sous un berceau. « Je vais l'appeler John dorénavant », promet la mère rassurée. Dans la salle des fêtes de l'Hôtel de Ville, Jack Kennedy rappelle l'amitié historique qui lie les deux pays. Séduisant en diable avec ses cheveux en bataille, son regard turquoise et son sourire ravageur, il porte un costume gris fer et une cravate bleu pastel. Il tapote sur le micro et annonce :

— Je suis l'homme qui accompagne Jackie Kennedy. Et j'adore ça !

Les Français sont hilares et fascinés. Jackie dans son ensemble en soie marine se penche pour chercher Lee, reléguée de l'autre côté. Les Parisiens pensent qu'elle lance des signes à son mari, ce geste les touche et fait les gros titres de *Paris Match* la semaine suivante. À l'Élysée, deux mille invités se bousculent pour apercevoir la reine de la fête dans son manteau de laine jaune paille et son tambourin imaginé par Oleg Cassini. Ce petit chapeau devient partie intégrante de son image. Elle ne souhaite qu'une chose, visiter le Louvre. Malraux est son chevalier servant. Il a le teint blême et des tics effarants. Son épouse Madeleine, les yeux rougis, se cache derrière un mouchoir. Jackie apprend que les fils du ministre, Vincent et Gautier, viennent de se tuer sur la route. Leur mère était morte dix-sept ans plus tôt dans un stupide accident de train.

— Je suis de tout cœur avec vous, chuchote-t-elle au ministre. Vous n'étiez pas obligé d'être là.

— Rien n'aurait pu m'en détourner, madame.

Elle tombe en admiration devant *La Joconde.*

— Vous me la prêtez ? s'enquiert-elle.

— Bien entendu, répond Malraux. Sachez qu'elle n'a jamais quitté la France.

Elle avouera plus tard au ministre combien elle a adoré *La Condition humaine.* Il acquiesce, on dirait même qu'ils flirtent un peu. Rien n'est jamais déplacé quand il s'agit de Jackie.

— Mais que faisiez-vous avant de vous marier ?

— J'étais vierge.

Leur amitié, leur complicité agace le chef d'État français qui a toujours l'impression que Jackie se fiche de lui. Pourtant, sous les ors de Versailles, il accueille ainsi le couple américain : « Vous êtes les très bienvenus. » Politique oblige, Jackie est en Givenchy, du satin blanc avec un corsage couvert de strass bleu, blanc et rouge. Alexandre a fait gonfler ses cheveux en les retenant sur le côté par des pinces ornées de brillants. Lee porte un fourreau de guipure blanc et rose, une merveille de chez Dior. Une table est dressée sur toute la longueur de la galerie des Glaces, Jackie est assise entre le chef de l'État et Jacques Chaban-Delmas qui a tout du jeune premier. Elle a avec le Général une conversation animée à propos de Louis XVI, du duc d'Angoulême et des complexités dynastiques des Bourbons. De Gaulle apostrophe Kennedy de l'autre côté de la table.

— Votre épouse connaît mieux l'histoire de France que la plupart des Françaises.

Kennedy ne comprend pas un mot, et c'est Jackie qui joue les interprètes. Le dîner a lieu à la lueur des torchères, une musique Grand Siècle envahit l'espace, Jackie a fait convier son amie de jeunesse, Claude de Renty.

— Je ne me souviens pas de celle-là, murmure Lee, par-dessus la table, à sa sœur qui lui fait face.

— Peu importe, les Français vont adorer l'idée. Dis-moi, chérie, et si on visitait Paris, toutes les deux, demain matin ? suggère Jackie, soudain enjouée.

— Comme dans notre jeunesse ? Enfin, Jacks, ce n'est pas possible.

— On va s'arranger. Je t'aime, Pekes, tu sais.

— Moi aussi, répond Lee en faisant la moue.

— Je vois bien que c'est difficile pour toi.

— C'est pire que tout, Jacks, je n'y peux rien, et toi non plus. Occupe-toi de ton voisin, il s'ennuie.

— Pas autant que Jack à côté de Mme de Gaulle, tu crois qu'elle lui parle des nappes qu'elle brode toute la journée ?

Les deux sœurs surprennent la mine déconfite du Président américain. Elles éclatent de rire, on frise l'incident diplomatique. Clint Hill, chef des services secrets, fait son rapport ce soir-là à Allen Dulles, son patron :

— Elle est devenue plus populaire que Liz Taylor, Grace Kelly et Marilyn réunies, il va falloir compter avec elle, vous risquez d'avoir des surprises.

Lee rentre à Londres alors que le couple poursuit son tour d'Europe à Vienne. Ce qu'elle a vécu à Paris l'a anéantie. Non seulement sa sœur est adulée, mais dans les domaines qui lui ont toujours appartenu à elle, la mode, le style, la peinture. Et ça, Lee ne peut le digérer. Elle prépare le baptême de sa fille Tina avec chaleur et concision. Comme sa sœur, elle ne laisse place ni au hasard ni à la bohème. Mais tout se transforme en véritable cirque avec l'arrivée de Jack et Jackie. Les badauds se précipitent à Westminster, la police est appelée à la rescousse, on est obligé de barricader la cathédrale. La petite Tina hurle quand on la plonge dans le baptistère, son frère Anthony s'y met aussitôt, on se croirait dans un chenil ! Jack souffre le martyre, son dos le lance, heureusement le docteur Jacobson et ses seringues magiques ne sont jamais très loin. Lee le déteste, c'est un charlatan, complètement paranoïaque, un docteur *Feel Good* qui, non content de piquer Jack, distille sa drogue dans les veines de Jackie. Ah non, qu'il se tape l'hôtel du coin, la maison de Lee est déjà investie par la CIA !

Dans le secret du salon cosy du 4, Buckingham Place, Jack Kennedy se laisse tomber sur un fauteuil. Épuisé. Radziwill l'interroge du regard.

— Khrouchtchev joue au grand méchant loup nucléaire et Jackie se prend pour un sex-symbol.

Stas propose à son beau-frère une partie de backgammon, un Bloody Mary et un cigare.

— Tu sais me prendre, toi.

— Tu es exténué, mon vieux, constate Stas en ouvrant le jeu. Il faut te ménager.

— C'est mon dos, la politique j'adore ça, tu sais, mais…

— Mais quoi ? poursuit l'aristocrate en regardant les cendres de son cigare s'étioler doucement.

— Dans ce boulot, Stas, tu finis par rencontrer presque tout le monde. Les grands pontes, tous les manitous. Et tu sais quoi ? Ce qui me frappe le plus, c'est à quel point ils sont médiocres.

Le lendemain, ils sont reçus à Buckingham. Le protocole fait tout un pataquès à propos des Radziwill. Ils ne sont pas les bienvenus au palais. D'abord ils sont divorcés, et ensuite ils portent un titre qui n'a pas lieu d'être en Angleterre. Jackie pique une crise de nerfs. Mais quelle coincée que cette Elizabeth ! Encore une qui sort de la cuisse de Jupiter ! Et elle a quoi, trois ans de plus que Jackie ? Non, mais elle se prend pour qui ? Si sa sœur ne vient pas, eh bien, elle n'ira pas. Et elle s'en balance de la diplomatie ! Dans l'ombre, les petites mains s'affolent et les grands esprits se rencontrent. Les Radziwill sont conviés au dîner en tant que prince et princesse. Et on leur fait mille frais. Plus tard, alors que l'on se dirige vers le grand salon, le prince Philip, un playboy à l'œil pétillant, prend le bras de Lee, puis sa taille, elle est sublime dans sa robe de mousseline ambrée. Elle laisse échapper un léger rire cristallin quand il lui chuchote à l'oreille :

— Vous êtes comme moi, ma belle, vous marchez toujours trois pas derrière… alors restons en arrière.

8

Déjeuner à La Côte basque, où Truman Capote place certaines scènes de son prochain roman. Il prend des notes, établit, étudie, raye et réfléchit. Il est tout à son crayonnage lorsque Lee, essoufflée, se laisse glisser sur la banquette en moleskine rouge.

— Te voilà bien jolie, Ondine, comme d'habitude.

Elle porte un pantalon fluide, moulant, bordeaux, avec une tunique assortie serrée à la taille par une énorme ceinture Gucci. Il lui tend son étui à cigarettes et, sans préliminaires, se jette sur ce qui l'intéresse.

— Alors Jack ? Tu te l'es tapé ou pas ?

— Il me fait complètement craquer, chéri, je ne serai pas la seule à être insensible, avoue-t-elle en jetant un coup d'œil distrait au menu.

Henri Soulé se précipite pour saluer ses illustres invités et leur adjoint son maître d'hôtel.

— Pour moi, une assiette de radis. Oui, c'est tout. Et toi, Trum ?

— Alors, un soufflé au fromage, et puis ces petites coquilles Saint-Jacques sautillantes à souhait, je prendrai aussi le risotto aux truffes. Et vous ajouterez, s'il vous plaît, deux gins tonic. Oui, les deux pour moi.

Ah ! le dessert… hum, la mousse au chocolat et des fraises. Tu payes, chérie, n'est-ce pas ? Tu bois quoi, Lee ?

— De l'eau glacée, merci.

— Bon, alors Jack ?

— On dit tellement de choses, mon chou, la vie est courte, il faut s'amuser. J'aime Stas profondément, mais nous nous éloignons. J'éprouve une certaine lassitude, le désir n'est plus là. Avoir eu les enfants coup sur coup m'a épuisée, ils ont un an d'écart exactement. Et puis un mari est fait pour être trompé, ajoute-t-elle d'une voix dégagée en repoussant ses cheveux.

— Et une sœur ?

— Jack est divin, Trum, laisse tomber, tu t'aventures en terrain dangereux.

— J'adore les terrains dangereux. J'aime aller au bout des envies de mes cygnes. C'est facile, poursuit-il avec cette intonation de châtré qui le caractérise si bien. Tellement de confidences, ma chérie.

— Méfie-toi, fait-elle en croquant ses radis.

— Les secrets m'appartiennent aujourd'hui, Lee. Des secrets bientôt révélés. Sur tout le monde.

— Quoi ?

— Mes cygnes : Gloria Vanderbilt, Babe Paley, Slim Hayward et même cette garce de Pamela Churchill.

— Ne fais pas l'idiot, Trum. Elles ne te le pardonneront jamais. Elles vont t'écharper.

— Non, elles m'aiment, chérie. Oh ! regarde ce soufflé !

Soudain il s'emporte, son regard rougi par l'alcool.

— Je changerai les noms, j'inventerai Kate McCloud et Cleo Dillon… Je raconterai comment Bill Paley a baisé Mary Harriman à l'hôtel Pierre, à New York. Le sang de ses règles a souillé les draps, des taches grosses comme le Brésil que Bill s'est échiné à laver lui-même…

— Mais c'est horrible !

— Ondine chérie, tu vas adorer *Prières exaucées* ! Tout le monde va adorer, je suis le Proust américain et tu es ma muse, s'entête Capote. D'ailleurs tu devrais écrire.

— Je ne saurai jamais.

— Du beurre, madame, avec vos radis ? s'enquiert le maître d'hôtel.

Elle secoue la tête.

— Lee, ma chérie, tu vaux beaucoup mieux que d'être la sœur de Machine ! Il faut donner un sens à ta vie, ma fantastique amie, ma beauté radieuse, oublie Machine et Machin et tu seras enfin heureuse.

— Promis. Tu m'accompagnes chez Oleg ? J'ai quelques commandes à faire pour notre voyage en Inde.

— Ah ! les Indes, tellement romantique, Ondine. Mountbatten est d'un sexy.

— Redescends sur terre, Trum, on est en 1962, c'est fini la colonisation.

— Et moi qui pensais qu'on les fouettait encore… Tu as raison, allons dépenser ton argent chez Oleg.

Oleg Cassini est un dandy de première, le chevalier servant idéal, mais surtout un styliste talentueux. Son frère Igor est le chroniqueur mondain le plus cruel de New York. « Avec une raquette de tennis et un smoking, vous arriverez toujours à vous débrouiller», disait leur mère. En 1940, Oleg jette son dévolu sur Gene Tierney, en 1950 sur Grace Kelly, en 1960 sur les sœurs Bouvier. Mais qu'a-t-il de plus ? se demande Capote. Une foule de fantômes sensationnels qui courent dans ses veines. Lee achète une trentaine de pièces pour le voyage à venir.

— Tu seras dans les temps, Oleg ?

— Entre ta sœur et toi, cela va être difficile, mais je vais faire travailler mes ouvrières nuit et jour.

— Ma sœur ?

— Jackie a raflé toute la collection, avoue-t-il gêné. Mais ne t'inquiète pas, vous êtes si différentes. Avec elle, tout part des épaules, elle est charpentée, rien à voir avec toi, ma liane.

Mars 1962, les sœurs Bouvier entament un périple de trois semaines. Rome, l'Inde et le Pakistan. À Rome, Jackie a obtenu une audience avec le pape et plaide pour l'annulation du mariage de Lee avec Michael Canfield. Lee l'avait oublié, celui-là. L'annulation, elle s'en fiche comme de l'an quarante. Mais Stas y tient plus que tout. Il veut épouser devant Dieu la femme de sa vie. Sauf que la vie va selon Lee, dans d'autres directions et d'autres lits. Le 13 mars, Jackie, Lee et soixante-quatre malles débarquent en Inde. Elles sont accompagnées par l'ambassadeur américain John Kenneth Galbraith et son épouse Kitty, ainsi que par leur grand ami, le photographe Benno Graziani. «*Ameriki Rani, Ameriki Rani*», scande la foule venue acclamer la First Lady. Ils sont plus de cinq mille à l'aéroport. Lee est émerveillée, ce ne sont que couleurs vives, des roses, des verts, des jaunes, des femmes en sari tendant à bout de bras des colliers de fleurs odorantes, elles chantent, dansent au passage du cortège, le ciel est d'un bleu violent et le Premier ministre, Jawaharlal Nehru, le plus charmant des hommes. Elles embarquent dans le train du vice-roi pour visiter Fatehpur Sikri, capitale impériale de l'Empire moghol, une cité majestueuse préservée sur un plateau de roches rouges. À Agra, la foule est en délire, déchaînée, on doit réprimer des bagarres. Les deux enchanteresses enflamment les autochtones au sang chaud. Ah ! ces jambes fines, ces tenues moulantes sans manches, le peuple s'affole. Devant le Taj Mahal, Jackie pose pour la photo traditionnelle, en robe turquoise. « Tu es la déesse du pouvoir, toi », lui confie une vieille femme édentée et ridée dans un anglais parfait. À la vue d'un cobra inoffensif dansant au son du pipeau, Jackie se jette dans les bras de Nehru, elle joue les petites filles pour lui plaire. Il adore. Après tout, elle est là pour l'amadouer. Elle connaît la manœuvre par cœur. Et le soir, dans leur chambre somptueuse à l'ambassade, Jackie et Lee commentent la journée à bâtons rompus.

— Nehru est troublant, sensuel et intrigant.

— Tout ce que tu aimes, Jacks.

— Ses yeux perçants t'ont déshabillée.

— Parce qu'il ne peut se le permettre avec toi.

— Il a soixante-douze ans, tu sais.

— Cela ne l'a pas empêché de poser sa main sur ma cuisse.

— Ne va pas créer un incident diplomatique, Pekes, nous sommes ici en mission !

Aux portes de la ville d'Amber, elles sont accueillies par des milliers d'enfants au bord de la route, agitant des rubans multicolores. On leur jette des poignées de riz, des pétales de fleurs, on les asperge d'eau de rose. Elles monteront au palais fortifié sur le dos d'un éléphant, paré de motifs traditionnels à la gloire du dieu Ganesh. Benno Graziani immortalise l'instant. Des clichés qui feront le tour du monde : Jackie Kennedy et Lee Radziwill, vêtues de shantoungs, merveilleusement coiffées, de longs gants blancs remontant sur leurs bras bronzés. Le maharaja de Jaipur et son épouse Ayesha sont des amis de longue date.

— Vous savez danser le twist ? demande Lee à leurs hôtes.

— Non, qu'est-ce que c'est ?

— Je vais vous montrer, commande Jackie. De la musique, vite !

À Karachi, elles s'essaient à monter à dos de chameau avec leurs robes trop serrées et leurs talons hauts. Jackie renonce.

— Non, c'est ridicule.

— J'y vais moi, assure Lee.

— En amazone, madame, voilà, c'est parfait.

— Bon, moi aussi alors, il y a trop de photographes. Confie-moi les rênes, Lee.

Ensuite, à Lahore et dans les jardins de Shalimar, elles suivent de nuit la procession d'un millier de personnes à la lueur de torches vives. Le président pakistanais Ayub Khan offre à Jackie le plus beau des cadeaux, un hongre bai fougueux nommé Sardar et un collier de perles serti de diamants, de rubis et d'émeraudes. Avec Nehru, Jackie a joué les petites filles, avec Ayub Khan, elle est une amazone rebelle et courageuse, Jackie fait ce qu'elle veut des hommes de pouvoir. Puis c'est la passe de Khyber, et la traversée du Gange dans une barque couverte de soucis. La foule se presse, fourmillante, offrant des cadeaux bariolés, saris, encens, poignards, bijoux… Une galaxie de couleurs, d'arches de fleurs, de cortèges d'automobiles. Avant de les quitter, Nehru leur enseigne quelques postures caractéristiques du yoga. Jackie est magnifique, mais il éprouve un faible pour Lee qu'il trouve infiniment plus belle et douce. Il est fasciné par sa position d'éternelle seconde. Quand il se penche pour embrasser Jackie, Lee murmure : « Voici donc le baiser de l'Inde à l'Amérique. Troublant, n'est-ce pas ? »

De retour dans cette Angleterre devenue son havre, Lee Radziwill essaie d'expliquer à son mari tous ces sentiments qui l'agitent et la torturent. Engoncée dans le canapé fleuri du salon rouge, les bras autour de ses genoux, elle touche du doigt son souci majeur, la jalousie…

— Ce ne sont pas les honneurs qui me gênent, non, ce serait trop facile. C'est cette façon qu'elle a de tout ramener à elle. Et son magnétisme à affoler les boussoles !

— Voilà bientôt trente ans, Lee, que tu es la sœur cadette de Jackie, spectatrice de tous les triomphes de ton aînée, temporise Stas en se levant pour arranger le feu.

— Mais j'ai réussi mille choses, pourquoi ses victoires sont-elles toujours plus spectaculaires que les miennes ? Donne-moi une cigarette, chéri.

Il lui allume et vient la glisser entre ses lèvres. Voir Lee dans cet état, les nerfs fragilisés, écorchée vive, le bouleverse.

— Parce qu'elle sait les mettre en scène. Elle organise, elle choisit la lumière, le plan, elle fait les dialogues. Ta sœur a inventé une vie parfaite qu'elle jette en pâture à son public, poursuit Radziwill en se penchant pour embrasser le front de sa femme. Crois-moi, chérie, elle va bien finir par se fracasser.

— C'est mal la connaître !

Et si Capote avait raison ? Trouver un dérivatif. Faire autre chose. Quelque chose d'artistique. Un livre, un film peut-être… Bien entendu, Lee est ravie pour sa sœur, elle aime la voir triompher dans ses voyages officiels, tous ces gens par milliers qui l'acclament, non, Lee n'en est pas jalouse. Enfin pas vraiment. Un peu tout de même. Stas a raison, la vie de Jackie n'est certainement pas si rose. Elle n'a pas sa liberté ni la tendresse de son mari. Elles l'ont suffisamment évoqué toutes les deux. Jackie est folle de Jack qui la trompe à tour de bras. Lee voudrait-elle échanger sa vie contre celle de sa sœur ? Non, pas sa vie. Ce que Lee veut, c'est être sa sœur !

— Ni ma taille ni mon style ! assène Jackie en balançant un soutien-gorge et une culotte à la tête de son mari. N'oublie pas de les rendre à leurs propriétaires si tu te souviens de qui il s'agit. Sinon tes limiers pourront toujours chercher, il paraît qu'ils gardent les coordonnées de toutes ces pétasses que tu baises. Qui est le pourvoyeur déjà ? Dave Powers, c'est ça ? Ou bien Bill Walton ? Et Chuck Spalding ?

Oh oui, ça swingue à Camelot. Le problème du Président, ce sont les poules. Son lit est un manège à gonzesses. Starlettes, nymphettes et autres bécasses. Les filles, c'est du bétail. On se les tape et on les jette. Au mieux, on les refile aux potes. Ce qu'il adore, c'est les baiser dans un bain chaud, la fille juste au-dessus de lui, c'est mieux pour son dos. Ou alors assis. Un jour il pousse si fort une petite putain en arrière qu'il manque de lui briser la nuque. Il se fiche comme d'une guigne de donner du plaisir à sa partenaire, « Cinquante-deux secondes de pur bonheur », clame Angie Dickinson évoquant sa nuit avec le Président. Peut-être bien, mais le bonheur c'est toujours bon à prendre. Jack est un brin SM et n'a rien contre les orgies. Tous ces corps, tous ces culs, ces rondeurs, ces sexes ouverts, Kennedy en a plein la tête. Jackie ? Oh ! il aime l'amour avec sa femme mais elle n'a aucune imagination. Elle est intelligente, contrôle tout, mais est incapable de lâcher prise. Au moins Lee est drôle, songe Jack, le souvenir de Lee…

Le 29 mai 1962, ils sont près de quinze mille démocrates triés sur le volet, venus rendre hommage à leur Président. Le show a lieu au Madison Square Garden. Peter Lawford, le maître de cérémonie, annonce Marilyn qui n'est toujours pas arrivée. Les stars se succèdent sur scène, Maria Callas, Ella Fitzgerald, Peggy Lee. Elles sont là pour souhaiter l'anniversaire du Président, il a quarante-cinq ans. Son épouse est absente, on la dit souffrante, les mauvaises langues font état d'une dispute phénoménale. C'est Rose, sa mère, qui accompagne Jack Kennedy. Rose et le Seigneur, car il n'est jamais très loin d'elle. L'ambiance est bon enfant, avec les politiques, cela ne vole jamais très haut. Mais où est Marilyn ? s'inquiète Peter Lawford. C'est le problème avec cette fille complètement désaxée, on ne peut pas compter sur elle. Lawford sort trois plaisanteries douteuses sur son retard, mais on s'agace de son absence. Elle vient ou ne vient pas ? Si, elle est là, souffle-t-on à Monsieur Loyal qui ne voit toujours rien venir. Il est prêt à rendre son tablier quand, soudain, une résonance étrange monte de la salle. Qui retient son souffle. Car elle surgit enfin. Peter Lawford en perd ses fiches. Il a l'air sidéré du loup de Tex Avery. La gueule béante, stupéfait, puis salivant. Elle est à tomber. Divine. Un vison blanc, une robe tellement ajustée qu'elle ne peut marcher. Des pas minuscules. Des pas de geisha. Bourrée d'alcool et de médicaments, la bombe platine titube jusqu'au micro. Son vison glisse par terre. Elle est sensationnelle, une apparition.

— Merde, songe Lawford, ils vont me virer.

— Jésus, pardonne-leur, s'étouffe Rose Kennedy, le visage entre les mains.

— Qui va me gérer ce problème ? rumine le Président tétanisé.

— Quoi, mais je rêve…, s'écrie Jackie derrière sa télévision, comme quarante millions de téléspectateurs.

C'est une robe chair couverte de strass. Cousue sur elle, tant elle la boudine. Sa poitrine fait exploser le décolleté. Elle redresse le micro d'une pichenette. Et puis elle met les mains devant ses yeux, aveuglée par la lumière. Elle cherche le Président dans la foule. Son Président, celui qui doit lui faire oublier Arthur Miller qui vient de la jeter comme une vieille chaussette. Le silence est assourdissant, les musiciens n'osent même pas jouer. Les projecteurs se nourrissent de Marilyn Monroe. Elle humecte ses lèvres, baisse les paupières, ses paumes caressent ses cuisses, remontent sur son ventre puis ses seins. Vous avez dit quoi ? Qui sont les stars venues chanter pour le Président ? La Callas, Harry Belafonte, Bobby Darin ? Mais personne ne connaît ces gens-là. Ils n'ont jamais existé. Rien n'a jamais existé. Tout a été aspiré dans un trou rose pâle. Un trou blond platine. Elle est là. Le sexe incarné. Elle est là dans sa robe pailletée d'or, mais elle aurait les cuisses ouvertes que ce serait pareil. Sa robe qui craque et s'ouvre à l'arrière. Dans les coulisses, les gens sont pétrifiés. Elle ne porte rien en dessous. Son cul, on voit son cul. Elle s'agrippe au micro, elle va s'affaler. Non, elle inspire. Le son de cette inspiration. Comme un orgasme.

— *Happy birthday… Mister President.*

La phrase la plus terrifiante du règne de John Fitzgerald Kennedy. Susurrée par une star vacillante. Une voix qui vient du fond de sa gorge. Comme si elle aspirait à en mourir. Un timbre chaud et sensuel. Même le pianiste Hank Jones en oublie de jouer. Un cygne agonise. Et Madison Square Garden explose !

« Marilyn Monroe a fait l'amour au Président devant quarante millions de téléspectateurs américains », commente l'échotière Dorothy Kilgallen. Rose

Kennedy file à Hyannis Port rejoindre son mari. Dans son fauteuil roulant, hémiplégique depuis une attaque six mois plus tôt, le vieux Joe rit jaune. Un quart de sa bouche remonte vers le haut, l'autre tire vers le bas, on dirait le Joker de *Batman*. Oh ! Jack va me le payer, fulmine Jackie. Au FBI, on s'inquiète, les photos d'une fellation traînent quelque part. Une fellation de président ! Incontrôlable cette fille, elle déraille complètement, dans pas moins de trois mois, Marilyn couche-toi-là va s'en prendre plein la tête ! À Londres, au 4, Buckingham Place, la princesse Radziwill est secouée par un fou rire hystérique.

9

Les parties de chasse dans le Berkshire succèdent aux dîners à Buckingham Place. Cela ne suffit pas à Lee. Stas lui offre un appartement sur la Ve Avenue. Et une maison à la campagne, Turville Grange. Pourtant il n'est pas aussi riche qu'il y paraît. C'est le problème avec ces aristocrates dépossédés, ils ont un train de vie, et pas l'intention d'en changer. Chaque matin, en prenant son thé, dans sa robe de chambre damassée, assis sur le canapé du petit salon, Stas Radziwill compte sur ses doigts, en polonais, le nombre de millions dérobés par ces foutus communistes. Et pour l'été, il loue une villa sur la côte amalfitaine. Car les sœurs Bouvier, au plus profond de leurs dissensions, ne désirent qu'une chose, se retrouver, se prendre par le cou, le bras, la taille. En s'agaçant ou s'adorant, en se pinçant ou s'embrassant. Ensemble, toujours. Cela sera Episcopio, sur les hauteurs de Ravello.

C'est une maison à flanc de colline, perchée à mille deux cents pieds au-dessus de la baie de Salerne. Une maison de douze pièces, datant du XIe siècle, à Conca dei Marini, un village de pêcheurs. Lee se prépare à y recevoir Jackie et la petite Caroline qui va avoir cinq ans. Son hospitalité vaut bien celle de la Maison Blanche. Elle est ravie, excitée, bourrée d'émotions contradictoires. Jackie va découvrir la liberté, pas de *timing* ni d'agenda, paresser au soleil, danser jusqu'au bout de la nuit. Que tout soit parfait pour la First Lady. Que l'envie la pique, la jalousie la tenaille.

Quand Jackie retire ses énormes lunettes opaques, un cri de surprise lui échappe, elle est saisie à la vue de la demeure, de la mer turquoise en contrebas, des bougainvilliers, des trompettes de Jéricho qui avalent les murs. Quel flamboiement !

— Oh ! Pekes, c'est sublime.

Les services secrets inspectent l'endroit avec Stas. Clint Hill et Larry Newman sont la discrétion même. Avec eux, deux douzaines d'hommes, jumelles, canots, talkies-walkies, armes en tous genres. Jackie ne peut faire un pas sans la CIA.

On se lève à midi, on descend jusqu'à la plage privée tout en bas des escaliers. Trois cents marches irrégulières qui disparaissent sous les cactus et les griffes de sorcière, des oliviers centenaires et des chênes-lièges torturés. On déjeune sur place, le fumet des grillades, la paix et la mer à perte de vue. En bikini, allongées sur des chaises longues en tissu bayadère, Jackie et Lee se laissent aller aux ardeurs du soleil. Fatigue absolue. Lumière éclatante. L'ombre est parfois bienvenue. Comme elles chuchotent, il est difficile de partager leurs conversations. Elles sont l'une à l'autre profondément, leur complicité est à la hauteur de leurs différences. Lee adore la côte amalfitaine, elle s'y sent revivre, elle en oublie ses doutes et se laisse dévorer par la Méditerranée. Voici Sandro d'Urso, que tout le monde appelle Papa, l'organisateur des menus plaisirs. Il possède une ravissante maison à quelques kilomètres. Bras dessus, bras dessous avec Stas, il promet aux enfants une pêche miraculeuse. Des oursins par dizaines, qu'il ouvre avec son canif et gobe tout crus.

— Mais c'est quoi ça ? hurle-t-il alors qu'un homme-grenouille émerge à dix mètres.

— CIA, répond Stas en riant.

— Je suis désolée, mais c'est mon lot quotidien, confirme Jackie.

Chaque fois qu'elle veut se baigner, il faut vérifier la plage, la mer, établir un périmètre de sécurité et les talkies-walkies grésillent.

— Moi aussi j'en veux un, pleurniche le petit Anthony.

— Moi aussi, réclame Tina.

— Je vais en voler pour vous deux, promet Caroline à ses cousins.

— Il manque un enfant ? interroge Sandro.

— John est resté chez ma mère en Virginie, explique Jackie, j'avais vraiment besoin de me détendre sans contrainte.

— Un enfant n'est pas une contrainte, coupe Stas en installant une table de ping-pong sous une paillote.

Tina est toujours à la traîne, son frère n'en a que pour Caroline. Ah ! ces Kennedy, charismatiques de génération en génération. Stas tire sur sa cigarette et plaque ses cheveux en arrière. Il est bronzé et son regard se durcit. L'allure de l'homme bien né. Il fixe sa femme qui se redresse, son corps souple, la finesse de sa taille, il songe qu'elle est belle, qu'elle a déserté son lit et cela lui arrache le cœur. Des enfants trop rapprochés, une course mondaine, un appétit sexuel qui s'émousse. Mais que s'est-il passé ? Pourquoi, Lee, pourquoi ? Stas a envie de hurler mais la beauté de l'instant l'en empêche. Lee, dans l'eau jusqu'à la taille, met ses mains en casquette, l'éclat du jour l'aveugle.

— Qui vient avec moi explorer les grottes aux stalagmites ?

— *Arrivo, mia principessa.*

Sandro se précipite à sa suite. Son crawl est long et régulier, Lee nage la brasse coulée, ils disparaissent bientôt à la vue des autres. Sandro connaît les antres minuscules, là où la lumière est argentée et le bleu de l'eau lumineux, il sait les criques inatteignables où viennent s'échouer les sirènes. Ils folâtrent pendant des heures avant de rentrer. Couche-t-elle avec lui ? se demande Stas. Et qu'est-ce que cela changera ? C'est un été caniculaire. On bronze toute la journée en rêvant à ce que l'on fera le soir ou le lendemain. Et c'est reposant. Pour aller de Conca dei Marini à Amalfi, il n'y a qu'une route tortueuse qui longe la mer. Les bateaux sont échoués sur le sable. Les maisons ploient sous les jasmins, les terrasses brûlent sous le soleil, certaines sont surmontées d'un canopy décoloré. Rien n'a changé depuis des années. En fin de journée, la joyeuse petite bande aime à prendre un verre sur la *piazzetta* en lisant les journaux de la semaine passée. Ici le temps passe plus lentement que partout ailleurs. Et puis il y a les boutiques, toujours une paire de sandales ou un paréo à acheter.

De sa chambre, Jackie contemple la baie qui s'assombrit et les bateaux qui scintillent dans le crépuscule. Elle savoure cette parenthèse hors du temps, elle en oublie presque sa vie de représentation et d'obligations permanentes, le qui-vive continu. Il est dix heures et la chaleur tombe, elle rejoint les autres pour dîner sur la terrasse bordée de citronniers, d'orangers et de verveines. La vue sur le golfe de Salerne est à couper le souffle. Oh ! c'est l'*Agneta* qui s'amarre, un magnifique deux-mâts de quatre-vingt-deux pieds de long avec des voiles brunes, on le repère à des kilomètres à la ronde. Tant pour ses couleurs que pour sa ligne. Voici les Agnelli ! Et puis Benno Graziani, l'historien de la Café Society, sa femme Nicole, ravissante blonde au regard absent. Tiens, Cyrus Sulzberger, chef de la rubrique étrangère du *New York Times*, une bouteille de champagne sous le bras. Sandro d'Urso en bleu marine, son petit cigare au coin des lèvres, pose sa main sur la cuisse de Lee. Stas pousse un soupir, Jackie se penche vers lui.

— C'est vrai que tu as une bouche d'une sensualité effrayante, murmure-t-elle.

Elle avale une gorgée de chianti. Jackie a pleinement conscience de son pouvoir. Et Lee perd sa légèreté, sa belle assurance. Son teint magnifique se ternit, son sourire sublime se fige, ses longs cheveux châtains ne ressemblent plus à rien et son regard noisette s'emplit de larmes. Quelques secondes seulement. Oublier que son couple se fracasse. À qui la faute ? On converse à bâtons rompus en mangeant des spaghettis, des *panzerottis* et des *pizzette*. Rosa, la cuisinière, une grosse femme du village voisin, est un peu intimidée par la First Lady. Soudain Sandro intime à chacun l'ordre de se taire.

— Regardons les étoiles monter vers le ciel.

— Mais où ? cherche Marella.

— Ici, s'écrie Nicole Graziani.

— Non, regardez, juste là, affirme Sandro.

Dans l'étendue noir d'encre, il pointe du doigt. Et scintille une étoile. Il pointe deux doigts et voici la deuxième. Il pointe trois doigts, et l'on peut dessiner un triangle. C'est le rituel des gens de la nuit, explique-t-il.

— Allons danser, propose Benno Graziani.

Ils descendent de la colline pour rejoindre le night-club en plein air. Un vieil escalier de pierres grignotées par des plantes grasses traverse un vignoble. Le bar est signalé par des guirlandes d'ampoules de toutes les couleurs. Ils ont préféré aller à pied plutôt qu'en voiture pour ne pas alerter les journalistes qui rôdent autour de Jackie comme des abeilles sur un pot de miel. Les voici sur le quai de Conca dei Marini. Stas réclame une table, des bougies, des chaises pliantes, mais les photographes sont aux aguets, c'est épouvantable ! Clint Hill offre une photo posée pour avoir enfin la paix, Gianni sourit à l'objectif, Stas tient sa cigarette entre deux doigts, Jackie porte un pantalon blanc, un chemisier de soie et des sandales, elle esquisse un sourire guindé, Lee remonte sa jupe longue de gitane. Les flashs crépitent, gênant les autres clients qui se plaignent, il est temps de partir. Sulzberger suggère de s'encanailler dans une boîte d'Amalfi. Ils vont y danser jusqu'à trois heures du matin avec Dado Ruspoli, la princesse Galitzine et la comtesse Volpi. Sandro d'Urso est dans un état second. Ils finiront par rentrer en bateau au petit matin en chantant à tue-tête *Volare*. Le lendemain, le *Washington Star* titre « La première dame a dansé jusqu'à trois heures ».

Est-ce le jour d'après ou le surlendemain ? Ils décident d'une excursion dans la cité antique de Paestum, bien connue pour ses temples gréco-romains. La joyeuse équipe embarque sur l'*Agneta*. Clint Hill suit avec ses hommes sur des canots mobiles. Agnelli flirte évidemment avec les sœurs Bouvier. Il est marié depuis bientôt dix ans. Ce playboy, snob comme une pantoufle, a épousé une princesse Caracciolo. On le surnomme l'*Avvocato*, il incarne l'Italie florissante, le succès et la beauté. Il est perdu de frivolité, d'un magnétisme envoûtant, ne tient pas en place. « FIAT, c'est moi », n'hésite-t-il pas à crier à la ronde. Agnelli est un homme à la pointure de Jackie. Lee y a pensé avant elle. Lee y est passée avant elle. Lee est restée proche de lui, comme de Marella, une femme intelligente, qui connaît les règles de l'adultère aussi bien que celles du cricket. Marella et Gianni Agnelli, un couple royal, la représentation fait la réputation. Ce soir on est treize à table, Caroline est sommée de dîner avec les grandes personnes. Tina et Anthony jouent à cache-cache derrière les citronniers. Les sœurs d'Agnelli ont surgi avec des amis, des amants, des maris. Christiana Brandolini et Clara de Fürstenberg portent des tuniques à franges et des pantalons évasés. On s'exprime dans plusieurs langues à la fois. Irène Galitzine veut un bain de minuit et se jette nue dans l'eau. Elle en ressort dans les bras d'un homme-grenouille. Mona Bismarck, sur les hauteurs de Capri, ronge son frein, elle n'a pas été invitée à Conca dei Marini.

— Ah ! ces Radziwill, c'est comme les Troubetzkoï, il y en a des tonnes, explique-t-elle au marquis Pucci, on s'en passera.

De cap en cap, de pointe en pointe, on se gorge de Méditerranée. Lee est essoufflée, elle se laisse tomber sur le matelas turquoise du Riva. Face au soleil, mince comme un fil, dorée à souhait, Lee retire son soutien-gorge, elle n'aime pas les marques. Sandro d'Urso s'allonge auprès d'elle. Tout cela, c'est du champagne éventé, songe Jackie. Gianni est à la barre, il lui sourit. Marella a enveloppé ses cheveux mouillés dans une serviette-éponge, elle est encore plus divine, son cou se tend, comme aspiré vers la lumière. Les journalistes poussent comme des champignons. Encore des photos. La première dame est en bikini à rayures et cela lui va bien, l'Amérique s'insurge, elle n'est pas au bout de ses peines.

Chaque apparition de Jackie déclenche une émeute. Une véritable pagaille. À Positano, c'est une crise politique qui s'annonce. Le petit port est un écrin pour les yachts du monde entier. Des restaurants aux crépis ocre et rose se succèdent par dizaines, le clapotis des vagues lèche le quai. Ils déjeunent tous en bande ce jour-là, avec Elsa Martinelli et son mari Franco Mancinelli. Et puis ils s'en retournent en décapotable, Jackie est la passagère d'Agnelli. On sent le souffle d'une brise marine, divine, prélude à l'épopée. Il aurait suffi de quoi ? D'un coup d'œil, d'un sourire appuyé, d'une caresse pour que le destin en soit irrémédiablement transformé. Ils en meurent d'envie. Ils se savent maîtres de l'histoire, mais la postérité ou la fortune sont des freins bien trop puissants. Certaines photos équivoques échappent à la vigilance de Clint Hill. Et *Time Magazine* relate la virée « amoureuse » de Jackie au côté de l'Italien dans un cabriolet Pininfarina. La publicité sied à Gianni. Il adore mener la danse, se voir en chef de clan. C'est un macho. À Washington, Jack Kennedy bout comme une cocotte-minute, échevelé, furieux, il envoie le télégramme suivant en martelant ses mots de coups de poing sur son bureau : « Un peu moins d'Agnelli, un peu plus de Caroline ! » Jackie lui fait payer ses infidélités, œil pour œil, dent pour dent. La loi du talion. En cet été 1962, Jackie Kennedy gagne le match, elle subjugue l'Italie, et marque des points sur sa caricature de mari et sa sœur qui n'est pas de taille à se défendre. *Ciao, la dolce vita*, c'est déjà la fin de l'année.

Ont-ils besoin de repos ou de répit ? Le Président et sa famille espèrent une trêve. Ils passent Noël à Palm Beach, en Floride. La crise des missiles de Cuba a laissé des traces. Satanée guerre froide. « N'acculons pas ce sale type à une situation dans laquelle il n'y a pas de porte de sortie », a estimé le Président. Et il s'en est tiré la tête haute. Khrouchtchev et Kennedy n'ont rien à envier aux sœurs Bouvier. Dans le style promesses non tenues et trahisons à gogo, les chefs d'État valent les plus belles garces du pays. La coexistence pacifique, et puis quoi encore ? Il a même fallu que le bon Dieu s'en mêle, Jean XXIII en l'occurrence, pour que les choses s'apaisent. Amen !

À La Guerida, sa maison sur la plage, le vieux Joe prend un coup de soleil. Sur le côté droit de son visage, le côté crispé, il risque de mal dormir ce soir. Rose l'a abandonné là, face à la mer. Elle a sorti le fauteuil roulant, comme pour aérer son mari paralysé. Elle l'a poussé sur la terrasse, mais a oublié que l'astre céleste tournait. Tournait autour de la terre. Et le vieux Joe sent la morsure progresser, sa joue est grignotée, minute après minute. Il ferme les yeux, une larme roule, c'est un réflexe, comme pour adoucir la brûlure. Il l'entend presque craqueler, sa peau raidie par ces nerfs ingérables. Rose est occupée à prier le Seigneur, elle le remercie d'exister, le glorifie pour ses bienfaits, son fils Président, son fils *attorney*, cela prend du temps. Le vieux Joe voudrait qu'on le rentre, il s'énerve, il essaie de parler et naturellement cela ne fonctionne pas. Sa bouche se tord, cela le démange. Et les domestiques alors ? Payés à ne rien faire. Qui pour leur donner le fouet ? Le vieux Joe a toute sa tête et c'est bien ça le problème. Est-ce que Rose est insensible ? Pourquoi les femmes durent chez les Kennedy alors que les hommes tombent comme des mouches ?

Dans la villa voisine, Jackie observe son mari. L'étrange courbe de son dos, là juste au-dessous de la nuque. Il a l'air fort comme un roc. Qui d'autre qu'elle peut savoir qu'il souffre le martyre et porte un corset qui appuie sur ses côtes ? Lyndon Johnson le surnomme en secret le « bossu boiteux ». Mais il n'y a pas de secrets pour les Kennedy. Surtout pour Jackie. Les enfants répètent la traditionnelle pièce de théâtre, *La Crèche*. Caroline sera la Vierge Marie, Tina un ange, les garçons feront les bergers. Mais qui fera Joseph ? Et Jésus ?

— Papa sera Joseph, annonce Anthony du haut de ses trois ans et demi.

— Les grandes personnes n'ont pas le droit de participer, explique Lee à son fils.

Elle se rapproche de Jackie, allume une cigarette. Les deux sœurs contemplent leur progéniture avec fierté. Jackie porte un ensemble pantalon fluide rouge et trois rangs de perles, Lee une robe trapèze, assez simple, beige, avec des talons plats. Elles sont pourries de chic. Les enfants sont tous costumés, ils ont fabriqué leurs déguisements et décoré eux-mêmes le sapin. Jackie et Lee recréent chaque année avec ferveur l'ambiance de Lasata. Anthony voue un amour sans bornes à sa cousine Caroline, ils ont de longs entretiens privés et essaient par tous moyens de se débarrasser des bambins Tina et John.

— Est-ce que Granny va amener Grimpa pour le dîner ? demande Caroline.

— Certainement, chérie, pourquoi ?

— Je ne veux pas, il bave, c'est dégoûtant.

Vanitas vanitatum, omnia vanitas. La messe de minuit se tient en l'église St Ann. Le divin enfant est né, jouez hautbois, résonnez musettes, il n'est que temps d'ouvrir les cadeaux !

Dernière sortie en mer de l'année, sur le *Honey-Fitz*, le yacht présidentiel baptisé en l'honneur du grand-père de Jack, le maire de Boston. C'est un bateau de quatre-vingt-treize pieds de long, qui pousse jusqu'à vingt-six nœuds, avec son toit en bois et son pont arrière où Jack aime à se délasser. En lunettes de soleil et polo blanc, le Président bavarde avec son beau-frère Stas, il se détend enfin.

— Raconte-moi ce qui se dit à Londres, Stas…

— On chante la gloire de Camelot, du roi Jack et du chevalier blanc Bobby, on murmure que s'attaquer à la Mafia, c'est jouer avec le feu, un rêve d'innocence tellement américain.

Jack sourit. Ce rituel, backgammon, cigares et Bloody Mary, c'est son moment préféré. Il ne perd jamais pied. S'il donne parfois l'impression d'être timoré, il rafle systématiquement la mise. Au jeu comme en politique. Et quand il enfonce son ennemi, son partenaire, c'est avec ce sourire éternellement jeune, Jack Kennedy est immortel et le prince Radziwill jette l'éponge. L'ambassadeur de Grande-Bretagne, David Ormsby-Gore, écoute avec intérêt Oleg Cassini. Le docteur Jacobson a toujours deux ou trois aiguilles prêtes à servir. Jackie voudrait un autre enfant. Son mari disparaît pour téléphoner dans la cabine. « Rien ne nous séparera jamais », assure Lee dans le creux de l'oreille de sa sœur. Et tout autour du *Honey-Fitz*, Clint Hill esquisse le ballet invisible d'un essaim de canots des services secrets.

On fête le 31 décembre à Palm Beach, un dîner avec les Shriver, Ted Sorensen, Pierre Salinger, des mécènes, des intellectuels, George Plimpton dont le *Paris Review* connaît un succès fou. Sandro d'Urso évidemment, les Graziani. Et Ted Rousseau, le conservateur du Metropolitan Museum, qui vient accompagné de Mme Pierre David-Weill, les Douglas Fairbanks Jr, Leland Hayward et son épouse Pamela Churchill qui a couché avec le monde entier, les Loel Guinness, les Douglas Dillon, M. et Mme Hervé Alphand. Ils vont tous swinguer jusqu'à quatre heures du matin. Lee danse avec Sandro d'Urso, Gianni Agnelli avec Jackie, il reste le souvenir de cet été 62 comme un instant de grâce, une divagation, la possibilité d'une île, un éternel et si…

10

Janet vient d'apprendre une nouvelle qui lui déplaît franchement. Une indiscrétion, un ragot, un racontar. Cette médisance, quelle sottise, les gens sont d'une jalousie ! Une bonne âme de Virginie a eu le culot de lui rapporter une feuille de chou de New York. Un *daily* quelconque qui se nourrit de la vie des gens comme il faut. Et voilà que la presse est inondée… Ils n'ont rien d'autre à se mettre sous la dent ? C'est vrai que la guerre froide ne passionne personne, le peuple préfère se gaver de potins en tous genres. Sa propre fille sortirait avec ce monstre, mais c'est une plaisanterie hautement déplacée ! Il est d'une vulgarité, il a tout du chimpanzé, des bras qui traînent par terre, un torse velu sans aucun doute, une bête immonde, quel atroce mensonge ! Janet Auchincloss prend le premier vol pour Londres.

Lee le trouve sublime. Magnétique. Animal. Quelle puissance quand il la serre dans ses bras, comme elle aime se donner à lui. Il ne connaît pas de préliminaires, c'est un dévoreur, un goujat. Il se saisit de sa proie avec ferveur, arrache tout ce qui fait obstacle à son plaisir, elle est l'unique objet de son avidité, un jouet, une poupée qu'il retourne à loisir. Ah ! ce côté masochiste de Lee Bouvier, cette souffrance qu'elle s'inflige, voilà ce qui la fait vibrer. Lui se vautre en elle, la jette par terre, puis la colle contre le mur, il prend son cou d'une main, redresse sa tête, l'immobilise, pauvre petite fille riche attachée à sa croix, en attente de son supplice. Alors il se propulse en elle, la brutalise, elle adore ça, il jouit abondamment, longtemps, il abuse de son énergie, de sa vigueur, il la pousse à son paroxysme et la regarde mourir. Il se repaît de son abandon, cet homme-là est un lion que rien ne rassasie, il en veut toujours plus. Lee se laisse aller à de tendres rêves. Où il est question de mariage. Sauf que c'est Radziwill qui l'évoque. L'union de Lee et Michael Canfield a été enfin annulée. Pour cause de non-consommation, quelque chose comme ça. Stas est éminemment religieux. La femme de sa vie, c'est à l'église qu'il veut s'unir à elle. Certes, depuis quelques années, il y a de l'eau dans le gaz. Il est même arrivé à Stas de batifoler de-ci, de-là, quelques moments d'égarement, mais Dieu va tout résoudre, il est formidable. Stas se fait pressant. Et Lee rame à contre-courant.

— Au Claridge, vite ! ordonne Janet au chauffeur de taxi.

Elle a bâti sa vie sur la discipline. Elle a tout donné à ses filles aînées. Au détriment des enfants qui sont venus après. Janet a fait tellement de sacrifices pour leur bien. Pourquoi Lee gâche-t-elle toujours tout avec ses mauvais choix ? Ah ! ce n'est pas Jackie qui irait s'acoquiner avec un malfrat pareil ! Car c'est un escroc, tout le monde le sait, il paraît que le FBI a un dossier de trois tonnes sur lui. Cette tapette de Hoover lui-même l'a soufflé à Janet.

Oh ! Lee ! Cette fille est à part, fabuleuse, d'une élégance rare, elle a la légèreté affolante. Elle le fait hurler de rire et ce côté liane, cette allure quand elle traverse une pièce et que tous les regards la couvent, elle est belle, non, elle est pire, elle est gaie et lumineuse. Cela le change de sa cantatrice qui dramatise tout, Lady Macbeth derrière chaque porte, c'est épuisant. Il pourrait bien être amoureux, Lee le touche plus qu'il ne le voudrait. Elle est unique, tant par son esprit que par son sens de la repartie. Elle est quelqu'un, elle est la sœur de. Il adore les gens avec des noms et des relations. Lui, il a tout. Sauf une bonne réputation. Être l'amant de la princesse Radziwill, ce n'est pas rien. Certes il est vulgaire, on dirait qu'il dort tout habillé tant ses costumes sont froissés, il porte des chaussures vernies aux sports d'hiver, on ne compte plus ses fautes de goût. Il est originaire de Smyrne, élevé par la plèbe, il s'est fabriqué une légende, bâtie sur des mensonges, une famille brûlée vive dans une église, un orphelin qui émigre en Argentine, des accointances sud-américaines et de l'argent, toujours plus d'argent. Des bateaux, non, des tankers par centaines, un empire. Et un rival avec qui il se partage le monde. Il marche en se tenant droit car il veut qu'on le remarque. Ses cheveux blancs épais sont couverts de brillantine. Il a la peau tannée et la voix rauque de ceux qui ont trop fumé. Il met trop d'eau de Cologne et porte des chemises en soie lourde.

Il adore observer derrière ses lunettes à double foyer en tirant sur son cigare. Magnétique, Aristote Onassis vient d'entrer dans la vie des sœurs Bouvier.

C'est un hôtel aux faux airs de manoir anglais. Un côté Art déco, des vases Lalique qui trônent sur des consoles aux lignes géométriques, d'énormes lustres en cristal de Bohême, des colonnes dorées, une majesté certaine, un havre de paix au cœur de Mayfair. On dit que l'impératrice Eugénie y descendait et que la reine Victoria aimait lui rendre visite. Trop luxueux pour Eisenhower, pas assez pour Winston Churchill. Un piano égrène quelques notes, le parfum ambré des pots-pourris emplit le hall. Les talons de Janet Auchincloss résonnent sur le sol en damier.

— La chambre de M. Onassis, s'il vous plaît.

— Vous voulez dire la suite, madame. Dernier étage. Doit-on vous annoncer ?

— Certainement pas.

Les rumeurs vont bon train en Angleterre, le prince Radziwill et Onassis déjeunent régulièrement au Claridge avec Sidney Morris, le comptable de Stas, et Fruity Metcalfe, son grand copain. Tout le monde sait que, lorsque Stas fait des affaires avec quelqu'un, c'est parce que Lee a une liaison avec lui. Onassis le nomme à la tête de sa compagnie d'aviation Olympic Airways. Mais il y a quelque chose de plus entre eux, qui s'appelle l'amitié. Très admiratifs l'un de l'autre, ils ont emprunté des chemins similaires, sont étrangers aux yeux des Anglais, partagent le même goût pour les jolies femmes et taisent leurs émotions. Aristote

Onassis et Stas Radziwill sont des sentimentaux, mais ne l'avoueront jamais.

Janet Auchincloss est snob comme un pot de chambre. Depuis toujours. Et cela ne s'est pas arrangé depuis que Jackie est devenue First Lady. Elle estime qu'il est certaines règles à respecter et entend bien les dicter à l'horrible personnage. L'ascenseur du Claridge a l'air de fonctionner encore à la manivelle, mais le groom ne semble pas s'en offusquer, il fait signe à Janet de s'asseoir sur la banquette carmin. Dernier étage, le jeune garçon pousse la grille en fer forgé et courbe la tête. Le personnel tiré à quatre épingles glisse le long du couloir. Cette discrétion pointilleuse sied à l'Américaine.

Aristote Onassis collectionne les maisons, les yachts, les œuvres d'art et les personnalités. Il est le meilleur ami de Winston Churchill, donne des leçons à Rainier de Monaco, reçoit Greta Garbo à sa table. Il sort avec Maria Callas, qu'il traite comme une carpette, la frappe, lui marche dessus, elle roule sur les cailloux à Skorpios et en perd sa voix de diva. Il a couché avec Gloria Swanson et Veronica Lake, il en est fier. Il veut être celui dont on parle, toujours sous les feux de la rampe. Et cette aventure avec Lee Radziwill arrive à point nommé. Elle rit à ses histoires, peu importe que ce soit toujours les mêmes. Elle a quelque chose d'unique, une bienveillance, un charme. Elle est follement intuitive, et en plus c'est une princesse. Il est connu pour être terrible en affaires, tyrannique en privé, mais en société c'est le plus charmant des hommes. Il n'a pas grande éducation, mais sait reconnaître ceux qui l'aideront à paver d'or son chemin. Et Lee fait partie de ceux-là. Elle est persuadée qu'il va la demander en mariage.

— L'argent n'est pas un luxe, mais un pouvoir qui pourrait être le tien aussi si tu restais à mes côtés, souffle-t-il à son oreille.

Elle est bouleversée. Il la flatte, lui dit qu'elle est la femme la plus intéressante du monde, naturellement elle le croit. Quand elle lui parle de sa sœur, ça l'excite. Elle prend son timbre de petite fille, se met à pleurnicher en avouant que Jackie réussit tout mieux qu'elle, alors il la console, affirmant que Jackie n'a aucun intérêt. Il n'en pense pas un mot, il a juste trois coups d'avance sur Lee, les Kennedy et Jackie elle-même. Onassis a vingt-deux ans de plus que Lee Radziwill. Il vient de lui offrir un bracelet magnifique de chez Cartier, avec cette gravure : « À mon plus tendre amour ». Elle est aux anges.

Arrivée devant la porte, Janet Auchincloss frappe avec le poing. C'est-à-dire fortement. Il ne répond pas immédiatement. Elle frappe de nouveau. Il ouvre. Nu. Ou c'est tout comme. Poilu comme un singe, alors c'est vrai ! Janet en a des haut-le-cœur, porte la main à sa bouche, c'est un ours ! Il a une serviette-éponge nouée autour de la taille et ses cheveux sont encore mouillés. Elle est stupéfaite et tremble légèrement.

— Monsieur, je cherche ma fille, fait-elle en hoquetant.

Il sourit du dégoût qu'il lui inspire.

— Madame, vous me faciliteriez la tâche en me disant qui est votre fille ?

— La princesse Radziwill ! bégaie Janet Auchincloss, furieuse.

— Chère madame, vous jouez de malchance, elle vient de sortir d'ici. Vous l'avez manquée de peu.

Et sans plus de manières, il lui claque la porte au nez.

Et Drew Pearson du *Washington Post* titre son article « L'ambitieux tycoon a-t-il l'espoir de devenir le beau-frère du Président ? »

Stas est horrifié, il passe pour quoi, le cocu de service ?

— Nous ne sommes qu'amis, ne crois pas les journaux, je t'en prie, mon trésor.

— C'est difficile, Lee, avoue le prince, désespéré.

— Tu vaux tellement mieux que moi, reconnaît-elle avec admiration.

— Ne jamais être séparé de toi, même le temps d'un rêve, confesse-t-il en baisant sa main.

Entre Lee et Stas Radziwill, c'est d'un profond amour qu'il s'agit. Mais il est lié à jamais à la dépression que Lee a connue après la naissance de leur fille Tina. Le couple traverse une crise terrible et tout le monde s'en mêle.

— Tu dois te marier religieusement avec Stas, ordonne Janet.

— Mais je suis déjà mariée.

— Oh ! Lee, arrête de jouer les idiotes.

— Pourquoi, pourquoi, maman ?

— Tu dois te marier devant Dieu, pour ta sœur !

Et Lee éclate en sanglots dans les bras de sa mère. C'est une très mauvaise idée, Janet hait toute manifestation sentimentale.

Quant aux Kennedy, n'en parlons pas ! À la veille des élections, c'est un drame. Il faut réagir, et vite. Bobby s'étouffe de rage. Toute sa vie, il a voulu voir ce sale type derrière les barreaux. C'est un escroc, un pirate, un compromis de playboy et de mafioso, il pue le stupre, traîne derrière lui une odeur de soufre, mais que fait Hoover ?

— Lee est persuadée qu'il va l'épouser, affirme Jack, blême.

— Mais qu'elle la boucle ! s'écrie Bobby. Ou c'est moi qui vais la tabasser tellement fort qu'elle ne pourra même plus lui faire de gâterie !

Bobby décide de frapper un grand coup. Il faut éloigner cette salope au sang bleu. Et pour cela, rien de mieux qu'un voyage officiel. Jackie est fatiguée, enceinte de sept mois. Elle ne bouge plus, par crainte de perdre encore un enfant. Le Président part pour Berlin, qu'à cela ne tienne, on va envoyer la gourgandine chez les chleuhs. Et ce n'est pas une demande, c'est un ordre !

26 juin 1963. On a vu mieux comme promenade de santé, et qui a envie de mettre les pieds à Berlin-Ouest au cœur de l'été ? C'est tout l'art de la politique. Dans l'avion qui les mène en Allemagne, Jack Kennedy relit son discours en tapotant machinalement sur l'accoudoir du fauteuil. Devant le mur censé protéger l'Ouest des assauts machiavéliques de l'Est, il doit se prononcer sur la bipolarité du monde. Khrouchtchev n'est

pas franchement sa tasse de thé. Mais il est temps de détendre les relations. Et si j'expédiais Lee, songe Jack en regardant sa belle-sœur se recoiffer dans son miroir de poche, si j'expédiais Lee chez les russkofs ? Non, mon Dieu, Jackie ne me le pardonnerait jamais. Il est 9 h 45 quand ils atterrissent à l'aéroport de Tegel. Jack Kennedy est ovationné. Des milliers de personnes se pressent au passage de la voiture présidentielle. À 11 h 35, il est devant la porte de Brandebourg. Les autorités est-allemandes ont disposé des tentures rouges qui empêchent le Président de voir à travers la porte ce qui se passe à l'Est. Ça commence bien, songe-t-il. À 12 h 05, il visite Check Point Charlie. La foule est en délire. À 12 h 50, Kennedy arrive à la mairie de Schöneberg, accueilli par une foule compacte sur la Rudolph Wilde Platz. « Ken-ne-dy, Ken-ne-dy », scande le peuple. Cela vaut la grande parade de Broadway. Quatre cent mille personnes massées attendent son discours. Il monte à la tribune, escorté par Konrad Adenauer et Willy Brandt. Il prononce une brève allocution en anglais. Puis s'arrête et fait face à la foule. Il profère alors ces quatre mots qui resteront célèbres : « *Ich bin ein Berliner.* » Le public en délire exulte, Berlin n'est plus isolé. Les Allemands de l'Ouest n'ont aucun doute sur l'engagement de l'Amérique en leur faveur. Le Président montre tout son soutien à la ville enclavée dans la RDA. Derrière lui, coincée entre ses agents de sécurité, Floyd Boring et Jerry Behn, la princesse Radziwill est radieuse dans un manteau blanc avec son petit chapeau imaginé par Kenneth. La presse est dithyrambique. On chante les louanges américaines. *La Bannière étoilée* résonne, le pays est en liesse.

— Tu le pensais vraiment ? interroge Lee dans l'avion du retour. Tu avais l'air possédé.

— Je l'étais, je le suis, par ma fonction.

— Tu vas être un grand président, Jack, on se souviendra de toi longtemps, de ta personnalité, ton charisme, ta force. C'était magnifique, une telle expérience, je me suis sentie emportée, je me suis sentie allemande, avoue-t-elle émue.

— Je me fiche comme d'une guigne de ma personnalité, Lee, je veux que les gens se souviennent de ce que j'ai fait pour l'Amérique. Je veux un réchauffement des relations entre l'Est et l'Ouest. Mais ça va prendre un certain temps, car ces fichus rouges sont totalement bornés.

Lee Radziwill allonge ses jambes et pose les pieds sur le fauteuil qui lui fait face. On vole vers l'Irlande où le voyage doit continuer. Elle est heureuse, elle a enfilé les habits de sa sœur et s'y sent bien. Elle illumine les endroits où elle passe, les photographes se ruent sur elle, elle existe enfin, elle est éclatante. Quand elle apparaît sur la passerelle à Dublin, les flashs crépitent. Depuis Washington, Bobby Kennedy suit l'affaire.

— Elle a une présence folle, confirme au téléphone Dave Powers, l'aide de camp de JFK, on devrait l'utiliser plus souvent, elle fait partie du gang.

— Oui, mais elle est imprévisible, et lui aussi. Il pourrait bien arriver une catastrophe entre ces deux-là, répond le frère du Président.

— Ce n'est pas déjà fait ? interroge Dave Powers.

Bobby a déjà raccroché.

Juste avant de rentrer chez elle, Lee accompagne Jack à Chatsworth chez le duc et la duchesse de Devonshire. C'est là que sa sœur Kick Kennedy est enterrée. Elle avait épousé l'héritier de Chatsworth, Billy Hartington. Elle s'est écrasée en avion au-dessus des Alpes il y a plusieurs années. Kick, une ravissante rousse au petit nez et aux grandes dents, comme tous les Kennedy. Elle ressemblait à un écureuil.

Quelques jours plus tard, Lee Radziwill épouse son prince religieusement en l'église de l'Immaculée-Conception de Londres. Nous sommes le 3 juillet 1963. Stas est très ému, et Lee, sublime dans une robe près du corps ivoire d'Oleg Cassini, avec ses gants qui montent jusqu'aux coudes. Pour son voyage de noces, Lee emmène son mari en Grèce sur le yacht d'Aristote Onassis. Qui aurais-je été si ma sœur n'existait pas ? se demande parfois Lee.

11

8 août 1963, Hyannis Port. Une douleur fulgurante déchire les entrailles de Jackie. Emmenée d'urgence à la clinique, elle accouche du petit Patrick avec trois semaines d'avance. Le bébé souffre d'insuffisance respiratoire, il est immédiatement transporté à l'hôpital de Boston. Kennedy reste, quarante-huit heures durant, les yeux rivés sur sa couveuse. Le 9 mai, dans la soirée, Patrick rend l'âme. « Il s'est battu comme un vrai boxeur », affirme son père, anéanti. Jackie, clouée sur son lit, n'assistera pas à l'enterrement. Elle ne verra pas son mari s'effondrer sur le minuscule cercueil blanc. Ni Bobby réconforter tant bien que mal son frère qui sanglote. Jackie est persuadée que la politique a tué son bébé. C'est le deuxième enfant qu'elle perd. Elle sombre dans une effroyable dépression, personne ne peut rien pour elle. Elle se rapproche de Jack. Pendant un temps, elle oublie ses infidélités, veut croire encore à leur amour. Elle se souvient que, si elle l'a aimé au tout début, ce n'est pas pour ce qu'il représentait ni pour ce qu'il est devenu. Jackie Bouvier a vu en John Fitzgerald Kennedy ce que personne ne soupçonnait. Un enfant fragile. Un petit garçon vulnérable,

qui a réveillé son instinct maternel. Toute sa vie elle a voulu protéger son mari. De ses démons comme de ses souffrances physiques ou morales. Ils traversent de concert ce drame, se tiennent par la main, dorment ensemble, sont proches comme jamais. Et puis le naturel revient au galop, et les poules dans le lit de Jack Kennedy. Et Jackie s'enlise de plus belle.

Au même moment, Lee vogue sur le *Christina* avec Stas, Franklin Roosevelt Jr, sa femme Suzanne Perrin, la princesse Galitzine et son mari Silvio Medici de Menezes. Lee s'agace. Onassis l'ignore. Elle pense qu'il lui en veut d'avoir épousé Stas à l'église. On dirait même qu'il prend plus de plaisir à converser avec son mari qu'avec elle. Radziwill est rassuré, il a confiance en son ami. Comment tromper l'ennui ? Soudain Lee a une idée géniale. Elle va inviter Jackie qui déprime, Ari sera content, lui qui adore les gens célèbres. Impressionner l'un, honorer l'autre, Lee Radziwill ne se rend pas compte qu'elle est en train de se tirer une belle balle dans le cœur. Elle se précipite sur son téléphone.

— Pekes, tu es adorable. Mais je ne sais pas. Je ne suis pas certaine que cela plaise à Jack. Onassis a une réputation sulfureuse. Et avec les élections l'année prochaine, ce n'est peut-être pas une bonne idée.

— Écoute, Jacks, ton mari a toujours vécu à sa guise et tu n'en connais pas la moitié. Toi, tu es parfaite. Il doit te laisser venir et s'il ne le fait pas, décide par toi-même.

Jackie accepte. Et Jack installe Mary Meyer dans son lit. Bobby s'étrangle en apprenant la décision de sa belle-sœur. Quand Clint Hill et Paul Landis lui demandent quelles sont les mesures à prendre pour la protection de la First Lady, fou de rage il éclate :

— Aucune ! On aura fait couler cette putain de barcasse avant même qu'elle ne monte à bord !

Pourtant il se fait violence, il doit appeler Onassis, le convaincre.

— Nous ne nous opposerons pas à votre mariage avec la princesse Radziwill, mais renoncez à votre invitation, s'il vous plaît.

— Je n'ai aucune envie d'épouser la princesse, avoue Onassis en éclatant de rire. J'ai d'autres projets.

— Sale con de Grec, tu me le paieras !

Et Jackie embarque sur le *Christina*.

— Tu vas adorer, explique Lee enthousiaste, comme on va s'amuser, Jacks !

Elle se voit déjà jouer les maîtresses de maison. Onassis propose même de s'éclipser pour ne pas gêner la femme du Président, mais Jackie refuse. Et elle découvre le yacht rutilant. Un véritable cirque flottant regorgeant de roses et de glaïeuls. Avec une piscine en mosaïque qui se transforme en piste de danse. Des œuvres d'art sur chaque mur et un système de ventilation sophistiqué pour que les Goya ou autres Cézanne ne se détériorent pas au contact de l'air marin. Neuf suites baptisées chacune du nom d'une île grecque. Onassis laisse la sienne à Jackie, quatre pièces, un immense lit entouré d'icônes et de miroirs byzantins, une baignoire de marbre bleu aux robinets en or massif. Dans le salon aux tons vert d'eau, un vieux piano, une cheminée incrustée de lapis-lazuli, et sur le panneau central, *Les Quatre Saisons* de Marcel Vertès, des scènes bucoliques représentant Tina Livanos, l'ex-femme d'Ari. Le bar est sur le pont principal. On y accède par un escalier en colimaçon ou un ascenseur. On s'y retrouve le soir, assis sur des tabourets tendus de prépuce de baleine. À chaque repas, les vins les plus fins, huit sortes de caviar, foie gras, homards, et une ribambelle de gâteaux.

— C'est d'un goût, susurre Jackie à l'oreille de Lee, maman serait terrifiée.

— Oui, c'est épouvantable, Jacks, pouffe-t-elle.

À nouveau les chuchoteuses, collées l'une à l'autre, elles partagent secrets et fous rires, comme lorsqu'elles étaient enfants à Lasata. Les escales se suivent et se ressemblent, les paparazzis sont aux aguets. À Istanbul, on visite Topkapi, la Mosquée bleue et la basilique orthodoxe. Des photos volées sont prises à Smyrne, Ari tient Jackie par le bras et pointe le doigt vers une maison misérable, celle de son enfance. Ils sont seuls au monde. Le petit groupe d'amis les suit gaiement. Stas, en pleine forme, escorte Irène Galitzine qui est aux anges, les Roosevelt s'enthousiasment pour les civilisations anciennes. Lee est à la traîne. Ari explique à Jackie qu'il a connu des relations conflictuelles avec son père, c'est la raison pour laquelle il a voulu se dépasser. La mort de sa mère, quand il était tout jeune, l'a traumatisé. Assis sur un muret, ils partagent une réelle intimité, Jackie l'écoute attentivement. Les autres se reposent à l'ombre des arbres, au bord d'une fontaine. Lee se lève et va se coller contre Ari et Jackie. Ils ne la regardent pas. Alors elle revient vers le groupe. Elle ne sait plus où est sa place. Un soir, ils vont à une représentation dans le théâtre antique d'Épidaure. C'est Anna Synodinou qui tient le rôle d'Électre. En Crète, on découvre le palais du roi Minos à Cnossos. À Skorpios, Jackie goûte au paradis. Plus que le luxe, c'est la sécurité qui la ravit et le calme qui en découle. Elle est impressionnée. Onassis est honoré. Oui, on peut dire que Lee a réussi son coup !

— C'est ainsi que les rois vivent, souffle Jackie à Onassis.

— Les rois et les femmes qui les accompagnent, assure-t-il avec un sourire éclatant.

Sur le pont, Lee danse pieds nus. Elle apprend le sirtaki à Franklin Roosevelt et Silvio de Menezes. Stas tape en rythme sur son verre d'ouzo. Soudain il se lève et prend sa femme dans les bras. Elle cherche désespérément le regard d'Onassis par-dessus l'épaule de son mari, mais le Grec est plongé dans celui de Jackie qui minaude comme une chatte. Les photos de Smyrne font la une de la presse américaine. Kennedy est furieux, Bobby interdit que l'on prononce le nom de Jackie devant lui. Et la première dame se fend d'une missive larmoyante à son époux. « La chance que j'ai de t'avoir, tu me manques tant. Ici il n'y a aucune tension et c'est quelque chose que je voudrais t'offrir. Mais je ne peux pas. Alors je t'offre chacune de mes pensées, mon amour. » Puis elle cachette la lettre et rejoint Onassis sur le pont.

Alors Lee, une croisière ? Non, un naufrage. Elle a beau plonger nue du haut du pont ou lire l'*Odyssée* dans le texte, rien n'y fait. Onassis ne la voit pas, ne la touche pas. La situation lui échappe. Stas fume son cigare tranquillement en songeant qu'il est bon de pouvoir compter sur ses amis. Il attire pourtant l'attention de sa femme sur la croissante intimité entre sa sœur et l'hôte de ces lieux.

— Je ne pense pas que cela va plaire à Jack, tu sais.

Quel cirque, se dit Franklin Roosevelt Jr.

Mais qu'est-ce que je vais bien pouvoir dire au patron ? s'inquiète Clint Hill.

— Je t'aime, Pekes, murmure Jackie en prenant le visage de sa sœur entre ses mains.

Elle l'embrasse sur le front.

— Mais…

— Je vais me coucher.

— Moi aussi, assure Onassis.

Et Lee reste seule. Paul Landis et Clint Hill se précipitent derrière la première dame et s'installent devant la porte de sa cabine. Vive les services secrets !

En cadeau d'adieu, Onassis offre à Suzanne Roosevelt et Irène Galitzine une minaudière dorée à l'or fin, à Lee des bracelets en brillants et à Jackie un époustouflant collier en saphirs et diamants. Lee est stupéfaite. Ces bracelets, elle n'est même pas certaine que Tina s'en accommoderait…

Quant à Jackie, elle avait l'opinion publique pour elle à la mort de son bébé, mais l'escapade grecque a terriblement choqué. Pour se faire pardonner, elle promet à son époux d'être à ses côtés à Dallas, en novembre prochain. Et pour les Américains, on imagine une séance photo avec les enfants. Le petit John entre dans la légende, caché sous le *Resolute Desk*.

22 novembre 1963, Dallas. Un tailleur rose, un bibi arrondi, une cervelle éparpillée sur le capot d'une Lincoln. Et un soleil éclatant dans un ciel bleu cobalt.

Jackie est assommée. Prendre de la distance avec la douleur. Elle compose un personnage. Cela vient facilement. Dans *Air Force One*. Quand ils lui demandent de changer de vêtements. Quand ils lui prennent sa bible pour que Johnson prononce son serment. Mais qu'est-ce qu'ils croient, qu'ils vont se passer d'elle, tout simplement parce qu'un fou a fait exploser la tête de son mari ? Son mari à elle ! Sa tête. Les morceaux de crâne sur le coffre ! Oh non ! Ils ne vont pas l'éliminer aussi facilement. Elle conserve la main.

— On a envoyé les enfants en Virginie, madame.

— Faites-les rentrer immédiatement.

Elle porte toujours son tailleur, du sang a séché sur sa joue blafarde, elle tombe dans les bras de sa mère.

— Maman, il est mort, Jack est mort !

Ni l'une ni l'autre ne pleurent, elles sont déjà à l'acte suivant.

Jackie demande à sa mère et à son beau-père de s'installer à la Maison Blanche, elle a besoin d'eux dans son appartement. Elle installe Auchincloss dans le lit de Jack, car elle ne peut pas l'imaginer vide. Et elle dort avec sa mère dans sa propre chambre. Sauf que Jack lui manque tant qu'au beau milieu de la nuit, elle va se glisser dans son lit. Et c'est une Janet interloquée qui, au petit matin, trouve sa fille dans le même lit que son beau-père. On n'est pas à ça près chez les Bouvier.

On a fait place nette dans le bureau ovale pour Lyndon Johnson. On a retiré le tapis rouge, on a même déménagé le *Resolute Desk* qui est apparemment trop petit pour le nouveau président.

— Mais il ne peut pas attendre que mon mari soit enterré ?

— Apparemment non, madame.

— Cela ne fait même pas vingt-quatre heures !

Lee débarque de Londres et tombe sur Onassis.

— Que fais-tu là, Ari ?

— Jackie m'a invité.

— Je ne comprends pas, vous n'êtes pas si proches.

— Ari a eu la bonté de me réconforter, interrompt Jackie qui pénètre dans le salon bleu à ce moment-là. Bien entendu, Ari, tu es chez toi à la Maison Blanche. Ne descends pas ailleurs s'il te plaît. Dans mes bras, Pekes, viens.

Lee réalise qu'ils se parlent en direct, elle est dépassée. Une sueur froide lui givre le dos. Jack est mort, la place est libre, Onassis est là. Quant à Janet, elle n'en croit pas ses yeux, et à qui s'en prend-elle ? À Lee.

— Mais je n'y suis pour rien, maman, c'est elle qui l'a invité !

Onassis bouge ses pions vite et bien. Il sait ce qui est en jeu et il est prêt à tout pour y arriver. On se croirait à Versailles, le jour de la mort du roi.

La veille des funérailles, Jack Ruby assassine Lee Harvey Oswald. Le pays déjà fragilisé implose. Bobby est un fantôme. Le visage sillonné de larmes, il suit Jackie comme si elle était capable de ressusciter son frère. Et Jackie organise les funérailles d'Abraham Lincoln, pardon… de John Fitzgerald Kennedy. On s'y croirait. De Gaulle affirme qu'il sera là, et le monde entier accourt derrière lui. Les services secrets s'arrachent les cheveux. Elle a dit un cortège, elle a dit tout le monde à pied, elle a dit on traverse la ville.

— Je marcherai derrière Jack. Mes enfants aussi.

— Je marcherai avec Jackie, affirme Bobby.

— Nous aussi, assurent les chefs d'État.

Elle est tout de noir vêtue, le visage sous une voilette, main dans la main avec Bobby, ses enfants en manteau bleu layette derrière le cercueil. Quatre-vingt-douze nations sont représentées, au pas derrière Jackie. La douleur d'une veuve. Une reine murée dans son silence, une femme entre dans la légende. Le petit John fait le salut militaire, il a trois ans aujourd'hui. Plus tard Jackie fait déterrer ses bébés morts afin qu'ils reposent à Arlington aux côtés de leur père dont la tombe est surmontée par une flamme éternelle.

— Elles vont se réconforter mutuellement, assure Janet, Lee sera toujours là pour Jackie.

— Elles sont indissociables, c'est certain, répond son beau-fils Gore Vidal, Jackie est S comme sado, et Lee M comme maso.

— Ma petite Jacks, tu es la plus courageuse d'entre nous.

Mais Jackie paraît insensible à tout, Lee en devient hystérique. Elle explose auprès de Stas.

— Elle ne pense qu'à elle. C'est la plus grande actrice du monde. Bien sûr qu'elle l'aimait. De là à en faire une légende ! Non, elle n'est pas submergée par le chagrin, elle est occupée, c'est tout.

Lee a des raisons d'être désemparée, Bobby a pris sa place auprès de sa sœur. Ce sont les derniers jours de Camelot, Arthur est mort, Guenièvre file avec Lancelot. La rumeur court, ils s'en défient. On les voit bras dessus, bras dessous à Antigua chez Bunny Mellon, et quelques semaines plus tard, à Glencove sur Long Island, on ne parle que de cela au Piping Rock Club.

Chacune porte un masque différent, pourtant elles sont interchangeables. Elles auraient pu naître à la cour du roi Louis XV, elles ont échoué à Camelot, que s'est-il passé ? Le destin les a séparées. Jackie devient l'icône historique, Lee la mondaine. Cela aurait pu être le contraire. S et M, a dit Gore Vidal. Certes.

Deux adolescentes

Ils partent au Chili deux semaines durant à la pêche au gros et me confient à Nanny. Jackie est en pension à Farmington, dans le Connecticut, chez Miss Porter. Janet a décidé que je pouvais rester seule à New York. J'ai onze ans, une gouvernante, deux femmes de chambre et un cuisinier. De quoi d'autre pourrais-je avoir besoin ? D'amour, maman, d'amour et de tendresse, mais tu ignores ce que c'est. Du plus loin que je m'en souvienne, j'ai toujours connu Janet les lèvres pincées. Elle est petite, très mince et possède des yeux perçants, deux flèches acérées, et cette bouche si fine que l'on pourrait penser qu'elle n'en a pas. Au fond d'elle-même, je pense que ma mère est méchante.

— Et si en mon absence Lee réclame sa sœur ou son père, ordonne-t-elle à Nanny, donnez-lui une fessée.

Jackie estime que maman ne s'est jamais remise du divorce. Il faut dire que Black Jack est d'une autre trempe que Hughdie Auchincloss. Enfin, il était. Papa se laisse un peu aller en ce moment, il boit beaucoup trop. Je ne veux plus aller chez lui, je tombe toujours sur une fille qui a oublié sa culotte, ou un livreur de whisky qui pleurniche pour être payé. Ce pauvre Hughdie n'existe pas, il est transparent. Milliardaire et creux. Gore Vidal lui a donné un surnom : le magnum de chloroforme ! Il n'y a pas plus féroce que Gore, il me fait hurler de rire. Il veut être écrivain et adore nous observer, Jackie et moi. « La perversité de l'humanité repose en vous deux », s'amuse-t-il à répéter. Il dit aussi que j'ai de la ressource. J'ai surtout tant à donner. Maman ne veut rien, Jackie prend et jette, quant à papa, mon pauvre papa…

Je songe à cet orphelinat dans le Bronx. Quand j'étais petite, on passait devant et Jackie affirmait, sûre d'elle : « Si tu n'es pas gentille, Pekes, tu finiras là. » Moi j'avais une peur bleue et je me tenais à carreau. Je ne m'imaginais pas un jour y aller. Et pourtant, j'ai cherché l'adresse dans le bottin. J'ai défait mes nattes qui me donnent l'air juvénile, enfilé un joli chapeau et mon blazer marine. J'ai pris un taxi. Il m'a déposée au bon endroit. On m'a laissée entrer, et puis on a voulu savoir ce que je faisais là. La petite sœur de l'accueil ressemble à une souris, elle a un nez pointu et un sourire béat. Il vaut toujours mieux parler au bon Dieu qu'à ses saints – je retiens les leçons de Janet – et d'une voix ferme j'explique à la religieuse :

— Bonjour, ma sœur, je voudrais voir la mère supérieure.

— Mais, mon enfant, tu es certaine que…

— S'il vous plaît, ma sœur, c'est de la plus haute importance.

Ne jamais fléchir, c'est la leçon numéro deux de Janet. On me conduit le long d'un interminable couloir. Puis la souris grise s'arrête devant une porte en bois, frappe et entre sans attendre la réponse.

— Pardonnez-moi, ma mère, mais cette jeune personne insiste pour vous rencontrer.

La mère supérieure est une forte femme dans une robe lourde et noire, un voile lui enserre le visage. Ses yeux sont bleus et froids comme ceux de maman, je suis un peu effrayée, mais ne le montre pas.

— Assieds-toi, mon enfant, ordonne-t-elle. Comment t'appelles-tu ?

Je monte sur le fauteuil et me tiens droite sans m'adosser, je pose mes mains sur le bureau, fixe le crucifix qui me fait face, il est temps de me lancer.

— Mon nom est Lee Bouvier, ma mère, je suis venue adopter un orphelin.

— Pardon ?

— Fille ou garçon, peu importe. Mais blanc, s'il vous plaît. J'ai deux grandes maisons magnifiques avec des immenses jardins et plein d'animaux. Dont des bœufs Black Angus. L'orphelin sera heureux, beaucoup mieux que chez vous. Je suis très religieuse, je collectionne les statuettes de tous les saints.

Elle me fixe, interloquée, je me signe, elle reprend ses esprits.

— Tu vas me donner ton numéro de téléphone et je vais arranger cela avec ta maman.

— Oh non, ma mère, surtout pas. Maman n'est pas gentille avec les enfants, c'est moi qui m'occuperai de l'orphelin.

— Mais quel âge as-tu ?

— Onze ans, ma mère.

— Tu es bien trop jeune pour adopter un enfant, ma petite fille. Cela ne fonctionne pas ainsi, je suis désolée, mais c'est non.

Je ne comprends pas. Je rentre chez moi abattue et m'effondre dans les bras de Nanny. Elle est abasourdie et avoue la chose à Janet à son retour. Et je me fais attraper comme jamais.

— Mais tu as quoi dans la tête, ma pauvre fille ? On va être la risée de la ville avec ce genre de bêtises. Heureusement que les religieuses ne sont pas bavardes. Tu vas écrire tous les soirs une longue page d'excuses que tu laisseras sur mon lit.

— Pendant combien de temps, maman ?

— Six semaines !

Pourquoi est-elle si méchante, elle revient de vacances ! Et moi je suis toujours aussi seule.

Depuis qu'elle est devenue Mrs Auchincloss, maman n'a plus de temps pour rien. Surtout pas pour moi. Elle est préoccupée par ses demeures et sa famille qui s'agrandit. En plus d'un beau-père, nous récoltons nombre de demi-frères et demi-sœurs. Notre chambre est au troisième étage de Hammersmith, bleu ciel, avec vue sur le poney-club de Newport. Tous les matins, nous trouvons nos chaussures cirées devant la porte. Papa, lui, navigue dans un océan d'alcool et ses aventures avec des femmes mariées ne font plus rire que lui. Je commence à le trouver un peu ridicule avec ses cheveux gominés, sa moustache trop bien taillée et ses costumes démodés. Comme je ne vais plus très souvent le voir, il m'écrit : « Je veux que tu sois la meilleure à l'école, que tu ne recules devant rien pour être admirée par tes amies. Sois respectée et respectable. C'est mieux que d'être populaire. Tu as tout en toi pour gagner, alors vas-y et montre-leur qui tu es. Et puis travaille, ne passe à côté d'aucune oppor-

tunité, tu apprends chaque jour, dans les études et dans la vie. Tu es ma fierté et je serai toujours là pour toi. Et souviens-toi que tu me manques, je t'aime tellement, ma petite fille.»

Je descends quatre à quatre les escaliers.

— Maman, maman, une lettre de papa !

— Mais Lee, ce n'est pas une lettre pour toi, explique maman en retournant la feuille, c'est une lettre pour Jackie, il est écrit «Ma jolie chérie, ma Jackie». Oh Lee, non, ne pleure pas, ce n'est pas grave, tu vas te marier et avoir des enfants.

— Non, je veux travailler et que papa soit fier.

— Laisse ça à Jackie. Toi, tu vivras dans une maison rose avec des nounous pour s'occuper de ta famille. Tu es fine et bien élevée, on te mariera facilement.

On prend des leçons de danse au Colony Club et on parle français pendant le dîner. Pour chaque mot anglais accidentel, un gage nous est donné. Le credo de Janet, une discipline d'acier, qu'elle nous enseigne à chaque repas :

— Il y a deux choses essentielles dans la vie. L'argent et le pouvoir. Ce sont les nerfs fondamentaux de la guerre et le secret du bonheur éternel.

Janet se tient bien droite et sa poitrine pigeonnante ressort. Voilà longtemps que Jackie l'a dépassée en taille.

— Les hommes aiment les femmes féminines. Vous devez vous marier et vous marier bien. J'ai fait la bêtise une fois, mais pas deux ! Observez la vie que nous offre Hughdie, ce n'est pas avec votre père que nous aurions été reçus chez les Vanderbilt ou les Rockefeller. Marry Money !

Si un mot devait résumer ma mère, je dirais sèche.

À quatorze ans, on m'envoie à Farmington, l'école de Miss Porter dans le Connecticut. Le pire moment de ma vie. Un endroit magnifique certes, qui date de 1830, avec ses maisons en brique soutenues par des colonnades blanchies à la chaux, sa bibliothèque de plus de vingt-cinq mille volumes, son hangar à bateaux et ses barques pour voguer sur la rivière. Sauf que, là-bas, je ne suis rien. Enfin si, je suis Jackie en moins bien.

— Mademoiselle Bouvier, vous pouvez certainement faire beaucoup mieux, puisque votre sœur l'a fait.

— Mademoiselle Bouvier, vous n'êtes pas mauvaise. Oui, c'est difficile, bien entendu, Jackie était si brillante.

— Mademoiselle, quel est votre prénom, oui vous… la sœur de Jackie ?

— Oh, regardez ! c'est Jackie, Jackie Bouvier ! Salut, Jackie, que fais-tu là ?

— Je suis à Vassar maintenant, je viens rendre visite à Lee, ma petite sœur, vous la connaissez ?

— Lee ? Connais pas. Tu as une sœur ?

Mais je n'ai rien demandé, moi, je ne veux pas de visites. Tout le monde ne regarde qu'elle. Elle porte du rouge à lèvres carmin. Personne ne fait ça, même à dix-huit ans ! Elle est éblouissante, satisfaite d'être reconnue. On se presse autour d'elle, elle serre les mains et distribue les sourires avec une facilité déconcertante.

— Ta sœur est si belle, chantonne Lisa Artamonoff Richie. Comme tu dois être fière.

— Elle a l'air tellement sympa, estime Jill Fox.

— Tu me la présentes, dis, Lee, s'il te plaît, supplie Rue Hill Hubert.

Cette année-là à Newport, un bal doit lancer Jackie.

Elle est promise au meilleur avenir, ce qui signifie qu'elle doit trouver un riche mari. Janet ne lésine sur rien. Essayages chez les grands couturiers, études pour la coiffure, rendez-vous au Club, la liste des invités est déterminante. Et pendant ce temps-là, je prends du bon temps avec mon ami Howard Cushing Jr. On fait du voilier, on dispute des matchs de tennis, on pique-nique sur le ponton de Hammersmith, on longe à bicyclette la baie de Narragansett, on se baigne des heures durant à Bailey Beach. Jackie nous fait de grands signes depuis la terrasse.

— Hey, les amoureux !

On est bien trop jeunes pour être amoureux. On a quatorze ans. Parfois, je me dis que c'est dommage.

Après l'effervescence des préparatifs, voici le grand soir au 353, Tuckerman Avenue ! Le Clambake Club est l'un des joyaux de Rhode Island. Tout au bout de Easton Point, il se dresse face à l'Océan. La vue est à couper le souffle. Les Auchincloss et les Grosvenor reçoivent pour Jackie et Rose. Une forêt de lustres scintille, nappes en organza, bouquets de pois de senteur, les buffets ploient sous une profusion de homards, caviars et champagne. Un orchestre noir entonne les derniers tubes à la mode. La plupart des filles ont dix-huit ans et les joues roses, elles sont un peu rondes et empotées. Jackie resplendit dans une robe en tulle blanc. Elle a une espèce de suffisance intérieure qui fait converger tous les regards vers elle. Howard estime que je suis cent fois mieux dans mon bustier mauve avec des strass.

— J'ai un secret pour toi, avoue ma sœur entre deux coupes de champagne, avant d'aller valser avec Charles Bartlett.

Il la serre de près. Elle s'en débarrasse et vient me retrouver.

— Ce soir dans notre lit, Pekes, fait-elle en me pinçant le bras.

Ah, le premier bal d'une jeune fille ! Jackie danse et danse encore. Elle s'étourdit dans les bras de Chauncey Parker, puis de Philip Geyelin, Blair Fuller et John Appleton. Jackie s'éparpille. Il y a tous nos cousins Bouvier. Little Edie est ravissante dans une robe jaune décolletée. Elle se jette au cou de tous les garçons, elle est bien plus vieille que nous. Maman lève les yeux au ciel, elle la déteste et sa mère encore plus. Janet a toujours pris Big Edie Beale pour une hurluberlue mondaine depuis qu'elle a débarqué au mariage de son fils déguisée en chanteuse d'opéra. Cela n'a pas plu du tout à Grampy Bouvier qui l'a déshéritée. Little Edie, sa fille, explique qu'elle va faire du cinéma à Hollywood et que Howard Hughes vient de la demander en mariage ! Et Cholly Knickerbocker, le célèbre journaliste du New York Journal-American, *couronne ma sœur « Débutante de l'année 1947 » ! Quel succès !*

Et le soir dans notre lit, au troisième étage de Hammersmith, serrées l'une contre l'autre :

— Ça y est, je l'ai fait !

— Quoi ?

— J'ai couché avec un garçon.

— Non ?

— En France. C'est fait pour ça les gap years, *Pekes.*

— Raconte !

— Dans l'ascenseur !

— Quoi ?

— Jure de ne rien dire, Pekes !

— Je le jure Jacks, c'est qui ?

— John Marquand Jr.

— Oh !

— On s'est embrassés comme des fous dans le jardin du Luxembourg. C'était très romantique.

— Romantique comment ?

— Comme un garçon et une fille qui ont les pieds allongés sur un bassin. Comme les petits enfants qui viennent y pousser des bateaux avec de longues tiges en bois. Comme des arbres en fleurs et des coins d'ombre mystérieux…

— Et alors ?

— Il m'a demandé si j'étais d'accord, et bien sûr j'ai dit oui. On s'est précipités chez lui. Il louait une chambre dans une pension de famille, rue d'Assas.

— Et…

— On était tellement pressés qu'on n'a pas attendu la chambre, on l'a fait dans l'ascenseur.

— Tu es morte de plaisir ? Tu as ressenti frayeurs et tremblements ? C'était le Grand Huit la tête en bas ?

— Non, pas vraiment, un ascenseur c'est trop rapide.

— La chance que tu as.

— Rien ne t'empêche d'essayer plutôt que de perdre ton temps à pédaler sur les pontons avec Howard Cushing Jr. Méfie-toi, c'est un rouquin, ça sent fort.

Le lendemain, au petit déjeuner, dans la grande salle à manger lambrissée de Hammersmith Farm, les confituriers en Minton regorgent de gelée de groseille, les théières fument et les muffins sont dorés à souhait. Le service anglais de Janet est assorti aux canapés du salon, des fleurettes multicolores sur un fond grège. Le beurre est roulé en coquillettes sur un lit de glaçons. Hughdie et maman prennent du thé noir, Jackie et moi préférons le café. Les toasts sont coupés en triangles et la salade d'ananas est croquante.

— Passe-moi la gelée, ordonne Jackie en se frottant les yeux.

— Maman ?

— Oui, Lee.

D'une seule traite et sans reprendre mon souffle, je balance :

— Jackie a couché avec John Marquand Jr dans un ascenseur de sa pension de famille en France, rue d'Assas, et ça ne casse pas trois pattes à un canard.

— Salope ! hurle Jackie.

Elle se lève, me fiche une gifle, avant de quitter la pièce en claquant la porte.

— Qui est John Marquand ? s'inquiète Hughdie Auchincloss.

— Personne, répond maman. Encore une goutte de thé, mon chéri ?

70's

FUNNY YEARS

12

C'est chez Annabel's à Berkeley Square qu'elle le rencontre la première fois. Annabel's, le night-club en vogue, ouvert depuis 1963 par Mark Birley, dans les salons extravagants d'un manoir géorgien. La décoration y est baroque et rococo à souhait, les murs tapissés d'imprimés sauvages croulent sous les toiles de maîtres du XIXe siècle ou les représentations des Ballets russes par Bakst… Le Tout-Londres mondain et noctambule s'y retrouve pour s'enivrer et danser jusqu'au bout la nuit. Dandys, homosexuels, rock stars, aristocrates dévoyés… Stas et Lee possèdent un côté interlope terriblement prononcé. Lee s'y connaît en musique, et souvent c'est elle qui choisit les disques et exhorte les habitués à se trémousser. David Hockney et Jean Shrimpton descendent en flammes le duc de Windsor. Avachie au creux d'un sofa en velours rouge, Annabel Birley flirte outrageusement avec Jimmy Goldsmith, le meilleur ami de son mari. Liz Taylor se querelle avec Burton et lui jette sa vodka à la figure. Bianca Perez se frotte contre Mick Jagger.

— Épouse-moi ce soir, chéri, ou j'en mourrai.

— Lee est le meilleur des disc-jockeys, concède Mark en évitant de croiser le regard de sa femme.

— Je suis en apesanteur, n'est-ce pas ? chantonne Loulou de la Falaise.

— Qui est cet homme là-bas avec les yeux trop maquillés ?

— Mais enfin tu ne le reconnais pas ? C'est Rudolf Noureev.

Ce soir-là, elle l'enlace et ne le quitte plus. Elle lui avoue l'avoir vu pour la première fois dans *Giselle* à Covent Garden, elle ne s'en est pas remise. Il lui raconte le Kirov et le saut de l'ange de 1961 au Bourget. L'an dernier, oui, c'était *Roméo et Juliette*, elle en a pleuré tant elle était émue. Il se souvient qu'à la dernière représentation il y a eu quarante minutes d'ovations. Bien entendu, elle y était. Lee se laisse ensorceler, elle adore ce nouvel élan, ce danger, cela fait si longtemps, soudain elle se sent téméraire. Il trouve qu'ils se ressemblent tous les deux.

— Vous avez les yeux bridés comme Gengis Khan, soupire-t-elle. Et un sourire tatar à se damner.

— Oui, mais comme moi, vous possédez ces pommettes proéminentes. Vos yeux sont ambrés comme le vieux whisky.

— Les vôtres ourlés de khôl…

Quel étrange garçon, songe Lee Radziwill. Génial et enfantin, sexy et mégalo. Pelotonnés sur des coussins cramoisis dans le petit salon consacré à Bouddha, ils se laissent aller à de troublantes confidences. Il n'a pas trente ans, une sensualité orientale et un magnétisme inouï. Elle le trouve impétueux, courageux, extravagant, saisissant, il est le feu follet, la grâce et la félinité. Quand il danse, c'est avec désespoir et sincérité, folie et noblesse. C'est un sauvage et un seigneur, elle en est persuadée, un sang royal coule dans ses veines. Il veut tout savoir, tout apprendre, il se nourrit de Lee et de son érudition. Il la trouve magnifique, il parle assez mal l'anglais, elle lui apprend non seulement la langue mais la culture. Soudain, sa vie se trouve métamorphosée. Onassis l'a quittée, Jackie se console avec Bobby, Lee a besoin de tourner la page, d'oublier les trahisons. Elle est loin, très loin de l'Amérique. Elle passe bientôt tout son temps à Covent Garden et assiste aux répétitions du Royal Ballet. Quand elle aime, elle idolâtre. Elle veut le meilleur pour Noureev. Il doit pouvoir vivre sans contraintes et donner libre cours à son art. Chercher un appartement, engager du personnel, oh ! les mesquineries du quotidien, ce n'est pas pour lui. Elle l'accueille à Buckingham Place et, pendant près de sept mois, les Radziwill et Rudolf Noureev vont faire ménage à trois. Le danseur ne vit pas au même rythme que Stas et ne le croise jamais. Pas plus que les enfants qui vont au lycée français tôt le matin. Noureev se lève l'après-midi, il déjeune d'un steak bleu à quatre heures et ne rentre à la maison qu'après minuit. Il dort sous des tonnes de couvertures pour transpirer, son lit est trempé. Il partage avec Lee cette passion pour les objets qui donnent son âme à une maison. Ensemble, ils courent les antiquaires et les brocantes. Ils sont inséparables. Il la trouve belle et fantasque.

— Ma sœur est très jalouse de notre amitié, avoue-t-elle.

Il lui dit qu'elle est mille fois mieux que Jackie.

Rien ne peut combler Lee davantage. Il est passionné, emporté, si masculin. Homosexuel surtout, et pour Lee c'est un drame, une plaie ouverte. Car elle l'aime, le désire ardemment. Son corps est dur et tortueux, elle a besoin de le toucher, il est sur ses gardes, puis se laisse aimer. Ils s'écrivent des lettres passionnées, elle lui offre un aigle à deux têtes en or avec des diamants et des rubis. Elle plonge dans un monde de mystères et d'illusions, se noie dans le romantisme. Pour lui, elle imagine une grande fête à la campagne, nous sommes le 17 mars 1966, il a vingt-huit ans. Et Lee reçoit un doux mélange d'artistes et de hobereaux le temps d'un week-end à Turville Grange, sa maison du XVIIe siècle, à Henley-on-Thames. Un manoir aux nombreux pignons avec une façade en brique, des cheminées par dizaines, sept chambres et trois salons, un jardin extraordinaire et des pelouses qui descendent jusqu'à la Chiltern Valley où les moutons paissent dans l'indifférence totale. Le domaine fait plus de vingt hectares, avec ses communs pour les invités, sa cour pavée, ses écuries, un pigeonnier, un jardin d'herbes aromatiques et cette piscine couverte voulue par Stas et que Lee trouve affreuse. La roseraie est à l'abri derrière des murs couverts de poiriers en espaliers. Ce soir, on compte trois cuisinières, un majordome, deux servantes, quatre valets de pied et la *nanny* des enfants. Alcools forts, débauche de mets, on se laisse tomber sur les canapés fleuris, des joints tournent. La cocaïne est permise, assure-t-on, mais pas devant les enfants, la musique est assourdissante, on ondule en rythme, on est à deux doigts du psychédélisme. Francis Bacon juge de l'effet de son tableau

Figure Turning qu'il a offert à Stas en échange du règlement de toutes ses dettes. Leslie Caron écoute Margot Fonteyn avec intérêt.

— Il m'a transmis une énergie nouvelle, une autre compréhension de notre art, je ne dansais plus, j'avais quarante ans, j'étais finie…

— Elle m'inspire et m'aide à me fixer, interrompt Rudolf. Ce n'est pas elle, ce n'est pas moi, c'est le but que nous poursuivons ensemble !

Mais voici Lee, moulée dans une robe longue mauve, avec une énorme croix baroque autour du cou, elle arrache Noureev à ses admiratrices et l'entraîne à sa suite. Stas est en grande conversation avec Warren Beatty, qui dévore du regard la ravissante Leslie. Joan Collins s'est jetée à la tête de Roland Petit, il ne sait comment s'en défaire. Maurice Béjart ouvre des yeux de merlan frit devant Mary Quant qui explique qu'elle va exporter sa micro-minijupe aux États-Unis.

— Que devient ce pauvre Profumo ? lance Terence Conrad.

— Il paraît qu'il taille ses rosiers d'Avon Carrow près de Stratford, répond Vidal Sassoon, je continue à coiffer sa femme, elle en a sa claque du playboy !

— Le duc d'Édimbourg s'en est sorti haut la main, assure David Bailey qui semble connaître le sujet par cœur. Qui est cette jolie blonde ? J'aimerais lui proposer un shooting.

Charlotte Ford papillonne, elle n'aime que les hommes mûrs. La princesse Margaret n'est pas censée être là, mais se fiche du protocole comme d'une guigne et trinque allégrement avec Lord Glenconner. Anthony et Tina passent à quatre pattes sous les tables, poursuivis par le carlin Thomas et le chat Pussy Willow. Qui a parlé de cocaïne ?

— Il ne manque plus que les jumeaux Kray, soupire Michael Caine. Terrible cette époque, toutes les classes sont mélangées, qui peut m'expliquer ce que je fiche chez la sœur de… ?

— Quel goût divin, soupire Jimmy Goldsmith, ces Américaines n'ont peur de rien. Quelqu'un sait si les Birley sont invités ?

Lee a décoré sa maison avec l'aide de l'Italien Renzo Mongiardino, metteur en scène délirant, c'est lui qui a créé le décor de *La Mégère apprivoisée* pour Zeffirelli. Les riches et les puissants en sont toqués, il a le don de juxtaposer les objets anciens, les faux comme les vrais, avec les souvenirs de famille. Et on a droit aux Radziwill depuis dix générations dans tous les cadres en argent !

— Mon salon ressemblait à une piste de bowling, il en a fait une isba, ces murs rouge cerise, on se croirait chez Tourgueniev, avoue Lee à Goldsmith sans lâcher la main de Noureev. Oui, bien sûr que les Birley sont invités, regardez, voici Annabel !

Cecil Beaton prend des photos pour *Vogue*. Comme tous les Anglais, il a pour les jardins des attentions d'infirmière.

— J'aime beaucoup cet arbre au milieu de la cour, entouré du banc circulaire.

— On s'en sert pour monter sur nos chevaux, explique Stas. Non, Lee n'est pas qu'une mondaine, elle illumine ma vie.

Turville Grange, Stas l'a acheté pour elle et à son nom. C'est son refuge, sa joie, sa fierté. Une chose que

Jackie n'aura jamais, un mélange de décadence et de classicisme. Les rideaux à demi fermés laissent à peine percer la nuit, pourtant la lune est pleine ce soir. Lee est heureuse, Rudolf la suit dans sa chambre, elle veut lui montrer ses estampes botaniques. La fête bat son plein, les convives boivent comme des trous, demain ils ne se souviendront de rien, sauf peut-être des pots-pourris qui embaument chaque pièce. Ce soir, Stas est incapable de cacher ses sentiments, il souffre énormément des incartades de sa femme, et se tape Charlotte Ford, des amphétamines et du Valium… la faute à qui ?

Boom. La scène hante ses nuits. Elle se redresse trempée, en sueur. Boom. Le gouverneur Connally qui hurle. Le capot de la Lincoln. Comme elle s'en veut. Elle avale les pilules du docteur Jacobson. Avec de la vodka. Elle téléphone à Lee. Quelle heure est-il à Londres ? Elle s'en moque. Lee est toujours là pour elle.

— Je vais me suicider, Pekes.

— Non, pas toi, Jacks, tu ne feras jamais une chose pareille, tu ne peux pas sombrer.

— C'est trop tard. Viens.

Je suis malheureux, avoue Stas à Jimmy Goldsmith, elle est encore partie. Oui, Lee a pris le premier vol pour Washington, quand l'aînée sonne, la cadette accourt. Elle débarque à Georgetown avec un sac de voyage rempli à la hâte. La gouvernante ouvre la porte de la grande maison bourgeoise prêtée par Averell Harriman. Jackie erre hagarde, pas maquillée, le cheveu terne, la cigarette à la main. Elle n'a plus rien de la magnifique poupée de porcelaine au visage carré, au teint marmoréen. Un jour de novembre, sa vie s'est fracassée, sa figure s'est striée de minuscules rides, aujourd'hui une monstrueuse araignée semble l'avoir grignotée. Elle hurle qu'elle a perdu sa raison de vivre. Elle est au centre de tout comme d'habitude, ne ressent rien qui ne soit pas sa douleur, en fait le pivot de son existence. Sa salle de bains est bourrée de pilules en tous genres. Des roses, des vertes, des jaunes, Lee renverse tout dans la poubelle. Des flacons par dizaines, des noms compliqués, des ordonnances délavées. On sonne. Des visites sans arrêt. Jackie apparaît plus belle que jamais, rayonnante, avenante, le noir lui va si bien. Puis, de nouveau, elle se cache, déprime, elle est détruite. Qui est qui ? Que cherche-t-elle ? Elle change de personnage dix fois par jour, se réfugie dans ses mensonges, fume comme cent pompiers réunis, vomit dans ses toilettes. Tiens, Lee croise Onassis chez Jackie.

— Mais que fais-tu là ?

— Je viens la réconforter. Tu sais qu'elle a besoin de tous ses amis. Faisons la paix, Lee, s'il te plaît.

— Ah, vous n'êtes plus fâchés ? Comme vous êtes amusants tous les deux. Compliqués, mais amusants, commente Jackie.

— Certes, Jackie, tu es en deuil, gronde Onassis, mais il faut réapprendre à vivre.

— Je le fais.

Cachée derrière ses lunettes noires, elle ne peut empêcher sa bouche de prendre un pli de plus en plus amer. Elle sort de chez elle la tête haute. Onassis et

Lee aperçoivent un bel homme, fringant, le sourire de Gary Cooper, il ouvre la porte d'une Ford Mustang orange. Elle s'y engouffre sans se retourner.

— Qui est-ce ? demande Onassis.

— Aucune idée. Mais je peux te dire qu'elle commence à me taper sur les nerfs !

Jackie a des hauts et des bas, elle cherche le réconfort partout, même dans la religion. Elle voit souvent un prêtre, le père Richard McSorley, auquel elle confie ses doutes et son désarroi. Elle se reproche d'être vivante, pleure un saint, réinvente le passé, s'effondre dans les bras de Lee puis la repousse. Elle est anéantie puis se consacre à la mémoire de son mari, la glorification de son nom. Elle fait rebaptiser Cap Canaveral « Cap Kennedy » et l'aéroport de New York prend le nom de JFK. Lyndon Johnson dit oui à tout, il n'a qu'une envie, se débarrasser de cette veuve encombrante. Bobby est aux côtés de Jackie. Pour tout. À travers elle, il redonne vie à son frère. On dit qu'il est fou amoureux, mais pour elle, c'est déjà du passé. Elle a décidé de façonner l'histoire des Kennedy et, comme tout ce qu'elle fait, elle le fait divinement bien. Mais c'est quoi ce cirque ? songe Lee. Je la connais par cœur. C'est ma sœur, une véritable salope et la plus grande actrice de tous les temps. Oui elle l'aime, oui il est mort, et maintenant elle va en faire un dieu alors qu'il n'a gouverné que deux ans et s'est tapé tout ce qui bouge ! L'épouse éplorée, tu parles ! De Gaulle lui-même la qualifiait de veuve d'un jour ! Car Jackie ne s'est pas enfermée dans une vie monacale après la mort de son mari. Bien au contraire, elle a multiplié les liaisons comme si elle prenait une revanche sur Jack Kennedy. William Holden et tant d'autres, mais celui qui commence à énerver sacrément Bobby se nomme Jack Warnecke. C'est l'homme à la Ford Mustang, un architecte talentueux, il a imaginé et conçu le mémorial du Président à Arlington. Ensemble ils vont idéaliser le défunt mari. Coucher avec lui lui fait un bien fou. Jackie réapprend à vivre, elle a envie de le crier au monde. Elle l'emmène à Hyannis Port et le présente à Rose Kennedy qui le considère avec sollicitude. L'intérêt et le sexe auraient suffi à Jackie. Mais les hommes sont sentimentaux et Warnecke terriblement épris. Son cœur explose, il y a le feu, il n'en peut plus d'attendre, il pense avoir rencontré la femme idéale, celle qui a souffert et qui aujourd'hui va se donner. Warnecke est totalement piqué de Jackie, il dépense une fortune pour elle et ce n'est jamais assez.

— Je veux t'épouser, je t'aime, ma chérie.

Il aurait mieux fait de la boucler. Jackie ne sait pas quoi faire, elle est surprise, effrayée, elle en parle à Lee, à Bobby, à Janet. Tout le monde est furieux, Jackie ne doit pas se marier, elle doit rester la petite veuve de l'Amérique, sanctifiée par son tailleur rose éclaboussé de sang, il faut savoir ce qu'elle veut. La légende ou les journaux à scandale ?

— Mais je ne suis pas la reine Victoria ! s'écrie Jackie.

— Regarde son compte en banque, hurle sa mère, tu risques d'avoir des surprises, ton beau-père s'est renseigné.

— Tu n'as pas le droit, Jackie, fulmine Bobby qui voit carrément rouge.

— Tu veux m'épouser, Jack, mais chéri as-tu de quoi nous faire vivre, mes enfants et moi ?

— Jackie, c'est vrai j'ai quelques dettes, mais une fois que cela sera résolu…

— La dette s'élève à combien ?

— Six cent cinquante mille dollars.

— Au revoir, Jack, souffle-t-elle, glaciale.

Le soir même, elle dîne avec Onassis. Personne ne sait qu'ils se voient souvent. Dès qu'elle a besoin de lui, elle n'a pas le temps de s'en rendre compte, il est déjà là. Il la fait rire, lui raconte mille anecdotes sur cette ordure de Niarchos et comment il a su le contrer. Il parle avec ses mains, ses bras, il lève sa serviette, la laisse tomber subrepticement sur les genoux de Jackie, à l'intérieur, un bracelet de coraux et de brillants, une chimère de Cartier.

Elle était célèbre en tant que First Lady, elle entre dans la légende comme l'héroïne tragique de l'Amérique. Le compositeur Rudolf Friml écrit une opérette en son honneur. Son visage est dessiné dans la neige sur le versant du Jaillet à Megève par l'artiste René Cazassus, les magazines se jettent sur son histoire, des poupées Jackie fleurissent dans chaque foyer. Certes, elle a peut-être envie d'une vie plus calme, comme celle de sa sœur. Ce qui est certain, c'est que Lee ne pourra jamais plus entrer en compétition avec elle, les dés sont jetés, Jackie Kennedy est devenue une icône.

Quelques mois plus tard, Lee avoue à Truman Capote que Noureev l'a mise enceinte et qu'elle a dû avorter.

— Elle a tué mon bébé, s'insurge le danseur qui lui en veut terriblement.

— Il se trimballait partout avec des photos d'hommes nus en pleine action ! condamne Lee.

— J'espère que tu les as gardées, donne-les-moi, Ondine, supplie Capote.

Terminé le ménage à trois. Noureev part pour Monaco en claquant la porte, il piaille que les femmes sont à vomir. Le prince Radziwill tire un trait sur Charlotte Ford. Il adore ses week-ends à la campagne, s'occuper de ses enfants, aller à l'église, c'est un gentleman farmer. Lee se concentre sur ses fleurs, sa passion. Je veux que ma maison soit gaie, le reflet de notre vie de famille ! On va inviter la pauvre Jackie, lui présenter nos amis. Bien sûr, Lee, bien sûr !

13

Il y a deux sortes d'écrivains. Ceux qui ne se nourrissent que de champagne et de petits fours et de temps en temps pondent une merveille de frivolité, et les autres, les monstres sacrés, abonnés au Pulitzer, aux catastrophes en tous genres, plutôt gauchistes sur les bords. Hormis l'aspect politique, Truman Capote allait passer du premier genre au second en un rien de temps et se saborder comme jamais on n'aurait imaginé pouvoir le faire. Pour terminer plus bas que terre, seul, déchu, honni, et pauvre. En enfer. Mais pour l'heure, la réalité dépasse la fiction, et Capote, un mondain qui écrivait des livres, devient en 1965 un écrivain qui sort beaucoup trop. Il invente un nouveau genre littéraire, le roman-vérité. *De sang-froid.* Une immersion chez les ploucs du Kansas, la restitution phénoménale d'un massacre gratuit, l'apparition dans le récit des péquenauds concernés, voisins, meurtriers, amis, la prison, les ongles noircis, les draps souillés et les mares d'urine. Un succès fou. Personne ne s'y attendait, on ne sait toujours pas ce qui lui a traversé l'esprit. Lui, le nain au visage d'ange, plus léger tu meurs, abonné au macadam et aux cancans, cavalier des filles les plus lancées du moment, est parti s'enterrer au fin fond du Midwest avec sa vieille copine Harper Lee. Il en est revenu cinq ans plus tard avec un livre prodigieux. Et des tas d'ennemis ! Gore Vidal est furieux, il ne peut plus le voir. Capote vient de lui voler le titre de plus grand écrivain américain vivant ! *Petit déjeuner chez Tiffany* a fait parler certes, mais avec *De sang-froid*, prodige détonnant, Truman entre dans la légende.

— Moi j'ai toujours préféré *La Harpe d'herbes*, concède Lee en feuilletant les journaux du dimanche dans le salon rouge cerise de Turville Grange. Tu te souviens, chéri, ce conte un peu dingue où un orphelin et deux vieilles dames élisent domicile dans un arbre, refusent d'en descendre, choisissent d'observer le monde de loin, en tirant des conséquences cyniques ?

— Un peu moi, quoi, répond Stas en souriant. Tiens regarde, il est aussi dans *Life*, c'est incroyable !

Capote triomphe, fait toutes les couvertures de magazines, de *Book Week* à *Newsweek* en passant par le *New York Times Book Review*. Son nom clignote en lettres électriques monstrueuses sur Times Square. Il a quarante-deux ans, vient de gagner près de deux millions de dollars. Et continue à se plaindre de ne pas avoir un sou. Tout ce qu'il touche se transforme en or. Cela ne va pas durer. C'est une sangsue qui s'abreuve des autres, avale leur sang, se repaît de leur existence, avant de filer ailleurs quand il n'y a plus rien à en tirer. C'est ainsi qu'il se consacre à la princesse Radziwill car Jackie ne s'est pas laissée cornaquer. Depuis, il l'a rebaptisée Machine et a décidé que c'était une garce. Sur certains points, Capote est visionnaire, reconnaissons-lui cela. Il fait l'objet de toutes les conversations des deux côtés de l'Atlantique.

— Bien sûr qu'il m'aime, il me rassure, il considère que j'ai un fort potentiel, estime Lee en enfilant son Barbour.

— Non, ma chérie, il se sert de toi. D'ailleurs son influence m'effraie, poursuit Stas en ouvrant le portillon qui mène à la roseraie.

— Capote, cette merde de deux pieds six pouces, il n'y a que Pekes pour croire en sa sincérité, ajoute Jackie venue se reposer quelques jours à la campagne.

Il veut tout savoir, tout connaître, être partout, il se ruine en taxis, est soi-disant le meilleur ami de chacun. Il ne s'intéresse ni à la politique ni à la guerre, surtout pas au Vietnam, cette puante horreur lui passe bien au-dessus de la tête. Ce qui n'est pas difficile car il est haut comme trois pommes. Un corps de gnome et une tête de bébé aux cheveux fins jaune paille. Et une voix haut perchée et nasillarde. Il ne vit que pour la littérature et la Café Society. Il est la dernière personne au monde à qui il faut confier un secret. Ses chers cygnes, Pamela Churchill, Gloria Vanderbilt, Babe Paley et Slim Keith en feront les frais dans son chef-d'œuvre de méchanceté, *Prières exaucées*. Son obsession : le gotha international dont il partage tous les standards. Ses amis se nomment Agnelli, Guinness, Rockefeller, ce sont les barons des affaires du nouveau monde. Il dîne avec eux, il est reçu sur leurs yachts, dans leurs villas. Ses amis, non, ceux de Lee Radziwill, sa muse, qui l'introduit partout. Truman Capote est hypnotisé par la haute société comme un enfant de six ans à Luna Park. Il est bien décidé à dévorer toutes les pommes d'amour jusqu'à l'indigestion.

Puisque tout ce qu'il effleure se transforme en feu d'artifice, il décide de mettre en scène son triomphe. Un bal, que diable, au moins une révolution ! Que l'on danse, que l'on exulte, ce sont des jours heureux, Truman Capote est au faîte de sa gloire, c'est le roi de New York ! Et puis tout cet argent gagné grâce à *De sang-froid*, il faut bien le dépenser. De manière frivole évidemment. Et l'on plonge allègrement dans ce monde vain et dérisoire qu'il affectionne tant.

— Je rentre à New York avec Jacks, chéri, Truman reçoit, il a besoin de mes conseils, explique Lee.

— Et de ton carnet d'adresses, soupire son mari.

— Un bal ? Quelle bonne idée, enfin on va s'amuser ! Presse-toi, Pekes, l'avion n'attend pas.

Un bal dont on parlera avant, un bal qui enflammera les esprits, un bal qui aura toute sa place dans les livres, un bal vraiment ? Non, une œuvre d'art, à la gloire de ce petit bonhomme qui un jour débarqua du fin fond de l'Alabama avec des yeux plus grands que le ventre. Pauvre petit gosse de Monroeville abandonné par sa maman. Son plaisir pervers ? Ses invités, sa sélection. Il commence par ceux qui ne sont pas conviés. Quelle jouissance ! Des noms gribouillés au crayon à papier. Les uns après les autres. Celui-ci certainement pas, il me déteste, je me souviens de cet article vraiment méchant, ce dernier m'a traité de tapette, oh, c'est dégoûtant. Et celle-là, trop moche. Attention, il y a des critères pour un bal, l'esthétisme est la première des qualités requises, tout le monde doit être beau. Et riche. C'est pareil. Et Truman sort, partout. Le déjeuner est essentiel. D'ailleurs, à New York, tout le monde se fiche de qui couche avec qui, mais qui déjeune avec qui c'est autre chose. Le déjeuner c'est le nerf de la guerre, tout peut arriver. Au Colony ou à La Caravelle, à El Morocco, au Stork Club ou à La Grenouille, Capote évoque le bal, et sa fameuse liste. Diffuser la nouvelle, distiller l'envie, raconter n'importe quoi. Pour cela, qui de mieux que ses cygnes ? Elles seront toutes invitées. Babe Paley et Gloria Vanderbilt, Slim Keith et Pamela Churchill. Et Lee naturellement. Et C.Z. Guest. À La Côte basque, à la table de l'entrée, en plein courant d'air, un nabot assis sur la banquette en moleskine saute en l'air toutes les cinq minutes comme une vieille balle qui a jauni au soleil. Il est entouré de princesses de conte de fées qui se pâment à chaque réplique.

— C'est quoi le thème ? Mais « Noir et Blanc » naturellement, comme la scène d'Ascot dans *My Fair Lady* !

— Oh, Trum, quelle idée merveilleuse !

— N'est-ce pas celle de Cecil Beaton justement ?

— Justement !

— Oh, il va prendre son teint de fraise écrasée, les lèvres pincées, j'adore voir Cecil en colère !

— Sera-t-il là ?

— Tous les parasites seront conviés, cela va les anéantir !

— Des masques, ils porteront tous des masques, n'est-ce pas ?

— Mais il faut s'y prendre dès maintenant, enfin, Trum ! Quel genre de masques, chou ?

— Le genre incroyable ! Attention, pas de pierres de couleur, diamants seulement, j'ai dit « Noir et Blanc », diamants, perles, onyx…

— Mais j'ai un merveilleux collier d'émeraudes et coraux imaginé par Jeanne Toussaint pour Cartier.

— Mets-le au clou, Babe. Bill t'en offrira un autre.

Ah, le chic de Gloria, le charme vénéneux de Pamela, l'allure de Babe, et cette lumière qui émane de Lee. Se détestent-elles ? Certainement.

— Je t'interdis de tenir la main de Lee, ordonne Pamela, je te veux à mes côtés toute la soirée.

— Je t'ai raconté ma nuit avec Errol Flynn, Pam ?

— Lee, as-tu couché avec JFK ou pas ?

— Et toi, toujours folle de Gianni ?

Capote ne sait pas fumer, il crapote, puis tousse comme s'il allait en crever. Alors elles se précipitent, lui épongent le front, tapotent son dos. Il éprouve une adoration pour ces admirables nymphes à la fortune illimitée. Elles sont ses femmes idéales. Elles l'immortalisent tels des joyaux humains, il les porte à son bras, elles le font rayonner. Maintenant qu'il est riche, il va leur fabriquer un écrin digne de leur magnificence. Mais il ne peut donner ce bal en l'honneur d'un cygne sans en vexer un autre. Quid de Marella ou de Lee ? Et pourquoi pas C.Z. Guest ou Babe Paley ? Le nain est malin, il va prendre une décision digne de Metternich, cela sera Kay Graham, la patronne du *Washington Post*, elle sera son accessoire, il faut toujours un superflu honorable lors d'une grande œuvre. Sa joie ? La torture infligée, son sentiment de puissance. Quand il évoque enfin avec Beaton la liste des invités, ce dernier défaille. Il est fou de jalousie et répand son fiel alentour.

— Réservez votre soirée, un pique-assiette reçoit…

Capote est intraitable : s'il aime le mari mais pas la femme, il n'invite que le mari. Il veut un bataillon d'hommes seuls. Cela le fait fantasmer. Il n'hésite pas à marcher sur les cadavres de ses vieux amis, sans vergogne. Il adore brûler ce qu'il a aimé, il trouve cela tordant. Persiflages et diffamations alternent, on colporte, on dénonce, on divulgue, haro sur le nabot…

— C'est le bal des Quatre-Cents version Ward McAllister, l'élite new-yorkaise.

— J'irai au bal, oui, sinon j'aurais l'impression de manquer quelque chose. Mais cela va me rendre fou. C'est tellement ridicule de dépenser autant d'argent en une seule soirée, qu'essaie-t-il de prouver ?

— Qu'il fait partie des Quatre-Cents !

— OK, il a écrit un très bon livre, c'est indéniable. Mais qui va se souvenir de ces meurtriers après ce soir, ces pauvres petits gars du Kansas en train de croupir dans leur prison ? Je vais avoir un mal fou à cacher mes sentiments.

— Non, non, ils sont morts, ils ont été pendus, vous n'avez pas lu le livre !

— J'en ai eu une, j'en ai eu une !

— Quoi ?

— Une invitation, quoi ! Un bristol doré sur tranche !

— Montre-moi…

— Mr Truman Capote serait heureux de vous recevoir lors de son bal « Noir et Blanc ».

— Tu savais qu'il avait couché avec un cardinal sur un navire ?

— Un cardinal ou un archevêque ? Oui, il adore, c'est Plimpton qui me l'a dit.

— Tiens, Léo, comment vas-tu ? Tu seras peut-être invité, ou peut-être pas…

— Mais Trum…

— Et les Dunne, je les passe à la trappe ou je les garde ?

À New York, à Hollywood, on se bat pour un carton. À Paris, Londres, Rome aussi… Tallulah Bankhead supplie, se met à genoux, propose de l'argent, une fellation, un rôle dans son prochain film. Les femmes ne respectent plus rien quand les hommes ont décidé qu'ils étaient des dieux. Joailliers, coiffeurs, couturiers s'affolent. Chez Halston, il n'y a plus de plumes. Adolfo fabrique des papillons pour Merle Oberon et Amanda Burden. Bill Cunningham imagine un cygne noir et blanc au long cou de quatre-vingts centimètres. On usera de vison pour le masque de Babe Paley, il est incrusté de rubis. Non, on a dit pas de rubis, des brillants, que des brillants, monochrome ! Exit les rubis, poubelle. Des chauffeurs de taxi aux grooms des ascenseurs en passant par les concierges des grands hôtels, les liftiers, les portiers, tous n'ont qu'une question aux lèvres : qui sera convié ?

Le 28 novembre 1966, une poussée de fièvre plane sur Manhattan. De toute l'Europe, du fin fond des

Amériques et jusqu'aux Indes, on court au Plaza sur la Ve Avenue. Une foule surexcitée, les flashs crépitent, on entend des oh !, des ah !, tous ces cris émerveillés.

— On se croirait à Versailles en 1788, soupire Stas en émergeant du taxi.

— Chéri, tu vois le mal partout, ils sont juste joyeux.

Lee se serre contre son prince, elle porte son loup comme un face-à-main. Elle est enveloppée dans une cape d'hermine. Elle se sent lasse, dépossédée sans savoir de quoi. Le chauffeur les escorte sous un parapluie, il tombe une bruine glaçante. On traverse la rue, des badauds applaudissent, tous ces masques, c'est surréaliste, quelle ambiance ! La télévision filme, les médias se pressent aux portes du palais, ABC, CBS… Paparazzis, reporters… Il y a de l'électricité dans l'air, les magasins alentour sont illuminés, la ville entière veut savoir qui est invité. Oui, Truman Capote est le roi du monde !

— J'ai convié cinq cent quarante amis, souligne-t-il face aux caméras. Et je me suis fait quinze mille ennemis !

— Nous sommes les derniers aristocrates, s'exclame l'écrivain John Knowles.

— On y est, n'est-ce pas, on y est ! s'écrie Oscar de la Renta, grimé en chat.

Il se tourne vers la foule amassée et fait le V de la victoire en lançant en l'air ses deux bras. Les curieux exultent, c'est le délire.

— Reste à côté de moi, chérie, souffle Truman à la jeune Mia Farrow, je vais te présenter au monde entier.

Quelle pléiade étourdissante, la fête la plus éblouissante que le Plaza ait connue. Il y a cette espèce de fraîcheur inusitée car nombre des convives ne sont pas mondains. Ben Bradlee observe sa patronne Kay Graham avec un mélange de fierté et d'inquiétude. L'élégance de l'endroit est incomparable. Tout le monde a joué le jeu, les dominos sont plus sublimes les uns que les autres, on danse, on rit, on boit. Le meilleur critère d'élégance, c'est le regard des autres. On se cherche, on se devine, on s'évalue. Kay Graham, mal à l'aise, intimidée, n'a pas l'habitude d'être le point de mire. Les oreilles de lapin de la starlette Candice Bergen sont tellement sexy. Billy Baldwin, le célèbre décorateur, arbore sur le crâne une licorne dramatique créée par Tiffany, Claudette Colbert a l'air d'être la grand-mère de Frank Sinatra et Mia Farrow sa fille. Il s'est envoyé en l'air avec les deux. Marisa Berenson est une princesse indienne, enturbannée à la Paul Poiret. Merle Oberon, Adele Astaire, C.Z. Guest brillent de mille feux. On croise Marella Agnelli, Brando Brandolini, son épouse Christiana, David Beaufort. La plus belle de toutes, celle qui ouvre le bal aux côtés de Truman, c'est la princesse Radziwill, son loup pailleté tenu à bout de bras, elle rayonne dans une tenue ivoire et or imaginée par Mila Schön, une robe à sequins dorés qui a nécessité une dizaine d'essayages à Milan. Son mari la couve des yeux. On dit qu'entre eux cela ne va pas fort, qu'il souffre, qu'elle l'aime mais que l'ennui est plus fort que tout. C'est Pamela Churchill qui l'égratigne, elle s'y connaît en sarcasmes. Elle est venue accompagnée de son époux Leland Hayward. On s'y perd toujours avec les hommes de Pamela. Elle est habillée par Dior, un fourreau de tulle ébène, singulièrement serré, avec cinq jupons blancs qui émergent du bas de la jupe. L'orchestre de Peter Duchin est tel qu'il est impossible de ne pas danser. La valse hypnotique de Lauren Bacall avec l'immense chorégraphe Jerome Robbins fascine l'assistance. Ils sont tellement extraordinaires qu'on se recule pour les observer.

— Ce n'est pas possible, ils ont répété ! s'étonne Stas Radziwill.

Tous les invités sont beaux, riches, élégants. On les dirait prêts à jouer une pièce, ils attendent que le rideau se lève. Mais les miroirs ne reflètent que l'image que l'on se fait de soi-même. Et les femmes ne sont jamais aussi belles que leurs bijoux. Et pourtant il règne une authentique gaieté !

— Il s'est inspiré de ma scène. *My Fair Lady*, c'est moi ! Tous ces costumes que j'ai créés, il me prend tout ! hurle Cecil Beaton.

— Tu vois, il vire fraise écrasée, je te l'avais dit, assure Babe Paley à Lee.

— Cecil Beaton approfondit sa passion pour la mondanité, il faut dire que son expérience en la matière remonte aux années 20. Nous n'étions pas nées, chérie, rétorque Lee en éclatant de rire.

Tous les écrivains ne valent pas Capote, mais il les a conviés. Norman Mailer et Philip Roth, John Steinbeck et Christopher Isherwood, Irwin Shaw… Les célibataires n'ont pas eu le droit de venir accompagnés, l'envie, toujours l'envie, des couples qui peuvent se former, tant de possibilités infinies. Truman a le sens de la splendeur, du grand et du magnifique. Étonnant pour un nain. Ce soir il donne son bal… pour tous ceux qu'il n'a pas invités !

— J'observe, j'épie, je scrute. Les écrivains fréquentent les écrivains, les très riches voient les très riches, et les acteurs ne sortent qu'entre acteurs. Moi, je les prends, les mélange, j'imagine une fête dont on parlera encore un siècle après, affirme-t-il à Kay Graham.

Elle est en Balmain, cela lui va bien, mais elle n'est pas sexy. La pauvre, c'est une journaliste. Capote se cache derrière un loup qui lui a coûté trente-neuf cents chez F.A.O. Schwartz. Le photographe Gordon Parks ne porte pas de masque sinon on ne verrait pas qu'il est noir, ce serait dommage. Sa femme a dépensé une fortune pour un domino en cailloux du Rhin. Andy Warhol est terrifié, timide, habitué à l'underground, pas à l'éblouissement, il se dissimule derrière sa perruque. Marella Agnelli est le portrait craché de sa photo par Avedon, altière et hiératique. Où est mon mari ? songe-t-elle. Lee croise son regard, Agnelli batifole avec cette garce de Pamela. Tout le monde sait qu'il l'a dans la peau. Lee est au faîte de sa splendeur. Elle n'est pas amoureuse, ne ressent aucune inclination, la jalousie s'est émoussée, elle est vide, terriblement vaine. Sa vie est un mirage, mais elle continue de sourire. Son mari est son pilier, il est devenu son plus tendre ami. Mais Lee a besoin de vibrer pour ne pas s'étioler. Elle balaie la terrasse du regard, s'appuie contre la balustrade, elle va défaillir, lâche son masque…

— Ne t'inquiète pas, Ondine, j'ai mille projets pour toi, nasille Capote en ramassant le papillon pailleté.

Elle le regarde, surprise.

— Je te connais par cœur, viens. Laissons-nous emporter par le tourbillon d'étoiles.

Sa silhouette divine, la ligne parfaite de son dos, sa coiffure bouffante, elle scintille entre les bras de l'hôte le plus haï de New York. Un rock'n'roll, l'orchestre ne doute de rien. Lee et Truman se déhanchent comme des fous. La princesse Luciana Pignatelli est à la recherche d'un mari riche et a emprunté à Harry Winston un diamant à soixante carats qu'elle porte sur le front. Elle est suitée par trois gardes du corps prêts à mourir pour le caillou. Luciana n'en demande pas tant. Le collier de Gloria Vanderbilt est tellement lourd de joyaux qu'elle passera l'année suivante au lit pour reposer sa nuque. Mrs Henry Ford embrasse sur la bouche le maharaja de Jaipur, oh ! cet attrait pour les sang-mêlé ! Il faut dire que le côté aryen de son mari a plombé leurs dernières années ! Marietta Tree débarque avec un masque de coq qui lui fait une chevelure de lionne, et sa fille Penelope, seize ans. La gamine porte quelque chose de si inhabituel que l'on n'a pas de nom pour cela. Ce n'est pas une robe ni une culotte. Sa carrière de top model s'en trouve immédiatement lancée. Diana Vreeland et Richard Avedon se l'arrachent !

— Vous êtes la star de demain, ma petite.

— Une égérie. Passez vite à mon bureau, on vous signera un contrat.

Lady Bird Johnson ne sort plus sans les services secrets, c'est une plaie ! Mais où est Jackie Kennedy ? Ferait-elle partie de la liste de ceux qui sont honnis ?

— Bien sûr que Jackie est invitée ! assure Lee. Elle avait même un masque, très élaboré, imaginé par l'immense Halston. Elle aurait adoré être là. Mais Bobby lui a demandé de n'en rien faire. Il a des ambitions présidentielles, il a peur que ce soit mauvais pour son image, une Kennedy dansant jusqu'au bout de la nuit, alors que des soldats crèvent au Vietnam.

— Encore le Vietnam, mais il n'est pas sur ma liste, virez-le ! s'exclame Capote en gloussant.

Jackie est chez elle, dans son grand appartement qui domine Central Park. Elle fume, songe à l'avenir. Ari ou Bobby, la puissance ou la gloire ? Elle les joue à pile ou face, comment faire pour garder les deux ? Lee resplendit au bras de Stas, quel couple fascinant, songent les gens. Tout est étourdissant. La fille de Franco et son mari le marquis de Villaverde, Greta Garbo, Brooke Astor... Arthur Schlesinger et William F. Buckley font valser Mrs Peter Duchin et Wendy Vanderbilt. Eugénie Niarchos est ravissante, elle porte un top à damier, une jupe en mousseline de soie et des bleus dans le cou et sur les bras. Babe Paley semble marcher sur des œufs, la drogue peut-être ? On dirait que Truman Capote a attendu les années 60 toute sa vie. Et puis il a fait péter quatre cent cinquante magnums de Taittinger !

— Une soirée merveilleuse, reconnaît John Kenneth Galbraith. Cela ne fait aucun doute. Tant ont disparu de ma mémoire sans laisser de traces, celle-ci se distingue par la manière dont elle s'y est incrustée.

À cinq heures du matin, Agnelli file jouer au poker chez Elaine's, Lee et Stas vont prendre le petit déjeuner avec Henry Ford à la brasserie de Park Avenue. William Styron a fait une insomnie, il s'en veut de ne pas être venu, tout ça pour finir un livre qui n'aura aucun succès. *Women's Wear Daily* décerne le prix de l'homme le plus mal habillé à Norman Mailer, il portait une gabardine crasseuse par-dessus son smoking, il n'a jamais trouvé le vestiaire.

Ce soir-là, à New York, il a régné une gaieté frénétique assez merveilleuse. On a célébré la grandeur de l'Amérique en matière d'aristocratie, d'élégance et de goût. Mais le bal a sonné le glas d'une époquc. On se serait cru à la grande fête chez les Wilkes dans *Autant en emporte le vent*, juste avant que la guerre de Sécession n'éclate…

— Je n'ai rien pu avaler, raconte Lee à Jackie. Il a fait servir des pâtes à la bolognaise, tu imagines ! J'étais terrifiée à l'idée d'une tache de sauce tomate ! À ce moment-là, j'ai compris que Truman était vraiment pervers.

14

— Tu dois faire du théâtre, Lee ! assène une nouvelle fois l'immense actrice Kitty Carlisle Hart.

Truman lui promet le succès et rien ne résiste à Truman, pour l'instant. Lee connaîtra tous les triomphes, il le sent. Son nom bien sûr en haut de l'affiche, pas celui de sa sœur, son nom et sa grâce feront merveille. Sa présence et sa lumière, elle habitera la scène, emportera l'auditoire, elle est magnétique, charismatique, radieuse. Truman en est persuadé, elle est faite pour ça, elle est bénie des dieux. Il a toujours raison. Il réussit tout ce qu'il entreprend. Kitty Carlisle Hart se charge du producteur, Lee Guber semble intéressé. On organise une audition à Londres, au Mermaid Theatre. Ce jour-là il pleut des cordes, Lee arrive trempée jusqu'aux os, le cheveu plat, le teint brouillé, son pépin a été emporté par une bourrasque. Intimidée, elle rougit, tremble beaucoup, bafouille. Guber devine en elle une sorte d'obstination charmante, qui le touche, bouleversera le public, on appelle ça… du potentiel ?

— De l'empathie, assure Truman. Ils se reconnaîtront en elle.

— Elle a été excellente, s'enthousiasme Kitty Carlisle Hart, bien sûr qu'il l'engage, ils montent quelque chose ensemble. Oui, c'est un secret.

La rumeur enfle et Guber se dit qu'il tient un truc. De son côté, Lee sait parfaitement de quoi elle est capable, ce qu'elle vaut. En matière de théâtre… rien. Elle en discute avec son vieil ami Alan Jay Lerner qui a établi le livret de *My Fair Lady.* Il lui conseille un professeur d'art dramatique, la meilleure : Elizabeth Wilmer. C'est elle qui va enseigner à Lee comment respirer, se servir de sa voix, et bouger. C'est quoi la dramaturgie ? Un geste libre, une démarche noble, un timbre impérieux. Une aisance, un aplomb, un mélange de hardiesse et de modestie. Tous les après-midi à quatre heures, la princesse Radziwill se rend chez Elizabeth Wilmer. Elle apprend à s'asseoir, se lever, ouvrir une porte, un tiroir, reculer, sortir, revenir. Lee est consciencieuse, c'est une bonne élève. On a vu des génies plus obtus. Elle doit créer une femme nouvelle, vivre la passion avec violence, faire en sorte que la réalité se mette à dépendre d'elle par la représentation qu'elle en a et qu'elle en donne.

— Elle est très sérieuse, elle veut vraiment y arriver, garantit Mrs Wilmer. Je ne désespère pas d'en faire une actrice.

— Mais tu as tout dans la vie, pourquoi veux-tu monter sur scène ? supplie Stas. Mon amour, tu vas te ridiculiser.

— C'est ça, me soutenir ? Croire en moi ? Alors, toi aussi, tu t'y mets, comme ma mère, comme ma sœur ? Mais je n'ai rien, chéri. Ma vie est vaine. Je fais quoi de mes journées, je construis quoi, Stas ? Je me lève le matin en me demandant avec qui nous dînons le soir, tu appelles cela une existence remplie ?

Il pense à ses enfants, sa maison, il songe qu'il existe des gens qui s'en contenteraient. La transmission, l'amour, la tendresse, le partage. Mais elle possède une sœur, son moteur, sa rivale. Alors elle s'y colle avec sérieux. Lee veut faire bien. Lee veut montrer à Guber qu'il a eu raison de lui accorder sa confiance, elle veut prouver à Truman qu'elle est digne de lui. Épater Stas, retrouver l'amour peut-être, qui sait ? Et puis frapper un grand coup, jeter ça à la tête de Jackie, un triomphe qui n'appartiendrait qu'à elle, Lee Bouvier Radziwill, que sa mère soit fière enfin… C'était quand la dernière fois ? Ah oui, dans le bureau ovale, le jour de l'investiture, Jackie, elle était si fière de Jackie…

Lee retrouve Truman chez Quaglino's à Mayfair, Quag pour les intimes. Un restaurant né de l'adultère. L'épouse de Quaglino le trompait avec le chef du Savoy, c'est prometteur ! Ils prennent la table la plus proche de l'escalier Art déco en fer forgé, comme ça Truman ne manque rien. Il guette Laurence Olivier ou Noel Coward, les Mountbatten peut-être et pourquoi pas la princesse Margaret ?

— Dis-moi, Ondine, tu crois que tu pourrais me faire inviter à Buckingham Palace ? Mon carlin Charlie aimerait se taper un corgi.

— Oh, Trum, arrête, soupire Lee. Je doute terriblement. Je suis peut-être trop vieille pour tout ça, le théâtre…

— Tu as quoi, vingt-deux ans ?

— Trente-trois ! rétorque-t-elle en riant.

— L'âge du Christ, formidable ! J'ai toujours pensé qu'il avait loupé sa vocation, celui-là. Mais quelle présence, tu vois on en parle encore ! Trente-trois ans, quel grand acteur !

Capote fait un petit signe au serveur, un garçon ravissant avec la raie sur le côté, les cheveux ébène, gominés, bien moulé dans son petit pantalon, la veste blanche impeccable.

— Hum, hum…

— Trum, sois sérieux, je me remets en cause, je…

— Ah, c'est pas Machine qui ferait ça, chérie !

— Détrompe-toi, pour jouer la comédie elle est bien meilleure que moi. Quant à tenir le premier rôle, elle est parfaite. Elizabeth Wilmer m'a appris à changer les intonations de ma voix. Elle m'a enregistrée, je me suis écoutée, j'étais horrifiée. Aujourd'hui mon timbre est beaucoup moins maniéré, certes, mais il y a encore tant à faire.

— Maniérée, toi ? Jamais ! pouffe Capote.

Le serveur ne peut plus bouger, Capote a saisi son avant-bras, il ordonne son déjeuner comme s'il lui dictait sa grande œuvre.

— Joli jeune homme, je compte sur vous pour ne rien oublier. C'est essentiel. Donc je prends le menu du jour, oui, les trois plats. Coquillages, spaghettis, côtelettes de porc. Vous avez des huîtres, parfait. Ajoutez-les. Du caviar aussi pour accompagner. Non, pas de pain, mais des *gressini*. Réservez-moi un tiramisu pour le dessert.

— Pour moi, un fromage blanc, nature, s'il vous plaît, murmure Lee en allumant une cigarette.

— Et l'omelette norvégienne, bien entendu, sur la note de la princesse, n'est-ce pas, chérie ? Elle serait mieux en blonde, vous ne croyez pas ?

— Pardon, monsieur ? balbutie le serveur interloqué.

— Pas l'omelette, bécasseau, la princesse ! Il faut qu'elle soit blonde, c'est évident. Il faut faire venir Kenneth, il n'y a que lui pour décider, n'est-ce pas, Ondine ?

— Je ne suis même pas certaine d'avoir le rôle.

Lee se concentre. Elle apprend à visualiser les scènes. Elle écoute, enregistre, répète, s'enfile des tirades shakespeariennes à la queue leu leu, rien de mieux pour la mémoire. Elizabeth Wilmer est impersonnelle et froide, tellement professionnelle. Rien à voir avec Stas dont les yeux s'emplissent de larmes dès qu'il voit son épouse effectuer un pas de danse. Lee a confiance en Elizabeth. Guber et Capote s'associent pour la motiver comme jamais.

— Je cherche la satisfaction personnelle, explique Lee à Guber.

— Voilà pourquoi ça marchera, tu le fais pour toi.

— Je suis passionnée, Trum, tu n'imagines pas, je comprends ce que tu me dis quand tu évoques ton propre travail. Cela fait partie de moi, je me sens poussée en avant, totalement habitée, aujourd'hui j'y crois.

— Quand j'enquêtais pour *De sang-froid*, c'était ma famille, j'étais un Clutter, et en même temps j'étais Perry Smith et Dick Hickock.

Elle rentre à Buckingham Place épuisée. Est-ce ainsi que les gens se sentent après une journée à l'usine ? Elle évacue rapidement l'idée, plonge dans son bain, les enfants dorment depuis longtemps, elle laisse l'eau couler, la vapeur monte. On frappe, Stas certainement. Il s'assied sur le rebord de la baignoire. Il a noué une veste d'intérieur sur son pantalon. Un foulard de soie émeraude enserre son cou. Il observe sa femme, il y a de l'adoration dans son regard.

— Tu te souviens ?

— Comment oublier ?

— J'ai l'impression que c'était il y a une éternité.

— Tant de choses sont arrivées, Stas, il est difficile de revenir dessus.

— Tu es toujours aussi belle, murmure-t-il en allumant une cigarette.

— Mais vidée.

— Il faut qu'on en parle.

— Pas ce soir, je suis fatiguée.

— Je t'en prie, chérie, oublie ce projet, tu vas te fracasser.

— Tu ne comprends pas, je suis concernée comme jamais. Je ne veux pas être une star, je veux être reconnue pour mon travail.

Il la trouve amincie, cette nouvelle couleur de cheveux lui sied à merveille, il donnerait n'importe quoi pour la reconquérir.

— Mais tu n'as pas besoin de travailler !

Ses yeux clairs très légèrement révulsés la fixent avec une intensité dramatique.

— Ma vie est vaine, Stas, j'erre dans un monde ouaté, protégé, et je m'ennuie.

Voilà déjà longtemps que la compréhension n'existe plus entre le prince Radziwill et son épouse.

Ils donnent l'impression d'un couple uni et amoureux. Les week-ends à Turville Grange sont joyeux, on monte à cheval, les enfants invitent des amis, on fait des feux de joie dans la cheminée. On s'amuse à apprendre l'anglais à Pedro le perroquet et Samba le toucan, mais cela ne fonctionne guère. On joue au croquet, on jardine. Il y a des jacinthes et des jonquilles sauvages partout en avril. On achète une charrette de bohémiens, les enfants en font leur antre, ils reçoivent leurs parents pour le thé avec les chiens, c'est un grand honneur. Ou une certaine idée du paradis. Et pourtant Lee s'entête et le monde entier s'en mêle…

— Elle n'est pas prête, peste Cecil Beaton. Mais enfin, Laurence Olivier a mis deux ans à apprendre à marcher autour d'une table ! Et elle deviendrait une actrice en six mois ? Ne me racontez pas d'histoires ! Je préfère partir à l'étranger pour ne pas assister au fiasco.

— C'est la sœur de. Le fiasco qui en résultera te sera rapporté même si tu te planques en Papouasie, rétorque Benno Graziani.

— Mais qu'est-ce que Lee a encore inventé ! s'énerve Janet Auchincloss.

— J'ai consulté les étoiles, Ondine. Oui, une voyante que je connais, Tamara je ne sais quoi, formidable, elle nous prédit un succès fou !

— Elle a tant de détermination et de passion, cela compte beaucoup dans le talent, estime Elizabeth Wilmer.

— Je te soutiens, *principessa, avanti* ! exhorte Sandro d'Urso.

— Elle a quelque chose, c'est indéniable, explique

Guber, je suis persuadé qu'on va y arriver. Je peux faire un succès sur son nom, c'est évident, pourquoi m'en priverais-je ?

Et Lee de déclarer à la presse avide :

— Ce que je recherche, c'est une certaine expression, j'ai besoin d'une satisfaction personnelle, je veux faire quelque chose qui vienne de mes tripes, j'ai une telle intensité en moi, je suis une ambitieuse.

On se jette sur le mot. La princesse Radziwill, une ambitieuse, on crie au scandale ! Ça commence mal, juge Stas catastrophé. Il appelle même Jackie afin qu'elle dissuade sa sœur, mais elle n'en a aucune envie. Elle prend la chose avec distance, et amusement, on dirait qu'elle est au spectacle avant l'heure.

— Elle s'en sortira parfaitement. Nous montions des pièces de théâtre à Noël quand nous étions enfants. Lee jouait l'âne, elle beuglait hi-han très bien, je t'assure !

La garce, songe Stas, elle veut la voir se fracasser, c'est tout. Janet Auchincloss envisage l'impact sur la réputation de la famille, elle fulmine. Lee s'investit comme jamais. Truman Capote lui présente Milton Goldman, l'agent des stars, qui décide que Lee a une telle notoriété qu'elle peut tout jouer. Pourquoi pas *The Philadelphia Story*, un succès de cinéma, grâce à la prestation extraordinaire de Katharine Hepburn ? C'est d'accord, le rôle de Tracy Lord est pour Lee Radziwill. Quatre semaines à Chicago, à l'Ivanhoe Theater, première le 20 juin 1967 !

— Tracy Lord, mais elle est légère, tellement loin de moi, je ne suis pas certaine, vraiment…

Lee voulait jouer les blessés de la vie, la tristesse,

le désespoir, la perte, l'absence, Tchekhov quoi. Elle ne se reconnaît pas en cette femme frivole, sauf que Tracy Lord, c'est Lee Radziwill tout craché, il n'y a qu'elle pour ne pas le voir. Les costumes seront dessinés par Yves Saint Laurent. Kenneth la coiffera et on fera venir de Hollywood George Masters pour le maquillage.

— Je suis tellement excitée, souffle-t-elle à l'oreille de son mari quand elle s'allonge à ses côtés.

Il ne répond pas, se contente d'un baiser sur le front et d'un sourire rassurant. Il s'endort en lui tenant la main. Au fond de lui, Stas Radziwill est persuadé qu'elle va en payer le prix, et cette certitude le torture.

Quelques semaines avant la date fatidique, Lee s'installe à Chicago. Elle est dans un état de frayeur palpable. Elle fait des cauchemars, se réveille toutes les deux heures. On l'attend au tournant, elle le sait. Elle subit une pression d'enfer. Le metteur en scène ne donne pas les bonnes indications, elle est complètement perdue, n'a plus aucun repère. À chaque répétition, Truman, assis au premier rang, pousse des cris aigus. Elle n'a pas le temps de faire un geste qu'il s'exclame :

— Bravo, Ondine, quelle merveille, tu es fabuleuse ! Oh oui, tu brûles les planches !

— Mais c'est quoi, ce nain au chapeau mou ? s'étonne Bob Thompson qui joue le père de Tracy dans la pièce.

Le soir de la première, Lee arrive dans une voiture de location avec son mari et son coiffeur. Le maquilleur George Masters est en retard, il trébuche dans le hall, sa mallette s'ouvre et se répand, il y a des fards écrasés partout sur le parquet.

— Oh ! mon Dieu, voilà le visage de la princesse qui s'étale par terre.

Il appelle Stas « Princie », ce qui l'énerve au plus haut point, veut mettre du rose sur les joues du coiffeur qu'il trouve à son goût et demande qu'on l'introduise auprès de Noureev. Stas fume comme un pompier. Truman a amené son pick-up portatif et se trémousse dans les coulisses sur sa musique préférée, on dirait un canari déplumé jeté dans une marmite d'huile bouillante.

— Je me détends, Ondine.

— Mais c'est moi qui suis sur scène, rétorque Lee d'une voix blanche.

— Je déteste l'imprimé de la robe, cela fait pâtée pour chien, d'ailleurs écoutez, le pékinois de la star aboie, poursuit George Masters.

— Virez-moi tous ces pédés ! s'écrie Stas à bout de nerfs.

Il y a des caméras de télévision partout, on enjambe les fils, c'est dangereux, on craint le court-circuit, les journalistes se répandent en commentaires.

— Sera-t-elle là ?

— On le saurait.

— Ça n'a pas été annoncé.

— Les places au troisième rang, c'est pour qui alors ?

— Le mari, la mère et le demi-frère.

Quel tohu-bohu ! Quelques minutes avant le début, on livre un paquet enturbanné. Lee découvre une boîte à bijoux mauve avec ce petit mot : « Ma chère

Pekes, je te souhaite le meilleur pour la plus grande soirée de ta vie. J'aurais adoré pouvoir être là, on se voit bientôt à New York. Baisers de ta Jacks. »

Le rideau se lève. Lee est terrifiée. Bourrée de médicaments. Elle n'a pas fermé l'œil de la nuit. Elle a beau être maquillée, elle est blême. Il n'y a aucune échappatoire. Elle se répète qu'elle est sublime dans sa robe Saint Laurent. Ses cheveux flamboient. Kenneth a fait des merveilles. Elle connaît son texte, c'est certain. Elle le récite par cœur. De façon lente et monocorde. Elle est censée écrire une lettre dans la première scène, mais elle a tellement peur qu'elle est incapable de bouger les doigts. Elle est paralysée et ça se voit. Elle sait qu'elle est mauvaise. Nulle. Pour quelqu'un qui a appris très jeune à cacher ses émotions, il est impossible de soudain les exprimer. Perché au balcon, Truman est tétanisé. Janet a la bouche ouverte, le petit Jamie regarde sa montre. Stas est sorti depuis longtemps. Le public est silencieux. Qu'attend-il ? De voir Jackie Kennedy sur scène, c'est tout. Mais Lee Radziwill n'est pas Jackie Kennedy. Lee Radziwill n'est pas une actrice. C'est Jackie Kennedy l'actrice. Un jeu extraordinaire, on se souvient des funérailles. On appelle ça un malentendu. Un désastre annoncé par toutes les Cassandre. Faillite, échec, ruine, déconfiture, débâcle… Plus tard, elle osera s'enquérir, plus tard il faudra lui mentir, mais elle n'est pas dupe, elle fait semblant, Lee Radziwill n'est bonne que dans un seul rôle, celui de la sœur cadette.

— Alors, maman, dis-moi comment j'ai été ?

— Tu t'es souvenue de ton texte, répond Janet.

Puis, se tournant vers Jamie, le fils qu'elle a eu avec Auchincloss.

— Tu vois, chéri, ta grande sœur a bien appris ses leçons et elle les a débitées d'une traite, comme ça sans respirer, il faut que tu fasses la même chose à l'école.

— On a peut-être été un peu présomptueux, concédera Truman. Je n'aurais jamais cru que tout le monde en parlerait. L'Ivanhoe Theater, ce n'est pas Broadway !

— Il s'agit de la princesse Radziwill, la sœur de. Il était évident que tout le monde serait focalisé sur elle !

— J'ai essayé de lui montrer quoi faire de ses mains, mais elle était trop paniquée, explique Bob Thompson.

— Toute la pièce tournait autour d'elle, le problème c'est qu'elle ne savait pas jouer, nous les acteurs professionnels étions ses faire-valoir, elle était nulle, ajoute John Ericsson.

— Une fille très sympa, continue Bob Thompson, mais elle n'a rien à faire sur les planches.

— Oui, c'est catastrophique, assure Chauncey Howell, mais comme elle est belle !

La critique est désastreuse. « Une star n'est certainement pas née », titre le *Chicago Tribune*. Les papiers sont sarcastiques et grinçants. On évoque un côté amateur flagrant, une jolie voix dont elle sait user, des mains et des jambes ravissantes dont elle ne sait que faire. En gros, une godiche sur scène et un auditoire qui s'ennuie ferme. Pire que tout, la presse s'étonne chaque jour de ne jamais voir Jackie. Et l'attend de pied ferme. On croisera néanmoins Rudolf Noureev et Margot Fonteyn. Truman viendra quatre fois. Cecil Beaton une fois. Jackie jamais. Peu à peu les photographes disparaissent, le rideau tombe au bout d'un mois. À jamais pour Lee Radziwill. Elle devient quoi après ce lamentable échec ? Une fille sans identité. La sœur de celle qui n'est pas venue l'applaudir.

Le 14 juillet 1967, Lee fait la couverture de *Life*, elle a trente-quatre ans. L'article est intitulé : « La princesse monte sur scène. » Et la légende des photos stipule : « Les femmes qui ont tout devraient ne rien faire du tout. »

Elle apprend alors que Jackie est partie en Irlande le jour de la première. L'idée l'a prise comme ça, une envie soudaine de voir le village natal des Kennedy, Dunganstown. Elle y a emmené John Jr et Caroline qui se sont gelés.

— Pourquoi tu n'es pas venue, tu te fiches de moi ?

— Tu m'en aurais voulu, Pekes, tous les projecteurs auraient été braqués sur moi !

— Au moins une fois, pendant les quatre semaines, au moins une fois tu aurais pu !

Et elle lui raccroche au nez. Elle tremble de tous ses membres. Stas est près d'elle, il la tient contre lui.

— Ne lui en veux pas, supplie-t-il.

— Je connais ma sœur mieux que quiconque. Cette histoire d'Irlande ne tient pas debout, il y a autre chose, autre chose qui va nous exploser à la figure, je peux te le prédire. Et alors ce désastre, plus personne n'en parlera, tout le monde aura oublié.

Encore une fois elle gagnera. Elle a toujours gagné, je la hais.

— Non, chérie, tu l'aimes, tu l'aimes plus que tout, et c'est là ton drame.

Ce soir-là, seule devant sa glace dans son boudoir londonien, la princesse Radziwill relit les télégrammes reçus, tous ces petits mots d'encouragement.

« Vous souhaitons tout le succès mérité. STOP. Pensons à vous, Yves Saint Laurent. »

« À ton immense succès ce soir. STOP. Bill et Babe Paley. »

« Tous mes meilleurs vœux, ma chère Lee, tout le succès du monde. STOP. Venez nous voir bientôt. Joe et Rose Kennedy. »

« Jamie et moi arrivons par le vol 313 à 14 h 00. STOP. On se voit à l'hôtel Ambassador, vivement ce soir. STOP. Maman. »

« Bravo, Lee, ce que tu fais est formidable. STOP. T'embrasse tendrement, Benno Graziani. »

« Merde, Roman et Sharon Polanski. »

« Je vous souhaite le meilleur, Cecil Beaton. »

Elle fixe le miroir jusqu'à ne plus distinguer son image. Trop de rancœur, de déceptions. Le chagrin s'immisce en elle, elle est glacée. Les larmes coulent en laissant de longues traînées noires sur ses joues. Le maquillage ? Non, ce qu'elle distingue peu à peu, là juste en face, c'est le sourire ravageur de Jackie, ses yeux écartés, l'arête plate de son nez et cette mèche sombre qui lui barre le visage. Et elle se souvient de la petite fille qui courait sur Triborough Bridge. Quand je me regarde dans la glace, c'est ma sœur que je vois. Lee Radziwill tâtonne derrière elle, elle tombe sur un énorme camélia qu'elle balance avec force sur son reflet. Et le miroir se brise en mille morceaux. Elle sanglote. Stas n'est jamais loin quand cela ne va plus.

— Tu ne sais pas ce que c'est d'avoir une sœur comme Jackie, non, comment le pourrais-tu ? Elle n'aime personne, à part elle-même. La nuit, elle ne dort pas, trop occupée à penser à elle-même. Elle n'a d'intérêt pour les autres que deux minutes, elle est dans l'impossibilité de se concentrer sur autre chose qu'elle-même. Elle est jalouse de moi. J'ai un mari, deux enfants, je me suis débrouillée toute seule, je suis indépendante !

— Mais comment l'aider ? s'enquiert Cecil Beaton.

— Tu es bien meilleure que Katharine Hepburn, Ondine, ne lis pas les journaux s'il te plaît.

— Je t'aime, chuchote le prince Radziwill.

« Un défilé de vêtements de bonne facture », conclut le *New York Times* !

Il n'abandonne jamais. Il s'acharne, le farfadet. Mais pourquoi ? On dirait un animal mécanique remonté à bloc. C'est un écrivain, il ferait mieux de se consacrer à ses livres. Peut-être n'a-t-il plus rien à dire, alors il se sert d'elle, elle le distrait, l'occupe. Truman Capote n'a plus vraiment écrit après *De sang-froid*. Aujourd'hui on sait pourquoi, il s'est dispersé. À Turville Grange, il tourne en rond, alors il décide de la convaincre. C'est un malin, il va y arriver. Il fait le siège de sa chambre. Il adore ces aquarelles botaniques sur les murs tendus de tissu vert d'eau, les rideaux laitue, on se croirait dans une serre. Pour un peu, il virerait la princesse de son lit *king size*.

— Je vois que tu t'intéresses à mes estampes, c'est Margaret Mee et, derrière, Rory McEwen.

— Je le connais, il est aussi séduisant que talentueux. Je vais te faire oublier tout ça, Ondine. Tu ne peux pas rester sur un échec. J'ai une nouvelle idée, un producteur, un projet, la télévision c'est pour toi.

— Je t'en prie, Trum.

— *Laura*, tu connais ce rôle !

— « Je n'oublierai jamais le week-end où Laura est morte. » Truman, enfin, tu es dingue ! Gene Tierney, Preminger, je sors d'un bide et tu veux que je m'attaque à une légende.

— C'est la télévision, chérie. Rien à voir.

— Je ne supporterai pas de me fourvoyer une nouvelle fois.

Non seulement il insiste, mais il convainc le producteur David Susskind, ce qui est un exploit. Et Lee se met à y croire, la nature a horreur du vide et, chez Lee, il est abyssal. Elle se dit bientôt possédée par le rôle. Stas a jeté l'éponge depuis longtemps. Janet aussi. Qu'elle se fracasse, c'est son problème, ils s'en lavent les mains. Lee partage l'affiche avec George Sanders, Robert Stack et Farley Granger. Diana Vreeland organise un reportage photo de dix pages pour *Vogue*. C'est Bert Stern qui shoote, c'est bon pour sa carrière, on parle de Lee. Et Truman fait le texte. « J'aime tout d'elle, j'aime sa façon d'être, sa façon de marcher, sa façon de penser. Ah, la princesse, la seule chose à en dire : elle est la beauté. À l'intérieur comme à l'extérieur. » Elle apprend son rôle, reprend des cours. Naturellement, le tournage se passe mal. Car Lee ne s'entend ni avec Farley Granger ni avec

Arlene Francis, elle comprend bientôt que l'on essaie de l'évincer et elle enrage. Toute à sa colère, elle oublie son texte, arrive en retard sur le plateau et le réalisateur voit rouge.

— Non, mais elle se prend pour qui, Marilyn ? Faut pas exagérer non plus !

George Sanders essaie de l'aider le mieux possible. Mais son jeu est dramatique. Dans le mauvais sens du terme. Tant bien que mal, le film finit par exister. Au montage, on fait disparaître certains plans et on incruste des arrêts sur image. Les séances tests sont pathétiques, les gens quittent la salle, sifflent quand ils ne plaisantent pas. La diffusion à la télévision a lieu le 24 janvier 1968. Dans le salon tendu de velours rouge de Turville Grange, ils sont tous réunis. Les Auchincloss et Jackie ont fait le voyage pour l'occasion. John Jr et Caroline sont ravis de retrouver leurs cousins dont ils sont si proches. Ils ont quasiment le même âge. Tina et Anthony Radziwill sont choqués, leur mère embrasse un homme qui n'est pas leur père. Stas fume, accoudé à la cheminée, et jette de temps en temps un œil inquiet vers l'écran. Ce qui le gêne, ce ne sont pas les baisers de Lee et Sanders, mais ce côté mannequin dégingandé perdu dans le décor…

— Il faut vraiment que quelqu'un la fasse arrêter, chuchote Janet excédée à son mari, elle va tous nous humilier.

— J'adorerais jouer, murmure Jackie, tu crois que c'est trop tard, Pekes ?

— Je t'en prie, mon amour, c'est atroce, je n'en peux plus, éclate Stas. Si tu continues, je te jure que je te quitte, je pars avec les enfants !

— On part où, papa, en Amérique avec tante Jackie ?

— Oh oui !

Tout le monde parle en même temps, les enfants applaudissent, Lee fond en larmes, Stas la prend dans ses bras. Elle le repousse, fait face à sa famille, le visage ravagé par la tristesse :

— Je voulais juste faire quelque chose de ma vie, vous ne comprenez donc pas, quelque chose qui ne soit pas Jackie !

Elle sort de la pièce en claquant la porte.

— Oh ! oublie-moi, Pekes !

— Il faut dire à cet imbécile de Capote que Lee n'est pas Becky Sharp. À moins qu'il ne se prenne lui-même pour Thackeray, estime Hughdie Auchincloss en se levant pour aller éteindre la télévision.

Qu'est-ce que Truman Capote avait réellement en tête lorsqu'il a poussé Lee Radziwill à faire du théâtre, puis à jouer à la télévision ? Est-ce de la fascination, de l'amour peut-être ? Ne pouvant coucher avec elle, il l'a rabaissée pour qu'elle soit véritablement sa chose. Oui, Truman Capote a voulu posséder la princesse. Pour ce faire, il l'a jetée plus bas que terre. Il l'a piétinée. Et puis il a braillé que c'était les autres. Et avec une perversité extrême, il s'est délecté du ridicule infligé. Capote est un garçon dangereux, dont la chute sera d'autant plus navrante qu'il n'y comprendra rien.

Le 19 février 1968, Jackie, accompagnée de Cecil Beaton, se rend à la première de *Don Quichotte* par le Balanchine Ballet. Soudain des coups de feu sur scène. Jackie est sous le siège, terrorisée. Beaton l'aide à se relever. Elle s'excuse platement. Il la fixe. Sa peau marmoréenne est cruellement marquée, striée de lignes indélébiles. Elle est devenue grise. Un mystère flétri. La personne la plus photogénique du monde a l'air d'une pauvre petite chose brisée, coincée sous un strapontin. Et cela ne va pas s'arranger.

— Quoi que le sénateur Kennedy fasse, je sais que c'est le bon choix, assure Jackie à la presse quelques jours plus tard alors que Bobby annonce son intention de se présenter aux élections.

Elle le soutient de tout son être, et lui promet de l'accompagner partout où il aura besoin d'elle. Cela l'excite, elle rayonne à nouveau.

— On y retourne, s'écrie-t-elle, je suis tellement heureuse, on va gagner encore une fois ! Votez Bobby Kennedy !

Il a voulu être en première ligne. Il a voulu bouter le président Johnson hors de Camelot. Il a fait des droits civiques sa croisade. L'assassinat de Martin Luther King aurait dû être un avertissement. Il a choisi de ne pas en tenir compte. Il a continué. Comme tous les Kennedy, c'est un animal politique. Peut-être le pire d'entre eux. Ou le meilleur. Car Bobby a la foi. Et les voix des Noirs, des femmes et des jeunes. À ses côtés, la veuve et les orphelins de son frère aîné. La panoplie est complète. Il part combattre pour un monde meilleur, lui le chef de clan, le bagarreur à l'énergie impitoyable, il est celui qui ne lâche rien, celui qui a décidé que la politique était une aventure honorable.

Mais le 6 juin 1968, le troisième fils de Joe Kennedy est assassiné par Sirhan Sirhan, un jeune Pakistanais, dans les cuisines de l'hôtel Ambassador de Los Angeles. Bobby vient de gagner les primaires de Californie, il a quarante-deux ans. Cinq ans après la mort de Jack, la tragédie frappe à nouveau. L'Amérique est sous le choc. C'est Stas qui prévient Jackie.

— Je hais l'Amérique, elle tue les Kennedy ! hurle l'ex-première dame.

Au-delà de l'horreur, c'est la colère des dieux qui surgit, la vieille malédiction, sauf que la faute originelle, Jackie ne l'a pas encore commise. Elle veut partir au loin et ne plus jamais revenir. Protéger ses enfants. Aujourd'hui le choix est simple, faute de combattants. Elle va se mettre le monde entier à dos. Mais le monde entier, Jackie s'en fiche bien, sa vie a volé en éclats de cervelle il y a plusieurs années déjà. Rose Kennedy se penche pour un dernier hommage, elle a fait coudre ses perles fines sur sa robe par Givenchy afin qu'elles ne heurtent pas le cercueil. Véritable Hécube des temps modernes, elle se plaît à répéter : « J'ignore la vieillesse, la souffrance et la défaite », une phrase tirée de *Pilgrim's Way* de John Buchan, le livre préféré de son fils. Elle a la peau des joues tendue sur l'os et le regard vif. Oui, le deuil sied bien aux Kennedy. En embuscade à la cathédrale St Patrick de New York, Onassis se penche vers Lee ravagée par le chagrin. Pour la réconforter ? L'idée n'a pas effleuré le Grec, il murmure :

— Il me semble que ce garçon a tout eu dans la vie, sauf de la chance.

15

La nouvelle est lancée par le *Boston Herald.* Jetée en pâture. Et c'est le monde entier qui chavire. Londres, Paris, Rome, Delhi, Pékin, Los Angeles, Buenos Aires… Lee l'apprend par la presse. La Callas aussi ! La rage embrase l'une, le doute s'immisce chez l'autre. Elles sont anéanties, choquées. Ils se marient ? Dans un mois ou dans un jour. Le contrat est signé. Il y a un accord évidemment, des clauses spécifiques, Jackie ne laisse rien au hasard. La Callas s'enferme, se cache, Lee hurle sa détresse et détruit tout ce qui lui tombe sous la main.

— Oups, glousse Truman, qui essaie d'éviter les coups.

— Elle ne m'a même pas téléphoné !

— Elle n'a pas osé, Ondine…

— Me faire ça à moi, comment peut-elle ?

— Ne te jette pas par la fenêtre, tu auras des bleus. C'est Londres, pas New York, nous sommes au premier étage.

— Je la hais !

— L'argent excuse tout, les très riches ne possèdent pas les mêmes règles.

— Jackie ne possède qu'une règle, la sienne.

Un communiqué officiel est rédigé par le secrétariat de Janet, mais on n'y fait mention d'aucun vœu de bonheur ou d'allégresse. « Mrs Hugh Auchincloss m'a demandé de vous annoncer que sa fille, Mrs John Kennedy, épousera Aristote Onassis la semaine prochaine. Aucune date précise ou endroit n'ont été arrêtés pour l'instant. » À l'hôtel de la Grande-Bretagne d'Athènes, Onassis prend un verre avec des amis. Il est assailli par les journalistes et s'échappe en éclatant de rire, le cigare vissé au coin des lèvres.

— Oui, c'est vrai, je l'épouse demain, ou dans trois jours.

— Non, je ne peux y assister, assure Lee, j'ai une réunion de grande importance, oui, cela a trait à l'avenir de mes enfants.

Lee se fiche comme d'une guigne de sa progéniture, elle est hystérique, submergée par la colère, et n'en finit pas de crier son désarroi dans tout Londres.

— Ma patience a des limites, Lee, tonne Stas.

— Tout ce que j'ai toujours voulu, elle me l'a pris.

— Bien sûr que tu iras à ce mariage, Lee, nous irons tous, stipule Janet, nous ferons face, nous n'avons pas le choix. Et qui sait, ça peut servir.

L'après-midi est pluvieux et glacé à Skorpios. La chapelle Panayatas est décorée d'une multitude de fleurs roses et blanches. Ça empeste la tubéreuse, Lee en a des haut-le-cœur. Jackie porte un ensemble Valentino en dentelle ivoire avec un col montant, sa jupe arrive au-dessus du genou. Avec son énorme croix Zolotas sur la poitrine, on dirait une communiante. Il paraît qu'elle a commandé toute la boutique. Elle est comme ça, Jackie, elle a toujours peur de manquer, surtout de bijoux. C'est maladif.

— Ne le fais pas, il n'est pas trop tard, chuchote Janet à son oreille.

C'est André Meyer, le patron de la banque Lazard chargé des intérêts des Kennedy, qui négocie le contrat de mariage. Onassis a précisé qu'il n'achetait pas une épouse. À quoi Meyer a rétorqué qu'on pouvait toujours jouer sur les mots, il ne s'agissait pourtant de rien d'autre. Allez parler d'amour avec un banquier, le *Golden Greek* est romantique, il jette l'éponge et signe. Jackie héritera de 13,5 % de la fortune d'Onassis à sa mort et cent cinquante mille dollars par an. Elle reçoit un virement immédiat de trois millions de dollars pour elle-même et d'un million pour chacun de ses enfants, Onassis s'engage à tout régler durant leur mariage. « Ce n'est pas cher payé, juge Janet, il vaut tellement plus lourd. »

Elle dit oui. Oui, je le veux pour époux. Nous sommes le 17 octobre 1968. Elle dit oui, avec sa voix de *baby doll*, avec ses rubans dans les cheveux comme une gamine de quinze ans. Elle en a quarante, elle est la veuve du président des États-Unis. Elle dit qu'elle l'aime. Faux. Elle dit qu'elle l'épouse pour la sécurité de ses enfants, qu'elle craint un attentat, que l'assassinat de Bobby a ravivé tant de souvenirs cruels. Faux. Elle prépare cette union depuis plus d'un an. Onassis était en négociation avec Steve Smith, le mari de Jean

Kennedy. C'est Teddy qui devait finaliser la chose mais il s'est fait piéger, le Grec lui a collé une fille sur chaque genou et un whisky sec dans le gosier. Alors Jackie s'est souvenue d'André Meyer. Elle dit qu'elle se sent enfin sereine, elle ne le sera jamais.

Le prêtre ressemble à Raspoutine, les enfants font la tête, ceux de Jackie, ceux d'Onassis, comme s'ils étaient enrôlés de force aux galères. On leur souhaite une vie joyeuse et prospère, ils vont connaître la mort précoce et le malheur. L'averse redouble de violence. Une armée de photographes essaie d'envahir les lieux. Des essaims de paparazzis ont embarqué sur de petits bateaux qui tentent d'atteindre l'île. Mais Onassis est l'homme le mieux protégé du monde. Et les journalistes coulent à pic. Encore une fois Jackie pénètre dans une église au bras de son beau-père. Il faut croire que Hugh Auchincloss aime se débarrasser d'elle. Onassis est débonnaire, il se félicite de son joli coup. Il porte un costume marine, une cravate rouge et une rose à la boutonnière. Et puis la lueur froide des cierges, aucune musique, les visages sérieux et inquiets de l'assistance, les paroles solennelles prononcées dans une langue inconnue, mais où sommes-nous ? Le marié a l'air d'un bandit, la mariée est déguisée en fillette, elle écarquille les yeux comme des soucoupes.

— Je ne dormirai pas sous le même toit que l'Américaine, mugit Alexandre Onassis.

Il déménage au Hilton d'Athènes, suivi de près par sa sœur Christina et une provision de bouteilles de Coca-Cola. Il a vingt ans et elle dix-huit. Elle n'est pas encore obèse. Ils s'adressent à Jackie en lui donnant du Madame. Au moins elle n'est pas obligée de faire semblant, elle décide qu'ils n'existent pas.

Lee est venue avec Stas et leurs deux enfants. Ainsi que Jean Kennedy et son mari Steven Smith, Patricia Lawford et sa fille.

— Il aurait été tellement plus heureux avec toi, souffle Reinaldo Herrera à l'oreille de Lee.

Il faut avouer qu'il connaît bien la famille, il a eu une liaison avec Tina Livanos quelques années plus tôt alors qu'elle était encore mariée à l'armateur.

La veille de la noce, Onassis a appelé Maria Callas.

— Sauve-moi…

— Tu t'es mis là-dedans, Aristo, débrouille-toi !

Il va le payer cher. Jackie et Onassis ne mettront pas longtemps à comprendre qu'ils se haïssent. Dommage d'avoir pris le monde entier comme témoin pour en arriver là. Les cyprès et les bougainvilliers font triste mine dans la tempête. Les nouveaux époux sortent de la chapelle sous des bourrasques de vent, le riz et les pétales de roses n'arrangent rien. Ils grimpent dans une jeep dorée et sont conduits sur le *Christina* où leurs invités les attendent pour les fêter. Le yacht scintille comme une kermesse de quartier. Jackie porte une bague à deux cent cinquante mille dollars. John Jr et Caroline sont collés l'un à l'autre, terrifiés. On dansera jusqu'à six heures du matin sur le navire.

— Je vous assure qu'il ne pleut jamais en Grèce, explique Artemis, la sœur d'Onassis.

Trois astronautes sont en orbite dans l'espace, c'est la mission Apollo VII, mais tout le monde s'en balance. Le Vatican estime que Mrs Onassis a commis un péché vis-à-vis de son Église. « Nous avons envoyé nos félicitations au nouveau couple », stipule l'acteur Richard Burton dans son journal. « Tout le bonheur du monde, magnifique Jackie. STOP. J'aurais aimé m'appeler Aristote Onassis plutôt que Maurice Chevalier. » Arthur Schlesinger déjeune avec Edmund Wilson et lui fait part d'abord de son incrédulité, puis de son dégoût.

— Bien entendu, elle a toujours eu ce côté très superficiel. Mais de là à… je ne m'en remets pas et je m'en veux de n'avoir pas su la juger comme il se doit.

— C'est le mariage du siècle, mon père adore les gens connus et ma belle-mère n'aime que l'argent ! clame partout Alexandre Onassis.

— Oui, ma fille a enfin trouvé le bonheur, assure Janet Auchincloss avant d'avaler une quinzième coupe de champagne pour noyer sa répugnance.

— Il faudrait que les gens arrêtent de critiquer la pauvre femme, défend le cardinal Cushing qui avait officié lors du mariage Kennedy. Elle a connu des tragédies, elle mérite d'être heureuse.

— Ma sœur a besoin d'un homme qui la protège de la curiosité du monde, déclare Lee à *Cosmopolitan*. Je suis tellement heureuse d'avoir été à l'origine de ce mariage.

Lee comprend aujourd'hui que toutes ces années passées à être la maîtresse d'Onassis avaient pour seul but de le rapprocher de Jackie. Dans le genre tordu, Aristote Onassis vaut bien sa femme, ils sont parfaitement accordés. Il règle avec facilité n'importe quel problème. Or le plus grand souci de Jackie, c'est l'argent. Il lui brûle les doigts, elle dépense comme elle respire. Les Kennedy menaçaient de lui couper les vivres, elle a trouvé la solution. Jackie sourit, elle possède une collection inestimable de joyaux, Van Cleef & Arpels, Cartier, Harry Winston… et ce n'est qu'un début. Ses tenues sont légendaires. Copiée par le monde entier, elle a lancé Oleg Cassini et Lilly Pulitzer, elle adore Givenchy et Dior, a commandé chez Valentino l'intégralité de la collection en un clin d'œil. Sa coiffure est plus bouffante que jamais. Et l'Amérique dans tout ça ? L'Amérique est écœurée, elle a baptisé sa veuve noire Jackie O comme Outrage et n'hésite pas à l'interpeller dans les médias. « Comment as-tu pu faire ça, Jackie ? », « L'Amérique a perdu sa sainte », « John Kennedy est mort une deuxième fois aujourd'hui ». Bah, Jackie a juste claqué la porte en partant, mais l'Amérique est bien trop puritaine pour l'admettre.

C'est Janet qui réconciliera ses filles en organisant une rencontre au Plaza trois mois plus tard. L'esprit de famille, un sacerdoce pour Mrs Auchincloss. Jackie arrive bronzée et conquérante, des dragons Zolotas autour des poignets, des têtes de bélier Lalaounis à chaque doigt, elle émerge d'un lourd manteau bordé d'hermine, les tankers lui vont bien. Le maître d'hôtel dépose une théière frémissante, des rondelles de citron, du lait et un sucrier. Une serveuse apporte des plateaux débordants de sandwichs de la taille d'un domino, Janet lui jette un œil noir et elle remballe le tout aussitôt. Lee est raide sur son fauteuil, serrée dans un trench doublé de vison. Jackie étend ses jambes et sort un paquet de Salem.

— Je veux que vous déballiez tout ce que vous avez sur le cœur, commence Janet en songeant que cela ne va pas être simple.

— Rien, il n'y a rien, maman, j'adore Jackie, mais elle me vole tout. Et tu le sais bien.

— Je regrette de ne pas avoir pris le temps de discuter avec toi, Pekes, pardonne-moi. Mais au fond de toi, chérie, au plus profond de toi, tu sais que j'ai bien plus besoin de lui que toi, tu as déjà tout…

— Je n'ai pas de pétrodollars.

— Oh ! Pekes, tu te fiches de moi !

— Oui, reconnaît Lee en prenant un air abattu.

Sa sœur se penche vers elle et relève une mèche de cheveux rebelle.

— Je vais tout te prêter, Pekes, les bijoux, la maison, les avions. Pour moi c'était une question de vie ou de mort, tu comprends ? C'est ma sécurité qui est en jeu et celle des enfants.

— Oh ! tu ne peux pas savoir comme je me suis sentie seule ces derniers temps, Jacks, j'ai tellement besoin de toi, avoue Lee les yeux embués de larmes.

— Viens pour les vacances, viens à Skorpios. C'est formidable, tu verras, on peut se baigner nue sans avoir cinquante hommes-grenouilles qui jaillissent des profondeurs.

Et Lee éclate de rire. Mais elle est anorexique et déprimée. Seul un homme peut la guérir de son ennui, Jackie va y remédier. Voilà une bonne chose de faite, songe Janet, maintenant il faut en tirer le meilleur, on n'a pas le choix. Elles partent en se tenant par la main, laissant derrière elles des tasses à peine effleurées et un cendrier plein.

Jackie emmène son nouvel époux à Hyannis Port pour le présenter à Rose Kennedy qui le trouve charmant. Elle ne sait pas qu'il s'est tapé Gloria Swanson, comme son mari d'ailleurs. Mais ce dernier n'est plus là pour donner son aval, il vient de mourir et repose à côté de ses fils. Quant à la Swanson, elle doit être bien fripée à l'heure qu'il est, elle était déjà ravagée dans *Sunset Boulevard*, et c'était il y a vingt ans ! Rose en a tellement vu. Alors, quand le Grec s'incline avec cérémonie devant elle, lui offrant un bracelet de perles baroques dans un écrin rouge vif, elle accepterait presque de danser le sirtaki. Onassis plaît aux veuves !

Le 20 juillet 1969, Neil Armstrong fait le premier pas sur la lune. Il est suivi de près par Buzz Aldrin. Il n'y a pas de photo du premier homme sur la lune. Pour la bonne raison que c'est lui qui tient l'appareil. Il immortalise Aldrin, et dans le reflet de son casque on l'aperçoit, lui, Neil Armstrong. Une histoire qui fait sourire Lee. Buzz Aldrin, comme Jackie, s'arrange toujours pour tirer la couverture à lui, question de personnalité… Pour l'occasion, Onassis offre à sa femme une paire de boucles d'oreilles à cinq cent mille dollars. Des clips en or dix-huit carats qui représentent la Terre incrustée de diamants et de saphirs avec une grosse lune en cabochon de rubis. Imaginés par Lalaounis en hommage au succès d'Apollo XI.

— Si tu es gentille, je t'offrirai la lune elle-même, promet Onassis.

Ses yeux reflètent la Méditerranée. En se penchant

un peu, c'est toute l'histoire de sa vie que l'on peut lire. Mais Jackie s'en moque et Onassis se cache derrière ses lunettes noires. L'été suivant, Jackie apparaît totalement nue à Skorpios. L'île est calcinée par le soleil. On la voit marcher sur le sable brûlant, une cabane en arrière-plan, elle pénètre dans l'eau, nage quelque temps puis en ressort. On voit son dos, la courbe de ses fesses, ses longues jambes, sa taille bien dessinée, une provocation sexuelle. Oh ! Jackie O ! Qu'as-tu encore inventé ? Elle fait la une de tous les journaux. Elle ne peut plus sortir de chez elle, poursuivie par des paparazzis, des nuées de photographes, elle est la proie des téléobjectifs, sans arrêt sous le feu des projecteurs. Onassis en rit en sirotant un verre d'ouzo. Il était censé la protéger, non ? Un piège se referme. Chacun croit qu'il se referme sur l'autre, alors qu'ils sont tous deux pris dans la même nasse depuis longtemps.

— Tu veux vraiment de cette vie-là, Pekes, dis-moi, tu la veux, ma vie ?

16

— Finito son mariage, je t'assure, gazouille Truman Capote à Cecil Beaton alors qu'ils déjeunent sous la voûte du Quo Vadis, au coin de Madison et de la 63e Rue.

— Impossible ! On ne quitte pas le prince. J'aime énormément ces murs tendus de velours, Lee a fait cela à Turville Grange dans sa salle à manger, elle a le sens de la beauté qui passe, observe Beaton en modifiant légèrement l'arc de ses sourcils.

— Terminado je te dis, elle est tombée folle amoureuse de Peter Beard !

— J'aimerais consoler Stas, son élégance, son éternité, cette façon qu'il a de courber le corps en arrière.

— Et moi donc ! Tu paies, naturellement, divin Cecil.

Gino Robusti and Bruno Caravaggi, les propriétaires du restaurant, n'en perdent pas une miette. Pour un scoop, c'est un scoop ! La princesse Radziwill est l'une de leurs meilleures clientes, même si elle ne mange rien, mais qui est Peter Beard ? se demandent-ils.

Peter Beard a un côté Kennedy, mêlé de bohème. Il se fiche de tout, est toujours débraillé, échevelé et très bronzé. Il a un sourire ravageur, des dents tellement blanches qu'il pourrait être le petit frère de Bobby. Ou celui de Peter Pan. Il a fait de sa vie ce qu'il fait de mieux, un *scrapbook*. Il en expose de grandes parties, qu'il camoufle sous des dessins multiples, des collages extraordinaires, maximes, citations, traits de génie, avec des dessins à l'encre, il floute ses photos, leur donne une nouvelle dimension, suscite la poésie, la magie. Mi-Byron, mi-Tarzan, c'est un aventurier, un sauvage blanc, il est courageux et dispersé, il est partout sans jamais être nulle part, il n'est le centre de rien mais tout est en lui. On peut se perdre en Peter Beard tout en pensant se l'être attaché pour toujours. C'est ce que va faire Lee Radziwill et, une fois de plus, elle va se tromper. Pourtant, l'un comme l'autre y mettront toute la sincérité du monde. Pour Peter cela s'appelle le naturel, pour Lee l'espoir. C'est un photographe, peut-être le plus grand. Il n'a peur de rien, même de paresser dans la gueule d'un crocodile, en tournant les pages d'un livre, pour une bonne prise de vue. Il a étudié à Yale, Black Jack aurait adoré. Mais pourquoi Lee a-t-elle encore besoin de l'aval de son père des années après sa mort ? Il a lu Karen Blixen, l'a connue, et a été tellement impressionné par *Out of Africa* qu'il a acheté, près de Nairobi, au cœur du parc Tsavo, une propriété, Hog Ranch. Il peut dormir n'importe où, il planterait une tente sur la Ve Avenue si on le lui demandait. Il est fasciné par les éléphants et vient de publier un livre sur leur extinction probable. Il a épousé dans sa jeunesse Minnie Cushing, cela n'a pas duré. Avec lui cela ne dure jamais, il le sait bien. Il est captivé par les Kennedy, le mythe. Quand Jackie l'invite en Grèce, il se précipite. Quand Lee lui ouvre ses bras, il n'hésite pas une seconde. L'été 1971 à Skorpios, Peter Beard devient le copain de John Jr, Anthony, Caroline et Tina. Puis le meilleur ami de Stas Radziwill, avec qui il fera un safari au Kenya. Puis l'amant de Lee. Et le confident de Jackie.

Peter Beard est un ensorceleur. Peter Beard est un catalyseur, un observateur, il adore contempler ce qu'il a généré, il s'en délecte. L'amour et le désir de Lee le submergent. Il saisit les choses au vol et s'en amuse, il est léger, inconséquent, vivant. Entre Lee et Peter, une véritable alchimie va naître.

— Bien entendu que j'ai initié la chose, avouera plus tard Jackie, je l'ai même encouragée. Oui, je l'ai vu faire, là sous mes yeux, ils étaient excités, heureux, osant à peine y croire.

Sa fortune vient de son grand-père, à l'origine des chemins de fer du nord du pays. Ce n'est pas assez pour Lee, mais pour la première fois l'argent ne compte pas.

— Peter a changé ma vie, dit-elle, il a ouvert des fenêtres que je ne soupçonnais pas. Il écrit un journal, mêle dessins, notes et photos, c'est complètement fou. Il adore les enfants, ceux de Jackie, les miens, il leur montre comment faire du ski nautique, grimper aux arbres, il leur apprend le nom des insectes et celui des fleurs, comment établir un herbier…

Il a cinq ans de moins que Lee, ils s'aiment en secret. Mais Lee en a assez de se cacher. Elle se sent prisonnière. Bien sûr qu'elle éprouve de la tendresse pour son mari, mais elle n'en peut plus. Il faut reconnaître que Lee Radziwill a toujours été loyale dans ses aspirations. Pauvre Stas. Peter est tellement beau, gai, insouciant. Comment Stas pourrait-il lui faire ombrage ? Il vieillit, perd ses cheveux, s'accroche désespérément à son mariage, il est sombre, grave. Et elle le quitte. Comme ça, au bout de treize ans de mariage. Elle a trente-neuf ans, elle veut se rouler dans le sable au bord de l'Océan avec cet homme qu'elle a dans la peau. Lécher son corps, goûter au sel, le serrer contre elle à en crever. Lee Radziwill bout d'enthousiasme et d'énergie !

Elles sont coincées dans un taxi à Londres. Janet se déplace toujours quand il s'agit d'histoires de cœur. Elles étaient pourtant bien parties, ses deux filles. Canfield, Kennedy, c'était pas mal, puis Radziwill, un prince. Janet médite sur l'éducation qu'elle leur a prodiguée. De véritables geishas. Irréprochables, elles avaient le monde à leurs pieds. Qu'est-il arrivé pour que soudain tout sombre ? D'où vient le cataclysme ? Les gènes de leur père très certainement, ah ! ce côté Bouvier tellement charnel… Et ce taxi bloqué depuis vingt minutes à Piccadilly.

— J'ai une chance avec Peter, explique Lee, et j'y crois. Je ne peux pas la laisser passer.

— Enfin, fulmine Janet, il n'a pas un sou devant lui. Tu veux l'entretenir ? Avec quoi, Lee ?

— Écoute, maman…

— Reste avec ton mari, trompe-le avec Peter. Dans

les situations gênantes, il suffit d'être poli, poursuit Janet.

Les embouteillages quelle plaie, on n'avance pas ! Elles vont au théâtre sur le Strand, une pièce dont on dit grand bien, *No Sex Please, We're British.* C'est censé être drôle. Mais ni Lee ni Janet n'ont envie de rire. Autour, le trafic s'intensifie, on s'agace.

— Tu as jeté un coup d'œil à son compte en banque ?

— Non, maman, mais je suis certaine que ton mari l'a fait, soupire Lee.

— Oui, et c'est incroyable. Il n'a rien. Trois mille dollars en tout et pour tout. Il est fauché, persifle Janet épouvantée.

— Il possède une propriété en Afrique, rétorque Lee. Donne-moi une cigarette.

— Et tu veux aller vivre chez les sauvages ? Tu passes ta vie à refaire les mêmes erreurs, Lee, prévient Janet en serrant le poignet de sa fille.

— Je l'aime…

— Idiote !

— Non, c'est la chance de ma vie, la dernière. Oui, j'ai tout raté. Il est trop tard pour revenir sur les amitiés que j'ai gâchées, pour réussir l'éducation de mes enfants. Trop tard pour rendre heureux Stas. Trop tard pour considérer Jackie comme ma bonne fée. J'ai enfin la chance de commencer quelque chose de nouveau, maman, et je compte bien la saisir, crois-moi !

Excédée, Janet balance son paquet de Parliament à la tête de sa fille.

— Stop ! hurle-t-elle au chauffeur.

Il pile, et lève les bras au ciel. Tout le monde

klaxonne alors qu'on commençait à rouler, on ne s'entend plus. Les gens sont dans un tel état d'énervement, ils s'insultent et voilà qu'il se met à pleuvoir des cordes.

— Sors, sors de cette voiture, tu es trop bête !

Et Lee se retrouve seule au milieu de Piccadilly Circus. Trempée comme une soupe. Stupéfaite, elle n'a même pas envie de pleurer. Elle est soulagée, convaincue. Elle va signer les papiers du divorce et rejoindre Peter à Long Island. Elle détruit la seule chose qu'elle a réussie dans sa vie, un mariage avec un homme qui l'aime profondément pour ce qu'elle est. Elle lui laisse les enfants, Turville Grange, Buckingham Place. Radziwill a le cœur brisé, il ne s'en remettra jamais. Il appelle sa belle-sœur en sanglotant.

— Pourquoi me quitte-t-elle ? J'ai tout accepté, tout, et j'accepterai encore.

— Ça passera. Beard passera comme les autres, ils se lassent tous d'elle.

Elle raccroche, il s'effondre. Quant à Lee, elle s'est envolée pour Montauk où elle va vivre les moments les plus joyeux de son existence.

Peter lui présente Andy Warhol. Lee a toujours aimé les artistes avant-gardistes alors que Jackie est plus traditionnelle. Voulant fuir la foule de Southampton et Sag Harbor, Warhol et son ami Paul Morrissey achètent à la pointe de Montauk un ancien camp de pêcheurs, construit dans les années 20 par Stanford White. Un ensemble de maisons blanches, nichées au bout d'un long chemin sinueux, sur environ huit hectares d'un terrain préservé, face à la mer. Cinq villas de plain-pied en cèdre avec des toits en ardoise et des bardeaux bleus autour des fenêtres. Disposées en demi-lune, elles dominent l'Océan qui se fracasse en contrebas. Warhol déteste le soleil, il est allergique à l'air pur, porte une perruque en permanence et des jeans délavés trop serrés. Depuis sa tentative de suicide, il est très fragile. Son problème à Montauk, c'est surtout le vent qui vient arracher son postiche. Paul Morrissey gère les affaires de Warhol, sa santé, sa peau claire et, accessoirement, couche avec lui. Il propose à Lee et Peter de leur louer la maison principale, « Eoönenn », cela signifie l'aurore. L'odeur du sel, de la mer, les vents océaniques vont bercer les amours brutes de Lee Radziwill et Peter Beard.

Warhol ne dit pas grand-chose à part « Ça alors », mais il écoute, observe, il est vif comme l'éclair. Il ne l'avouera pas, mais il est terriblement attiré par la Café Society, l'*underground* ça va bien cinq minutes. Tiens, voilà Truman Capote et ses cancans sordides qui débarquent de Bridgehampton. Ainsi que Julian Schnabel, Bob Colacello, Bianca, Mick Jagger et le reste de la bande des Rolling Stones. Ils organisent quelques répétitions nocturnes, *Black and Blue*, *Memory Motel*… Il faut les voir accorder leurs guitares électriques sous les trophées de cerfs, les bois de wapitis et l'énorme thon qui surplombe le manteau de la cheminée. Cela change des dîners de Lee au Savoy avec la vieille garde britannique. Un soir, ivre mort, Mick lance sa main à travers la fenêtre. Bianca est hystérique. Il y gagne vingt points de suture. Harvey Mandel est à la guitare, Billy Preston au synthétiseur, la voix de Jagger s'élève.

Hannah honey was a peachy kind of girl
Her eyes were hazel
And her nose were slightly curved
We spent a lonely night at the Memory Motel...

Peter prend Lee dans ses bras, ces yeux noisette, ce nez piquant... Au piano électrique, Keith Richards, un bandana autour du front, une cigarette au coin des lèvres, apostrophe Lee :

— Hé ! princesse Radis, tu aimes ?

— J'adore Keith !

Warhol est défoncé, on dirait un vieillard. Morrissey va le coucher.

— Je vais imaginer la pochette de votre prochain album, ânonne Warhol en tâtonnant jusqu'à sa chambre.

Le salon est plutôt rustique avec ses dalles de pierres bleues vieillies et son plafond voûté, bordé de poutres apparentes. Les murs en brique ont des motifs à chevrons, ils sont ornés de riches boiseries, et les étagères croulent sous les livres. La plupart des meubles viennent de l'usine Val-Kill créée par Eleanor Roosevelt dans les années 1930 pour fournir du travail à la population locale. Lee se sent loin de Turville Grange, elle a l'impression de camper, d'être en vacances. Elle se gave de liberté et de naturel. Pour la première fois de sa vie, elle ne connaît aucune entrave. La nuit, on entend les vagues se briser sur la falaise. La vue est époustouflante, d'une beauté cruelle et brute. Lee vit en jeans, pas maquillée, les cheveux fous et emmêlés. Anthony et Tina viennent y passer les vacances. Ils adorent la maison, l'ambiance, Peter, la compétition de pêche au requin, les randonnées jusqu'au phare de Montauk, sur Turtle Hill.

— C'est un monument national, maman !

— Comment le sais-tu ?

— Peter me l'a dit.

— Peter sait tout, sourit Lee en embrassant le front de son fils de douze ans.

On passe de longs après-midi sur la plage de Kirk Beach. Warhol a quelque chose du joueur de flûte de Hamelin. Il lance mille idées à la minute et tout le monde obéit. On joue au ballon sur la plage, on saute dans les vagues, on cuisine des cookies, on fait du vélo sur les chemins sableux jusqu'à East Hampton en longeant l'Océan. L'environnement est sauvage, Warhol étudie, guette, vole des instants de grâce qu'il transformera en œuvres d'art. Pour son anniversaire, Lee lui offre un énorme mât avec le drapeau américain. On le hisse devant la maison, face aux fureurs océaniques. Peter initie les enfants aux collages, au Polaroïd. Il travaille par terre, les doigts tachés d'encre, il y a des photos, des bouts de papier découpés partout, des boîtes d'allumettes, des sachets de sucre en poudre, des timbres, il use de tout et n'importe quoi pour ses montages. Tina et Anthony sont fascinés.

— C'est mon plus bel été, Peter.

— Il durera à jamais, ma chérie, murmure-t-il en serrant Lee dans ses bras.

Ce qu'il aime en Lee c'est qu'elle est toujours prête à se lancer dans un nouveau projet, toujours partante, un peu rebelle, tandis que Jackie est responsable et si raisonnable. Au gré de leurs promenades sur la côte, elle lui raconte Black Jack, Lasata, East Hampton.

— Et si l'on tournait un film ?

— Un film ? Sur quoi ? demande-t-elle, surprise.

— Ton enfance ! Tu connais les Hamptons comme personne.

— Et nous évoquerons papa ?

Lee réfléchit.

— Tout ce que tu veux.

Il lui sourit avec une telle sincérité qu'elle en pleurerait.

— Je connais un producteur, s'écrie Truman qui trottine derrière eux.

Lee voit défiler son passé, Peter l'observe, elle voyage dans le temps. Il lui prend la main, elle roule contre lui, ils font face à l'Océan qui s'étire à l'infini.

— Oui, nous irons à Lasata, même si cela n'appartient plus à la famille, on racontera Danseuse, le cheval de Jackie, je le montais moi aussi, mais je suis tombée.

— Mais quelle bonne idée ! s'exclame Jackie au téléphone. J'arrive demain, chérie, on en parlera. Tu sais quoi, tu devrais aller voir les Beale à Grey Gardens, Big Edie vit toujours, je crois.

— On mêlerait les souvenirs d'hier aux images d'aujourd'hui, les enfants, Peter, Andy, Trum.

— Qui sont les Beale ? interroge Peter.

— Mes cousines, Big Edie est la sœur aînée de mon père. Elle vit avec sa fille que nous avons toujours appelée Little Edie. Nous irons demain. Elles sont à vingt minutes par la route principale.

— Plus qu'un documentaire, chérie, un hommage,

la nostalgie d'une époque, cela va être formidable ! s'enthousiasme Peter Beard.

Les surréalistes désertent East Hampton, Andy Warhol lance Montauk, version bohème et sans prétention de Hyannis Port. À Eoönenn, un couple d'amoureux échafaude un projet. Ils se tiennent par la main, s'embrassent, et soudain ils éclatent de rire. Ils partagent un rêve, ils vont lui donner vie. Lee Radziwill a les cheveux décolorés par le soleil, sa peau est salée, son amant beaucoup trop jeune. Aucune importance, il a changé sa vie, l'a rendue curieuse de tout, il l'a ouverte au monde. Elle est radieuse et insouciante. Pendant ce temps-là, Nixon vit très mal le Watergate, il ne fait pas bon traîner à Washington. À Londres non plus. Le 3 mars 1973, le divorce du prince et de la princesse Radziwill est prononcé. Lee vient d'avoir quarante ans, elle se veut cinéaste.

17

— Edie, Edie, Edie, chantonne Big Edie, la mère.

On dirait un rossignol. Les sons roulent dans sa bouche, sautillent, rebondissent, jaillissent à nouveau. Edie, Edie, où es-tu, Edie ?

Little Edie n'entend pas sa mère l'appeler, elle est au fin fond du jardin, ou plutôt de ce qu'il en reste, trop occupée à apprendre la vie à sa cousine germaine, qui l'observe ébahie.

— Oui, ce fauteuil, je l'ai acheté chez Bloomingdale's. Oui, une fortune, tu n'imagines pas, Lee Bouvier. Non, il est resté là tout ce temps. Quoi, il a plu dedans bien sûr, la pluie est bénéfique. C'est bon pour la terre. Et les fauteuils de chez Bloomingdale's. Quel beau fauteuil, n'est-ce pas ! Je l'ai appelé le fauteuil de la déception. Personne ne s'est jamais assis dedans, à part moi. Non, n'essaie même pas de t'y installer, Lee Bouvier, c'est interdit !

Lee n'en a aucune envie. Il est pourri. Miteux. Au milieu d'un amas de ronces et d'immondices. Ils ont dû enjamber un sommier en fer rouillé, des sacs d'ordures, un matelas éventré dans lequel niche une famille de loirs. Lee s'est griffé les mollets, demain elle portera un jean et des bottes hautes. Un chat se faufile. Puis un autre. La caméra de Peter tourne. Dans le fauteuil défoncé, Little Edie poursuit son monologue en s'offrant à l'appareil, littéralement. Little Edie a la tête enturbannée d'un foulard bariolé qu'elle a serré sous le cou. Elle y a accroché des breloques sur le bord, une espèce de poisson en métal doré qui pendouille en cliquetant. Pieds nus dans des chaussures blanches à talons, elle a fabriqué une jupe avec un chandail. C'est bien plus pratique l'été, explique-t-elle. Elle rayonne. Ses yeux bleu pâle, sa peau dorée, ses taches de rousseur, Little Edie a cinquante-cinq ans, quinze de plus que sa petite cousine Lee. Mais elle en paraît trente malgré son étrange accoutrement et cette extravagance inattendue. Cela fait vingt ans qu'elle est revenue à Grey Gardens pour y vivre avec sa mère, Big Edie. Vivre, quel drôle de terme ! Voleter serait plus juste, flotter dans un univers baroque, insolite. Lee Radziwill la fixe, interloquée. Elles croupissent depuis des années dans le dénuement le plus total, la crasse et la misère. Peter Beard et Jonas Mekas, son grand ami, filment. Lee a expliqué aux Beales leur projet : un documentaire sur les jeunes années des sœurs Bouvier, les Hamptons, des passages avec les enfants en train de se baigner dans l'Océan ou de courir sur le sable. On englobe aussi la vie de Warhol, on filme Montauk. Et puis Little et Big Edie en témoins d'un passé révolu. Quelque chose de lyrique, en accord avec les vagues qui viennent lécher la plage. Truman Capote est la voix off. Mekas pense que l'idée est géniale.

— C'est merveilleux, assure Big Edie, car j'ai un

timbre extraordinaire, j'ai toujours voulu chanter et ma fille, Little Edie, danse comme personne. Nous allons vous en donner du spectacle, poursuit la vieille dame. Écoutez, vous connaissez *Tea for Two* ?

Just tea for two and two for tea,
Just me for you
And you for me alone.

Peter et Lee aident Big Edie à s'installer à l'extérieur. Ils la portent dans son fauteuil en osier. Elle semble ne pas s'en apercevoir. Elle fredonne allègrement, ses bras battent la mesure. Il fait très chaud aujourd'hui, l'odeur de la maison est repoussante. Dehors, des bidons rouillés et des chaises longues abîmées s'entassent. Lee trébuche, Jonas vient lui prêter main-forte. On arrive à se poser à l'ombre des arbres. Quelle jungle ! Des lianes s'enroulent autour des résineux, les ronciers ont tout envahi. Big Edie se cache sous un immense sombrero. Sa voix résonne, ses gestes accompagnent son timbre, elle est inspirée.

Day will break and you'll awake
And start to bake a sugar cake,
For me to take
For all the boys to see.

De longues boucles blanches flottent sur ses épaules, elle est emmitouflée dans une vieille robe de chambre en toile de Jouy. Elle retire ses lunettes à triple foyer pour essuyer une larme. Elle a soixante-dix-sept ans.

— Je suis heureuse de te voir, Lee Bouvier, tu sais combien j'aimais ton père, c'était mon petit frère préféré.

— Je sais, tante Edie.

— Il était si beau. Toutes les filles en étaient toquées, mais ta mère, cette peau de vache, ne s'en laissait pas conter.

Lee est abasourdie. Elle comprend que ses cousines sont menacées d'expulsion. La maison est dans un état de délabrement atterrant, le conseil municipal est à bout. On ne peut laisser subsister une telle ruine au cœur d'East Hampton, il faut placer les deux folles dans une institution, faire des travaux. Mais les Beale s'accrochent, refusent de vendre. Lee balaie du regard le paradis des deux excentriques. Pas de chauffage ni d'eau courante, pas d'électricité, des excréments d'animaux maculent les meubles, des ratons laveurs nichent dans les combles, plus de soixante chats vivent ici. L'odeur est abjecte. Dans la cave, on dénombrera près de mille quatre cents boîtes de nourriture vides.

— On a vraiment un problème avec les ordures ici, explique Little Edie avec autorité. Non, le service ne passe pas. Bien trop paresseux. Heureusement j'ai trouvé la solution.

— Mais ce n'est pas une solution, Edie, d'entasser dans…

— Je n'entasse pas, je range. Maman ne range rien, tu l'as vue, elle chante. Toute la journée, et moi je danse, Lee Bouvier, car je suis merveilleuse. Je suis belle, Lee Bouvier. Où est ton ami, il ne filme plus là ?

— Peter, Peter, Edie te réclame, Peter, où es-tu ?

Lee n'arrive pas à se départir de cet étonnement qui l'habite. Elle voudrait faire quelque chose, mais quoi ? Elle tâtonne. Faut-il considérer les Beale avec sérieux ou légèreté ? La plupart du temps elle a envie d'éclater de rire, c'est rafraîchissant et c'est tout ce qui compte. Peter Beard émerge du fin fond de la forêt vierge, les herbes sont hautes de trois mètres, les fourrés inextricables. Non, ce n'est pas l'Afrique, juste Long Island, et il vient de découvrir une vieille Dodge dans laquelle une cane pond.

— Ah ! Peter ! s'exclame Little Edie en lui offrant son plus beau sourire.

Elle sort un bâton de rouge à lèvres de sa poche.

— Regarde-moi, Peter Beard, tes yeux seront mon miroir, regarde ma bouche et dis-moi ce que tu vois.

Peter bafouille, repousse en arrière sa mèche blonde, Lee porte la main à sa bouche, elle réfrène une envie de rire ou de pleurer, elle ne sait plus. Little Edie est en train de le draguer ouvertement ! Elle a perdu ses cheveux, il y a plusieurs années, après un chagrin d'amour. Une alopécie galopante. Ils n'ont jamais repoussé. Depuis elle cache son crâne sous des étoffes bariolées. Avec des breloques épinglées sur le côté, un genre de gitane de la côte Est. Et toujours sa mère pour juger du meilleur effet. Les deux femmes ne se nourrissent que de glace à la noix de pécan et de barres chocolatées. Elles se lavent avec des Kleenex qu'elles jettent par terre et dorment dans la même pièce, la chambre « jaune ». Le lit de Big Edie est couvert de mille cochonneries, des albums photo, de vieilles coupures de presse, des étuis à cigarettes vides. Le lit de sa fille est fait au carré, sans rien dessus. Elles entassent, elles ont peur de manquer, alors elles ne jettent rien. Une branche d'arbre traverse la fenêtre et vient mourir au milieu du bureau. Des écureuils emportent les restes d'un paquet de chips éventré, la commode est couverte de centaines de cartes de vœux, bristols dorés sur tranche de plus de trente ans, des boîtes de thon entamées, des bouteilles de Coca-Cola, des bidons de lait à moitié pleins. Big Edie dort entourée de ses chats, de leurs photos, de livres sur les chats. Mère et fille parlent en même temps, s'interrompent sans arrêt. Elles sont indissociables, aussi cinglées l'une que l'autre. Et ravies de présenter au monde leur univers. Elles adorent être les stars d'un documentaire, elles passent leur temps à se maquiller et à se faire les ongles.

— Donne-moi le miroir, Edie, je veux être belle pour Peter.

— Peter Beard ne regarde que moi, maman.

— Il est si joli, il me rappelle ce professeur de piano que nous avions pour tes frères.

— Gould, bien sûr. Tu as couché avec lui, papa était furieux.

— Oh ! Edie, ne me taquine pas. Peter Beard, ne l'écoutez pas, mon cher ami.

— Qui est le nain albinos qui passe son temps à s'éponger le front ?

Le *National Enquirer* publie un reportage accusant les deux femmes de vivre dans un environnement infect. L'inspection de la santé intervient, ordonnant de nettoyer l'endroit, qui part en lambeaux. C'est Jackie qui sauvera les Beale. Appelée en renfort par

Lee, elle convaincra Onassis de remettre sur pied la maison. Et de faire évacuer les tonnes d'immondices. Lee surveille le bon déroulement des opérations, Peter et Jonas filment et les autorités locales s'en retournent penaudes.

— Tu te souviens, Edie, voici ta cousine Jacqueline, celle qui a épousé…

— Je sais très bien qui elle a épousé, sauf que c'est moi qui aurais dû.

Lee fait un signe à sa sœur, mais Jackie a compris. Elle se contente d'acquiescer. Au fond d'elle-même, elle ressent un terrible pincement. Elle se souvient parfaitement des après-midi sur la plage du Maidstone Club avec Little Edie Beale. Dieu que cette fille était belle, tous les garçons l'adoraient. Mais elle leur faisait peur car elle n'avait pas sa langue dans sa poche. Elle était totalement imprévisible, un jour chatte, le lendemain tigresse. Des yeux outremer, la peau hâlée, ce petit nez droit et volontaire, une œuvre d'art, et puis cette cascade de cheveux dorés comme les blés qui tombait sur le côté. Lauren Bacall, moins le mystère, plus la folie, un côté charnel, celui des Bouvier, quel cocktail détonant ! Jackie pardonne tout à Little Edie Beale, c'est la vie, cette salope, qui ne distribue pas les mêmes cartes à tout le monde.

— Parle-moi de l'assassinat, Jacqueline Bouvier. Est-il vrai que tu as vu le trou dans sa tête ?

— Oh, Edie ! tais-toi, gronde sa mère, tu es infernale ! Elle est jalouse, continue Big Edie, elle voulait les honneurs elle aussi.

— Mais je vais les avoir avec ce film, maman, tout

le monde va parler de nous, je vais même danser pour Peter. Peter, où es-tu, Peter ?

— Ne lui en veux pas, Jacqueline, supplie Big Edie en raclant la fin de son pot de glace.

Jackie est perdue dans ses pensées. Elle serre le bras de Lee. Elle se souvient de cette époque comme si c'était hier. Jackie a six ans, Little Edie, sa cousine, en a dix-huit, Grey Gardens est une maison extraordinaire avec une trentaine de pièces, un jardin prodigieux, une dizaine de domestiques qui trottinent partout. Big Edie y passe sa vie, elle n'aime pas vraiment New York. Elle est excentrique, elle raffole d'East Hampton, des mois entiers ici à répéter avec le professeur de piano. Son mari, Phelan Beale, est trader. Comme Black Jack, il se fait ratisser en 1929. Mais il se bat, il a une famille, il travaille comme un fou, ne quitte plus Wall Street. Big Edie chante, le professeur de piano joue, les garçons sont en pension, et Little Edie brille à New York. Elle fait ses débuts à l'hôtel Pierre en 1936, dès le lendemain, le *New York Times* vante sa beauté troublante. Troublantes, c'est le mot qui définit le mieux les Beale, troublantes et bouleversantes. Little Edie est mannequin, elle rêve de cinéma, plaît aux hommes, a des aventures, crie partout que Howard Hughes et Paul Getty Jr se battent pour elle. Elle s'éprend de Julius Krug, le ministre de l'Intérieur du président Truman, ils ont une liaison torride, elle veut plus, le menace, il la quitte. Little Edie Beale rentre cacher sa douleur à Grey Gardens. Elle n'en reviendra jamais. Oui, Little Edie a toujours été excentrique, avant de dégringoler les marches et d'éclater sa tête sur celle de sa mère.

— Tu vois, Lee Bouvier, voilà Whiskers, c'est le préféré de maman, elle l'avait perdu.

— Mais comment le reconnais-tu, il y en a tant ?

— Comment reconnais-tu tes enfants ?

— J'en ai deux.

— Et moi soixante. Ils ont tous un prénom. Tiens, voici Teddy Kennedy. Oh ! mon Teddy, tu vois comme il lui ressemble ?

Lee examine le chat roux aux yeux verts perçants, elle ne se souvenait pas de tant de flammes dans le regard de Ted Kennedy. Elle est fascinée, captivée par ces moments volés au temps, happée par ces deux hurluberlues que rien ne semble atteindre. Anthony et Tina s'en donnent à cœur joie, ils sont les champions de la chasse aux ratons laveurs. Ils en rapportent les charognes à Big Edie qui applaudit à tout va.

— Edie, Edie, apporte le portrait, je veux le montrer aux enfants.

— Ils s'en fichent !

— Non, non, cousine Edie, on veut le voir ! s'enthousiasme Anthony.

Little Edie enlève la couverture foncée posée sur un énorme cadre contre le manteau de la cheminée.

— Retourne-le, donne-le-moi.

— Voilà, maman, ne t'énerve pas !

Big Edie est allongée dans ce lit qu'elle quitte de plus en plus rarement, sa fille lui tend le tableau, elle le tient à bout de bras et contemple sa vie.

— Regarde, Anthony, c'est moi du temps de Mr Beale.

C'est une peinture d'un autre âge. Big Edie doit avoir une trentaine d'années, elle a ce visage mutin bordé de boucles auburn, la raie sur le côté, la chevelure crantée, une robe moirée et des brillants aux oreilles qui scintillent. Elle est magnifique, coquine, on la dirait prête pour un bal chez Jay Gatsby. Elle a conservé son air piquant, mais sa figure est dorénavant parcheminée, sèche, et ses boucles ont blanchi. Les Beale étaient des mondaines, trop délurées, fantasques, extravagantes, elles se sont égarées, la bonne société trop respectable leur a fermé ses portes, elles ont décidé de passer outre et de ne plus sortir de Grey Gardens. Pour quoi faire ? Voir tous ces imbéciles ? Little Edie ne perd pas une occasion de caresser les cheveux de Lee, de Tina ou de sa propre mère.

— Cela te va très bien, chérie, ces foulards, un style qui n'appartient qu'à toi !

— J'ai perdu le chat Bigelow, maman.

— Tu n'es pas douée pour le rangement, ma chérie.

— Non, maman, je suis douée pour la danse.

Et la voilà qui s'élance dans un numéro saccadé, la danse au drapeau, on dirait une majorette, elle se tient bien droite, lève la jambe, les bras, envoie valdinguer un drapeau américain qu'elle rattrape de justesse.

— Tourne, Peter, tourne !

Lee rit, mais rit comme jamais. Big Edie applaudit, les enfants rejoignent Little Edie et entament le même pas de danse. Et la caméra de Peter Beard filme.

— Je pars à New York, je vais faire du cabaret !

— Voilà des années que tu me dis ça et tu es toujours là.

— Je vais passer une audition à Broadway, maman !

— Et moi, je vais vous chanter *Parlez-moi d'amour.*

Elle a des trémolos dans la voix. Le téléphone sonne, Big Edie décroche en fredonnant. Qui l'appelle ? Peu importe, la personne n'aura pas l'occasion de lui parler car Big Edie continue à gazouiller dans le récepteur. Peter Beard songe que Lee est radieuse, elle évolue devant la caméra comme un papillon, passant d'une cousine à l'autre, Tina et Anthony jouent, leur insouciance contraste avec la cruelle réalité des Beale.

— On a un problème, chérie, on n'a toujours pas de producteur, avoue un matin Peter alors qu'on enregistre déjà depuis six semaines.

— Et on est à court de pellicules, renchérit Jonas.

— Mais j'ai un producteur, écoutez-moi enfin, s'insurge Truman, je connais le monde entier, je l'ai reçu au Plaza.

C'est alors que les frères Maysles s'en mêlent, Albert et David, deux réalisateurs avant-gardistes, adeptes du cinéma direct. Ils débarquent à East Hampton avec une voiture chargée de bobines, ils vont faire le coup de leur vie.

— Oui, on y allait chaque été, explique Lee aux frères Maysles, Grey Gardens est une maison de vingt-huit pièces. Little Edie est ma cousine germaine même si nous avons près d'une génération d'écart.

— Je veux faire un film comme un journal, ajoute Peter, des moments intenses, pas une narration linéaire, vous comprenez.

— Moi aussi je veux des moments intenses, coupe Little Edie en venant se planter devant David Maysles, le plus joli des deux.

— Tu n'es pas maquillée, chérie. Tiens, attrape.

Big Edie farfouille dans sa poche, en sort un bâton de rouge qu'elle tend à sa fille. Ils sont tous réunis autour de son lit. La vieille femme vérifie son reflet dans un miroir de poche et arrange ses cheveux pendant que sa fille peint ses lèvres. Les frères Maysles savent déjà ce qu'ils vont fabriquer avec ça, un scandale ! Ils renflouent le projet, mettent vingt mille dollars sur la table et décident de tout gérer. Cela leur prendra cinq semaines. La caméra tourne. Et le film échappe complètement à Peter Beard et Jonas Mekas.

— Joe Kennedy Jr devait m'épouser, déclare Little Edie, mais il est mort à la guerre. Bien sûr qu'il aurait été un meilleur président que Jack. Oh ! Jack m'aimait beaucoup. Non, je n'ai rien contre Jacqueline Bouvier. Je l'aimais bien. Vous savez, c'est moi qui les gardais quand oncle Jack et tante Janet sortaient. Oui, le bébé et Jacqueline. Le bébé, c'est Lee. Je suis bien plus âgée que mes cousines. Parfois j'emmenais Jacqueline à la plage. Oui, elle a toujours été plus intéressante que sa sœur. Ne me lance pas ce coup d'œil noir, Lee Bouvier, tu le sais bien, tout le monde n'a jamais regardé que Jacqueline.

Les frères Maysles se focalisent sur les Beale, ce sont d'immenses actrices. Elles ont bâti un univers singulier depuis plus de trente ans, elles ont l'occasion de le montrer au monde entier, elles ne vont surtout pas se priver. Elles font tout, dialogues, synopsis, décor, maquillage… Elles ne doutent de rien, ont une énergie folle. Elles bavardent, ont des idées sur tout, évoquent mille sujets avec aplomb, elles se répondent, s'interrompent, se disputent, vocifèrent, elles s'adorent ! Elles sont brillantes, frappantes de vérité crue, fascinantes de justesse, authentiques et sincères. Les sœurs Bouvier sont littéralement effacées. Les scènes tournées par Peter et Jonas disparaissent. Plus d'enfants sur la plage, plus de Warhol ou de Capote à Montauk, disparue Lasata et le Maidstone Club d'East Hampton. C'est le film des frères Maysles sur Big Edie Beale et sa fille Little Edie. Deux recluses dans un taudis qui réinventent le monde. L'histoire est cruelle, le documentaire crée l'indignation, c'est un esclandre ! Pire, le succès du siècle ! Il n'est pas une fois fait mention de l'aide apportée par Lee et Jackie. *Tea for Two*, chante Big Edie Beale et le cœur des hommes éclate. « Un portrait intime et intense », titre le *Daily News*. « Abandonnées par Jackie Onassis et la princesse Radziwill » en une du *New York Times* ! Les sœurs Bouvier sont dépassées, conspuées par l'Amérique. Janet Auchincloss est furieuse. Furieuse contre Lee qui a initié la chose, furieuse contre Jackie qui l'a encouragée, furieuse contre le sourire béat de Peter Beard, furieuse contre Onassis qui a payé les travaux de la maison plutôt que de l'aider pour Hammersmith Farm, qu'elle a dû vendre !

— Mais tu n'en finiras jamais avec tes idioties ! s'emporte Janet.

— Je voulais monter un film. Peter et moi avions décidé…

— Vous vous êtes fait avoir sur toute la ligne, ma pauvre chérie, comme d'habitude !

Et pourtant Lee a effectué un travail fou, elle a

ordonné que la maison soit nettoyée, refaite, a suivi les travaux, elle a rendu visite à ses cousines tout l'été. Mais les Beale se fichaient bien de Jackie et Lee, tout ce qu'elles voulaient, c'est un public, sourire à la caméra, toucher du doigt le cinéma. Big Edie et Little Edie crèvent l'écran, elles sont aussi troublantes que touchantes. Ces deux dingues réussissent ce que Lee n'arrivera jamais à faire, elles font oublier qu'elles sont les cousines de Jackie. Et rien que pour cela, elles méritent un Oscar.

18

— J'ai une idée pour cet été ! s'écrie Truman Capote, gai comme un pinson.

Il arrive de Bridgehampton et sautille jusqu'à la plage de Montauk, en contrebas de la maison. Il tient son chapeau vissé sur la tête et son foulard bien serré autour de son petit cou. Il y a un vent à décorner les bœufs aujourd'hui, le drapeau américain, offert par Lee à Warhol, se tend à chaque bourrasque et claque l'air violemment.

— Oui, évidemment, car je maîtrise l'art de l'entretien décapant. Vous le savez tous ! Et c'est pour cela que le magazine *Rolling Stones* me confie la tournée des… Rolling Stones ! Je fais les textes, Peter les photos, Ondine est la groupie, ils sont d'accord sur tout. Le seul problème, c'est…

Ah, l'inventivité légendaire de Capote ! Il porte des lunettes miroirs rondes qui lui donnent un petit air bourgeois. Allongée par terre, enveloppée dans un paréo de soie sauvage, Lee observe ceux qu'elle aime en train de jouer comme des gamins. Andy a enterré Anthony tout entier dans le sable. Il n'y a que la tête qui dépasse. Tina entame une danse des Sioux en se tortillant. Peter prend des polaroïds, il imagine toute une cohorte d'araignées se dandinant sur la tête d'Anthony. Le jeune garçon sort de son trou en glapissant. Tina éclate de rire.

— Mais j'ai un problème tout de même…

— Quoi ? demande Lee en cherchant ses cigarettes.

— Je n'ai pas fini mon livre sur mes cygnes et leurs secrets, oh, toutes ces histoires monstrueuses, *principessa*, plus cruel tu meurs !

— Ne fais pas ce livre, Trum, tu vas t'attirer les foudres du monde entier.

— J'y compte bien !

Est-ce l'ennui qui pointe ou une certaine excitation pour la nouveauté ? Peter est friand d'expériences et Lee le suivrait au bout de la terre. Alors c'est décidé, en juin 1972, ils embarquent tous pour couvrir la tournée du groupe pop anglais. Trente étapes en deux mois. Les Stones sont capables de remplir n'importe quelle salle de concert, ils ont un succès fou. Les Beatles et leurs bluettes sont enfoncés. Par un étrange hasard, la virée débute à Dallas, ville ô combien honnie par Lee. La petite bande paresse dans des lits superposés dans le bus des Stones, fait un semblant de toilette dans un cagibi aménagé, c'est grisant. Heureusement, le soir on descend dans des palaces, les *bad boys* du rock'n'roll se gavent de luxe, et Keith Richards peut défenestrer les télévisions à loisir. Mick Jagger est un véritable dictateur. Il décide de tout pour tout le monde, des membres du groupe à son manager, le fameux baron banquier Rupert zu Loewenstein et son associé et ami, Alexis de Redé.

— C'est vraiment le triomphe de la Café Society, s'amuse Lee.

— Ce Français à la jolie tête de mort est amusant, je vais le croquer, soupire Truman.

— Oh ! Trum !

— Dans mon livre, Peter, dans mon livre !

— Je comprends que les filles trouvent Mick sexy, mais selon moi il est assez répulsif, concède Lee.

— Quand une femme entre dans une pièce, je sais tout de suite si je vais la baiser ou pas, explique Jagger.

Bianca est à Antibes, elle mène une vie sereine avec la petite Jade qui a quelques mois. Vancouver, Seattle, San Francisco, Los Angeles… Keith Richards s'amuse méchamment à imiter la voix haut perchée de Capote, il le surnomme « Truby ». Mais l'exercice amusant du début devient vite répétitif et les admiratrices, chaque jour plus nombreuses, sont collantes. Non contentes de passer la nuit dans le lit de leurs idoles, certaines s'incrustent dans le voyage. Tout devient prétexte à la décadence et l'excès. Drogues, sexe et rock'n'roll, ce n'est pas une légende. Quant aux chambres d'hôtel détruites, elles sont légion. San Diego, Tucson, Chicago, Houston, Detroit, Montréal.

— J'en ai marre d'écouter les mêmes rengaines tous les soirs, j'en ai plein les oreilles. Tu crois qu'on va devenir sourds ? Je ne comprends pas comment on peut jouer si fort, s'énerve Capote.

— Ce sont les amplis, Trum, explique Peter, hilare.

— On est des copains avant d'être célèbres, hurle

Mick Jagger à la foule en délire, et c'est le monde qui s'enflamme. *Gimme Shelter !*

Rhode Island, Washington, Minneapolis… Truman est bourré de coke, il boit comme un trou, ce qui ne l'empêche pas de gratter du papier à la vitesse de l'éclair. L'accueil réservé au groupe est phénoménal. Il respire la musique, il ne vit que pour la musique. Il a la prestation romanesque, chaque nuit est une nouvelle histoire, un événement unique. Autour de lui, un cirque en mouvement, managers, attachés de presse, comptables, agents de sécurité, bagagistes, techniciens divers et médecins. Mick Jagger mène la danse, Keith Richards crée le scandale par ses abus chroniques ponctués d'injections d'héroïne, Charlie Watts est un véritable dandy. On les surnomme les *Kids*, ils sont jeunes, ils sont beaux, ils sont des bêtes de scène. Quel charisme animal, un potentiel érotique complètement dingue, un chanteur démoniaque et une Amérique profonde dévastée. Oh oui, les Stones sont névrosés, mais comme ils sont bons quand ils entonnent *Jumpin' Jack Flash* !

— J'ai fini ! On ne va pas y passer le reste de notre existence, la messe est dite, je rentre, j'en ai marre des braillards, avertit Truman.

Boston, Philadelphie, Pittsburgh… *Stone Touring Party*, STP, c'est aussi une amphétamine dont Bobby Keys, le saxo, ne se prive pas. Lee n'en peut plus de la came, des pop stars et de toutes ces garces qui se jettent à la tête de Peter. Elles le prennent pour le grand photographe qui lancera leur future carrière de mannequins, elles s'allongent par terre dans le bus, il les enjambe et shoote et shoote encore. L'insolence candide de Peter rend Lee hystérique. Il se prend pour David Bailey ! Ça va cinq minutes ! Elle préférait quand il risquait sa vie dans la gueule d'un crocodile.

— Je suis à toi, ânonne une blonde fadasse.

— Le nu est-il une figure de style ? réfléchit Peter.

— Ça va, c'est pas la Joconde non plus, rien qu'une pauvre gourdasse de Saint-Louis, s'énerve Lee.

Elle veut regagner New York. Mais Peter refuse de l'accompagner, Peter ne fait que ce qu'il a envie de faire. Ils se disputent. Il reste. Elle décampe, furibonde. Elle fulmine à Manhattan, pendant qu'il passe quatre jours déments à la Résidence, le baisodrome de luxe de Hugh Hefner, fondateur de *Playboy*, dans un nuage d'alcool, d'amphétamines et de sexe... Le final de la tournée a lieu fin juillet à New York au Madison Square Garden. Le public est lessivé, ébloui, dépassé. Il y a des arrestations, des policiers sont blessés. Le 26 juillet, Mick Jagger fête ses vingt-six ans ! Pour le plus grand *showman* de tous les temps, Atlantic Records organise une fête sur le toit du St Regis, il pleut des confettis, une danseuse sort du gâteau, on croise Bob Dylan, Woody Allen, Zsa Zsa Gabor, Count Basie... Lee est apaisée, elle a retrouvé son amoureux, elle plaisante avec Truman et Bob Dylan, ils s'assoient tous autour d'Andy Warhol, on dirait la Cène. Mais Peter est lointain, Peter est déjà parti. Et Lee l'a senti. Peter ne peut se perdre totalement en une autre personne, il est trop plein de lui-même, si libre. Il était évident qu'il ne pourrait jamais tout donner à une femme, même à une princesse, c'est impossible. Il achète un cottage à Montauk et s'y installe. Lee n'aime pas la maison, la trouve trop modeste et ne s'y habitue pas. Elle préférerait une propriété à Southampton. Mais Peter n'a pas assez d'argent, et pas la moindre envie de s'établir quelque part. Lee retourne à Manhattan, fait des allées et venues à Long Island. Un jour, une rouquine ravissante lui ouvre la porte. Ce n'est pas grave. Il y a un autre jour, il y a une autre femme. Toutes ces nuits sans lui, toutes ces filles dans son lit. Des filles des Bermudes, des filles des Bahamas, des filles qui ne durent pas. Mais cette existence-là, Lee n'en veut pas. Est-ce pour ce résultat qu'elle a quitté son prince polonais ? Son aristocrate qui la chérissait, ses demeures inouïes en Angleterre ?

— Lee a juste envie de jouer les victimes, explique Peter à Capote. Certes, je la trompe, mais c'est une pratique commune, non ?

— Ce n'est pas une habitude pour elle, répond Truman, pensif.

— Je voulais juste être heureuse. Longtemps, soupire Lee Radziwill.

Du côté de Jackie, les choses ne vont pas mieux. Onassis ne supporte plus la manière dont elle jette l'argent par les fenêtres, ses armoires sont sans fond, ses dépenses excessives, maladives.

— Je ne comprends pas ce qu'elle fabrique avec toutes ses fringues, se plaint Onassis, elle est tout le temps en jean. En plus, c'est un sac d'os !

Jackie use des cartes bancaires de son mari pour ses nombreux achats, les retourne dès le lendemain à la boutique, et ordonne d'être remboursée en cash. Elle fait quelques mauvais investissements en Bourse, ce qui la met dans une colère folle. Alors elle dépense encore plus. Les boîtes provenant des plus grands couturiers s'entassent. Les coffrets des parfumeurs. Les écrins des joailliers. Les housses des fourreurs. On livre de nouveaux paquets tous les jours. Certains ne seront jamais ouverts. Onassis voit son rival Niarchos lui voler ses marchés. C'est l'année du premier choc pétrolier, ses tankers restent à quai, sa compagnie aérienne Olympic Airways fait faillite, faute de kérosène. Toutes ses opérations financières échouent. Les Grecs disent que l'Américaine porte la poisse. Ari et Jackie ne se voient presque plus, ils vivent dorénavant séparés par des milliers de kilomètres. Onassis a besoin qu'on l'écoute, Jackie n'en a ni le temps ni l'envie. Alors il se console dans les bras de Maria Callas qui n'a rien d'autre à faire. Il lui jure qu'elle lui manque tellement, qu'il l'aime toujours, qu'il va divorcer et l'épouser, elle la diva qui ne chante plus. Il est pathétique, bientôt rendu exsangue par une myasthénie, maladie qui affaiblit les muscles. Il ne peut plus tenir ses paupières ouvertes, elles sont accrochées par des morceaux de sparadrap. Il n'a surtout plus aucune envie de vivre. Christina, sa fille, vient de s'ouvrir les veines dans sa baignoire, elle a été sauvée in extremis. Mais la mort de son fils Alexandre dans un accident d'avion, le suicide de sa première femme Tina Livanos, le désastre de son union avec Jackie ont anéanti le milliardaire. Il meurt le 15 mars 1975 à soixante-neuf ans. À l'Hôpital américain de Neuilly, Maria Callas ne veut pas lâcher sa main glacée. On doit lui arracher de force. Jackie, son épouse légitime, court les défilés de mode, nous sommes en pleine Fashion Week, que diable !

Comme pour son mariage, il pleut ce jour-là. Une pluie fine et glaciale. Le corps de l'armateur repose dans un cercueil en noyer, un arbre coupé à Skorpios. La cérémonie est intime, Jackie n'est pas au premier rang. Elle est reléguée derrière Christina et la famille. Pourtant elle est la veuve officielle.

— Je n'ai jamais vu ça de ma vie, tonne le prêtre orthodoxe.

Onassis repose au côté de son fils à Skorpios. L'île bâtie comme un paradis s'est transformée en sinistre mausolée. Jackie a interdit à sa sœur d'assister aux funérailles. Elle sait que Lee est maîtresse de toutes les passions, son visage abîmé par le chagrin aurait attiré l'œil des photographes. Jackie a peur qu'on lui vole sa lumière. Elle reste seule dépositaire d'une douleur qu'elle n'éprouve pas. Mais Onassis n'en a pas fini avec Jackie Kennedy. Il a tenté de l'écarter de son testament. Et Christina ne va pas y aller de main morte pour piétiner cette femme qu'elle déteste. Une lutte sans merci entre deux vipères. Christina n'est pas de taille, elle est déjà morte depuis longtemps, grignotée par l'alcool et les médicaments, perdue dans une masse adipeuse grotesque. Jackie n'abandonne jamais. Surtout quand il s'agit d'argent. Elle va se faire aider par les Kennedy. Aucun navire de la flotte d'Onassis ne sera en mesure d'accoster dans un port américain tant que Jackie n'aura pas touché la part de l'héritage qui lui revient. Christina baisse les armes. La rencontre a lieu à Zurich dans les bureaux impersonnels d'une banque d'affaires. L'une griffonne un chèque, que l'autre arrache avant que l'encre ait eu le temps de sécher. Vingt-trois millions de dollars. Et Christina la dénonce au fisc, au cas où Jackie aurait oublié de le déclarer. Combat de chiennes, on vous dit !

Et ce n'est pas fini. Tina s'installe à New York avec sa mère, elle a quatorze ans. Anthony reste en Angleterre, part en pension, à la Millfield School dans le Somerset. Stas pourvoit bien sa femme lors du divorce, il lui laisse tout, et notamment le tableau de Bacon, *Figure Turning*, qu'elle accroche dans son duplex de Manhattan. Les enfants ne supportent pas d'être séparés. Ils en veulent énormément à leur mère. Stas sombre dans la dépression. Cela ne s'arrange pas avec la vente de Turville Grange à Henry Ford. Une vente au top du marché. Lee empoche le pactole. Stas ne se remettra jamais de son divorce, Lee Bouvier est la femme de sa vie, il l'a su dès qu'il l'a vue. Il en meurt le 27 juin 1976 lors d'une partie de chasse. Là où tout a commencé, et où tout finit. La boucle est bouclée. Il avait soixante-deux ans, une allure folle, il était l'élite révoltée, celle qui associe les valeurs d'antan aux forces d'aujourd'hui. Stas Radziwill, beaucoup de femmes se seraient damnées pour lui. Mais Lee n'en voulait plus, le chagrin l'a tué. Les funérailles ont lieu à la chapelle St Anne de Turville. Sur le cercueil, un drapeau aux armes de la famille, prêté par le musée de Varsovie. Lee et Jackie sont dévastées. Le prince Radziwill laisse derrière lui deux enfants éplorés et des dettes.

Le 20 novembre 1976, le dernier gentleman de New York, Hugh D. Auchincloss, s'éteint à son tour. Son épouse, Janet, est inconsolable. Elle se remarie avec un banquier, trois ans plus tard.

Les sœurs Bouvier sont-elles faites pour l'amour ? Elles ont l'argent, le glamour, la lumière, la célébrité, elles appellent cela le bonheur… Est-ce de l'arrogance ou de la timidité, une manière de se protéger de trop de sensibilité, de dissimuler leur vulnérabilité ?

— Lee ne croit pas assez en elle, Jackie croit trop en elle, voilà le drame de mes filles, explique Janet en fronçant les sourcils.

— Lee a toujours été beaucoup plus naturelle, estime Bob Colacello. Je me souviens d'une anecdote. Nous visitions tous les trois une exposition d'antiquités égyptiennes. Lee connaissait tout et nous l'expliquait en plaisantant. Soudain j'ai vu le regard de Jackie, elle était folle de jalousie : pourquoi écoutait-on Lee et pas elle ?

— Jackie est bien plus maligne, elle a fabriqué un personnage, personne ne peut la prendre en faute, insiste Teddy Kennedy.

— Lee est loyale, pas Jackie, ça c'est certain, poursuit Truman Capote. Enfin c'est vite dit, cette garce n'a pas voulu témoigner pour moi dans le procès que m'a fait cette pédale de Gore Vidal.

— Jackie a pris le physique de son père et la méchanceté de sa mère, Lee a toujours été adorable, comme Black Jack, mais c'est vrai qu'elle ressemble à maman, reconnaît Jamie Auchincloss, leur demi-frère.

— Elle n'aurait jamais dû quitter Radziwill, cet homme l'a aimée à en mourir, assure Chauncey Parker.

— Jackie et sa voix de *baby doll*, elle n'a fréquenté que les gens qui pouvaient lui servir, maintenant je le sais, déclare Arthur Schlesinger.

— Lee est plus humaine, plus chaleureuse, plus vraie, je l'ai profondément aimée, mais je ne suis pas quelqu'un qui s'installe, avoue Peter Beard.

— L'argent a toujours tellement compté pour l'une comme pour l'autre, soupire Rue Hill Hubert.

— Le prince, le prince, oh, le prince, Lee, qu'as-tu fait ! s'insurge Cecil Beaton.

— Je la hais, je la hais, je la hais ! hurle Christina Onassis.

— Jackie et Lee, deux piranhas dans un aquarium, conclut Gore Vidal en éclatant de rire.

Deux sœurs

Toute sa vie, elle a été poursuivie. Toute sa vie, elle en a joué. Le pire d'entre eux se nommait Ron Galella. Un paparazzi, non, un tordu. Il la traquait. Elle, ses enfants, ses amis, ses médecins, même moi. Il a pris l'une de ses plus belles photos. Elle marche sur Madison, en jean, un chandail serré à fines côtes, ses clés dans la main droite. Planqué dans un taxi, il la suit, la dépasse. Il ordonne au chauffeur de klaxonner. Elle se retourne vers lui, le visage caché à demi par ses cheveux, un sourire énigmatique, Mona Lisa. Il shoote, et shoote encore. Toute sa vie Jackie a été poursuivie. Moi, j'ai cru bon de fuir. Sauf que je n'avais aucun photographe scotché à mon existence. Je me suis installée en France. Un océan entre deux sœurs, une goutte d'eau. Mais la mort s'en est mêlée. Un cancer fulgurant à l'aube de la vieillesse. Jackie s'éteint, je me précipite. Les fantômes du passé dansent en silence.

Dans le salon blanc et rose poudré de l'Upper East Side, ma sœur agonise. Elle reçoit ses proches et les derniers sacrements de l'Église catholique romaine. En sourdine des chants grégoriens, ils pénètrent en cha-

cun, pas pour les convertir mais pour les accompagner, c'est un au revoir ou un adieu, à chacun son credo. Le père George Barde de la paroisse St Thomas More officie. L'appartement est plongé dans la pénombre. Caroline et John Jr sont présents, mes enfants Anthony et Tina, aussi. Ted Kennedy et sa femme Victoria, Bunny Mellon, Pat Lawford et Ethel Kennedy, Eunice et Sargent Shriver. Le prêtre égrène son rosaire. Soudain, il s'interrompt, c'est étrange. Je pénètre dans la pièce. Pendant une seconde, tous les regards se tournent vers moi. Anthony incrédule me retient :

— C'est fou ce que tu lui ressembles, maman. On dirait Jackie. Tu es coiffée comme elle, tu es habillée comme elle, on dirait son double. Comme si son âme venait enfin t'habiter.

Je m'agenouille près d'elle et prends sa main.

— Sois forte, Jacks. Je ne peux pas imaginer un monde où tu n'existerais pas. Je t'aime, Jacks, je t'aime tellement, je t'ai toujours aimée.

Elle a une intraveineuse dans le bras, on lui injecte de la morphine, elle sombre dans le coma. A-t-elle entendu mes paroles avant de rendre son dernier souffle ? Il est dix heures quinze ce 19 mai 1994. Ma sœur, Jackie Kennedy Onassis, vient de mourir, elle a soixante-quatre ans.

— Tu sais combien elle t'adorait, murmure John Jr dévasté.

Je porte la main à ma bouche pour refouler les sanglots qui s'agglutinent dans ma gorge. Il faut que je sorte. Laissez-moi. Quand je quitte l'immeuble, la foule est là, amassée. Je baisse la tête, je pleure et ne m'arrête plus.

*Bill Clinton prononce l'éloge funèbre en l'église St Ignace de Loyola sur Park Avenue. Jessye Norman entonne l'*Ave Maria, *Tina fait une lecture, Teddy Kennedy clame devant le public recueilli :*

— Jackie était trop jeune pour être veuve en 1963. Elle est trop jeune pour mourir aujourd'hui.

Personne ne m'a demandé de dire un mot. Ni à la messe ni au cimetière d'Arlington, où ma sœur repose aux côtés de son mari et ses enfants. Pour ses funérailles, elle a tout prévu de longue date. Merci, Jacks.

Le testament fait trente-huit pages. Caroline et John Jr héritent de tout. Un conseil de leur mère : « Vendez tout, ne gardez rien. » Ce qu'ils feront pour plus de soixante-dix millions de dollars. Mes enfants, Anthony et Tina, se partagent un million de dollars chacun. Je ne reçois rien. Pas un bijou, pas un souvenir, même pas le bureau de papa que j'adorais et sur lequel je travaillais quand nous étions enfants. Mais il y a quelques lignes à mon intention : « Je n'ai rien accordé à ma sœur Lee Bouvier Radziwill, pour qui j'ai une grande affection, car je lui ai déjà tout donné de mon vivant. »

Le testament date du mois de mars précédent. Outre-tombe, Jackie distribue le coup de grâce. La vengeance posthume a le même goût sucré que l'amour. Oh oui, le même goût sucré… Je sors en titubant. Je n'entends pas le portier me souhaiter une bonne soirée. Je n'ai pas envie de rentrer chez moi. Je marche à grands pas sur la Ve Avenue. Non, je cours. Je ne vois pas les vitrines, ne remarque pas les gens, ni la lumière, ni le temps, tout s'est évanoui. Je souris à l'existence. Je suis libre, j'ai envie de sauter en l'air, les bras ouverts pour embrasser la vie, cette vie-là, cette chance qu'on a eue, c'était quoi déjà ? Jackie et Lee, Lee et Jackie, c'était nous, tout simplement, deux sœurs…

New York semblait avoir été inventé pour nous. Une ville de fer qui ne dort jamais. Des filles trop belles pour la nuit américaine. Du sang bleu atlantique coulait dans nos veines. L'air salé. Le vent. Nous étions nées de la colère primitive, pour séduire et fasciner. Des geishas, pourries de chic et capricieuses. Nous excellions dans l'érotisme et les bouquets de fleurs séchées. Rivales, bien sûr, mais cette rivalité nous liait l'une à l'autre. Nous étions les sœurs Bouvier, les filles de Black Jack et de cette garce de Janet Lee. Nous avons eu des hommes, souvent nous les avons partagés, ils étaient de la race des seigneurs ! Nous avons donné naissance à des enfants, beaucoup sont morts, nous leur avons érigé des tombeaux éternels. Nous, Jackie et Lee, Lee et Jackie. Interchangeables et complémentaires. Antagonistes et partisanes. Deux sœurs cabrées contre le monde entier, et un aplomb à toute épreuve. Quand je songe au passé, il me semble que tout ce que la vie nous a donné d'intéressant a tenu en à peine vingt ans. Il y avait de la magie dans l'air, mais on ne s'en rendait pas compte. Notre existence était brillante. Tout n'était que glamour, excitation et désinvolture. Nous étions présomptueuses de croire que cet enchantement durerait toujours.

C'était le temps de l'insouciance, nous refaisions le monde, telles Holly Golightly ou Daisy Buchanan. Notre monde. Cette lumière verte, chère à Fitzgerald, c'est nous qui choisissions de l'embraser ou la souffler. Notre insolence, l'outrecuidance, oui, nous étions des actrices, de véritables salopes, usurpatrices s'il en est !

La frivolité n'était pas la moindre de nos valeurs. Le cannibalisme chez nous se voulait vengeur. Des années après, on continue de nous adorer et de nous maudire. Des filles comme nous enflamment la vie, la dévorent, la traversent dans un insolent galop, excessif et réussi. Grimaçantes, tel le tigre au passage de l'antilope, nous salivions à l'idée des jours à venir. Tellement gaies ces années-là. Au printemps, on buvait un verre au St Regis, on dînait au Colony, on dansait au Stork Club. L'été, on faisait du ski nautique sur toutes les mers du globe, les Riva tapaient les vagues, on bronzait nues sur les matelas turquoise. L'hiver on skiait à Saint-Moritz, à Gstaad. L'automne, on hissait des mâts américains devant nos maisons, on riait, oh, comme on riait !

Nous étions libres et ambitieuses, arrogantes et sensibles. Nous voulions donner le meilleur de nous-mêmes, car c'était ce qu'on attendait de nous. Elle a inventé le chic, moi la légèreté. On cachait notre timidité, on l'oubliait, il fallait que l'on soit victorieuses. Chaleureuses et enthousiastes. Nous voulions tout connaître. Nous étions lancées, l'horizon était infini, les possibilités de même. Nous fumions des cigarettes encore plus minces que nous. On se haïssait et on s'adorait. Nous avons connu la rancœur, elle a fondu comme neige au soleil. Et puis il y avait tous ceux que nous aimions, ils ont fait de nous celles que nous sommes devenues : papa, maman, Stas, Jack, Michael, Big Edie, Little Edie, Anthony, Tina, Caroline, John Jr, Bobby, Ari, Peter, Andy, Truman, Cecil, Gore, Hughdie, Gianni, Sandro, Mick, Bianca, Oleg, Marella, Rudolf... où êtes-vous ? Avec tous ces avions qui se sont mis à atterrir partout et n'importe quand, c'était si facile, on croisait tout le monde tout le temps, il se passait tellement de choses à la fois. Nous avions le goût du luxe, non, c'était un droit !

Malgré toute l'admiration que nous ressentions pour elles, nous n'étions pas les sœurs Brontë, ça c'est certain ! Nous avions une idée précise de notre destinée, l'univers nous appartenait, nous étions tellement libres et fantasques, la vie est tombée amoureuse de nous, d'ailleurs, elle en parle encore. Avec toute notre fougue, notre innocence, notre générosité, nous nous sommes jetées à la tête du monde. Nous avons eu un succès fou et il ne nous a même pas surprises.

C'étaient nos plus belles années, nous ne savions plus où donner de la tête, tout était si trépidant. Et c'est ainsi que les choses se sont passées. Au son de rires cristallins, de baisers fous et de coupes de champagne entrechoquées. Nous sommes les dernières princesses de l'Amérique !

Bibliographie

Susan Mary Alsop, *To Marietta From Paris 1945-1960*, Doubleday, 1974.

Georges Ayache, *Kennedy/Nixon : les meilleurs ennemis*, Perrin, 2012.

Cecil Beaton, *Cinquante ans d'élégance et d'art de vivre*, Séguier, 2017.

Ralph Blumenthal, *Stork Club : America's Most Famous Nightspot and the Lost Word of Café Society*, Little, Brown & Company, 2000.

Jacqueline et Lee Bouvier, *One Special Summer*, Rizzoli, 2006.

Truman Capote, *Prières exaucées*, Le Livre de Poche, 2009.

Truman Capote, *De sang-froid*, Folio, 2009.

Valery Coquant, *Onassis, l'âme du Grec, 1903-1975*, L'Âge d'Homme, 2017.

Thierry Coudert, *Café Society, Mondains, mécènes et artistes, 1920-1960*, Flammarion, 2010.

Thierry Coudert, *Les Scrapbooks du baron de Cabrol et la Café Society*, Flammarion, 2016.

Deborah Davis, *Party of the Century, the Fabulous Story of Truman Capote and His Black and White Ball*, John Wiley & Sons Inc., 2006.

John H. Davis, *The Bouviers, Portrait of an American Family*, Avon Books, 1970.

Francis Dorléans, *Snob Society*, Flammarion, 2009.

Diane Dubois, *In Her Sister's Shadow : An Intimate Biography of Lee Radziwill*, Little, Brown & Company, 1995.

Pierre Evans, *Ari, la vie et le monde d'Aristote Onassis*, Presses de la Renaissance, 1987.

Jean-Louis de Faucigny-Lucinge, *Un gentilhomme cosmopolite*, Perrin, 1990.

Kiki Feroudi Moutsatsos, *Les Femmes d'Onassis*, Plon, 2000.

François Forestier, *Aristote Onassis, l'homme qui voulait tout*, Éditions Michel Lafon, 2006.

François Forestier, *Marilyn et JFK*, Albin Michel, 2008.

François Forestier, *JFK, le dernier jour*, Albin Michel, 2013.

Nick Foulkes, *High Society : The History of America's Upper Class*, Assouline, 2008.

Nick Foulkes, *Bals : Legendary Costume Bals of the Twentieth Century*, Assouline, 2011.

John Kenneth Galbraith, *Une vie dans son siècle : Mémoires*, La Table Ronde, 1981.

Danièle Georget, *Goodbye Mister President*, Plon, 2006.

Chris Hutchins et Peter Thompson, *Athina, the Last Onassis*, Neville Ness House, 2014.

January Jones, *The Christina : The Onassis Odyssey*, P.J. Publishing, 2007.

Philippe Jullian, *Dictionnaire du snobisme*, Bartillat, 2006.

Sam Kashner et Nancy Schoenberger, *The Fabulous Bouvier Sisters : The Tragic and Glamourous Lives of Jackie and Lee*, Harper & Collins, 2018.

Julie Kavanagh, *Nureyev, the Life*, Pantheon Books, 2007.

Jacqueline Kennedy, *Avec John F. Kennedy : Conversations inédites avec Arthur M. Schlesinger, 1964*, Flammarion, 2011.

Barbara Leaming, *Mrs Kennedy, Les Années Maison-Blanche*, Presses de la Cité, 2004.

Barbara Leaming, *Jacqueline Bouvier Kennedy Onassis : The Untold Story*, St Martin's Press, 2015.
Doris Lilly, *Those Fabulous Greeks : Onassis, Niarchos and Livanos*, Cowles Book Cie, 1970.
Mary S. Lovell, *The Riviera Set, 1920-1960 the Golden Years of Glamour and Excess*, Little, Brown & Company, 2016.
Caroline de Margerie, *American Lady : une reporter en gants blancs*, Robert Laffont, 2011.
Patrick Mauriès, *Le Mondain*, Seuil, 1984.
Elsa Maxwell, *J'ai reçu le monde entier*, Club du Livre du Mois, 1955.
Valérie Mendes, Amy de La Haye, *La Mode au* XXe *siècle*, Thames & Hudson, 1999.
Richard Millet, *Dictionnaire amoureux de la Méditerranée*, Plon, 2015.
Paul Morand, *Journal inutile*, tomes 1 et 2, Gallimard, 2001.
George Plimpton, *Truman Capote*, Arléa, 2009.
Marie-France Pochna, *Agnelli, l'Irrésistible*, JC Lattès, 1989.
Carole Radziwill, *What Remains : A Memoir of Fate, Friendship and Love*, Scribner, 2005.
Lee Radziwill, *Happy Times*, Assouline, 2000.
Lee Radziwill, *Lee*, Assouline, 2015.
Baron de Redé, *Souvenirs et Portraits*, Lacurne, 2017.
Pierre-Jean Rémy, *Villa Médicis, journal de Rome*, Odile Jacob, 2008.
Ned Rorem, *Journal parisien, 1951-1955*, Éditions du Rocher, 2003.
Olivier Royant, *John, le dernier des Kennedy*, L'Observatoire, 2018.
Nicole Salinger, *Jackie*, Assouline, 1998.
J. Randy Taraborrelli, *Jackie, Janet & Lee, The Secret Lives of Janet Auchincloss and Her Daughters, Jacqueline Kennedy Onassis and Lee Radziwill*, St Martin's Press, 2018.

Régine Torrent, *Jacqueline Kennedy, une icône américaine*, Nouveau Monde Éditions, 2018.
Denise Tual, *Au cœur du temps*, Carrère, 1987.
Gore Vidal, *Palimpseste, Mémoires*, Galaad Éditions, 2006.
José-Luis de Villalonga, *Gold Gotha*, Seuil, 1972.

PRESSE

Elle, article internet du 17 février 2019.
Libération, article internet du 17 février 2019.
Madame Figaro, article internet de Chloé Friedmann du 28 septembre 2018.
Madame Figaro, article internet de Chloé Friedmann du 18 février 2019.
Paris Match, article internet du 23 novembre 2013.
Paris Match, article internet de Dany Jucaud du 5 décembre 2015.
Paris Match, article internet du 16 juin 2016.
Paris Match, article internet de Danièle Georget du 18 juillet 2016.
Paris Match, article internet du 25 juin 2017.
Paris Match, article internet d'Anthony Verdot-Belaval du 10 septembre 2017.
Paris Match, article internet du 17 février 2019.
Paris Match, n° 634, 3 juin 1961.
Paris Match, n° 635, 10 juin 1961.
Paris Match, n° 3504, semaine du 13 au 20 juillet 2016.
Paris Match, n° 3642, semaine du 21 au 27 février 2019.
Point de vue, n° 3683, semaine du 20 au 26 février 2019.
Point de vue, n° 3685, semaine du 6 au 12 mars 2019.
Vanity Fair, article internet du 4 mars 2017.
Vanity Fair, article internet du 17 février 2019.
Vanity Fair, article internet du 27 février 2019.

FILMS

Jackie Kennedy : ce que savait Jackie, Patrick Jeudy, 2006.
Grey Gardens, Michael Sucsy, 2009.
Jackie sans Kennedy, Patrick Jeudy, 2014.
Jackie, Pablo Larrain, 2016.
That Summer, Göran Hugo Olsson, 2018.

PODCASTS

Europe 1, Franck Ferrand, « Au cœur de l'Histoire : l'intégrale Jackie Kennedy », 6 avril 2018.
France Culture, « L'année 61, John et Jackie Kennedy à Paris », 9 juillet 2018.
France Inter, « Spéciale Jackie Kennedy », 16 novembre 2013.
France Inter, « Le style Jackie Kennedy », 7 juillet 2017.
The History Chicks, « Jackie Kennedy », 6 février 2018.

CATALOGUES

Artcurial, *Collection Bruno Mouron*, vente des 30 novembre et 1er décembre 1975.

REMERCIEMENTS

À mon ami Jean-Noël Liaut, «John Xmas», pour sa tendresse, son talent, et tous les secrets confiés sur la Café Society, Lee et Jackie.

À Jean-Luc Gaüzère qui a bien voulu partager ses souvenirs de Lee en toute amitié.

À mes amies si présentes, Theresa Révay, Isabelle Camus, Émilie Boullet-Lacoste.

À mes enfants, ma fierté, mon orgueil, Joy et Scott.

À ma mère pour sa force incroyable, à mon père qui n'a pas eu le temps de lire ce livre, à Catherine et Bertrand de Cournon.

À mon éditrice, mon pilier, Maëlle Guillaud.

À mon fiancé, mon amour, François Fournier.

Stéphanie des Horts au Livre de Poche

Pamela n° 35295

Légère, séduisante, insolente, Pamela décide très tôt de capturer l'homme qui la mènera à la gloire. Randolph Churchill, qu'elle épouse à dix-neuf ans, Ali Khan, Agnelli, Sinatra, Harriman, Druon, Rubirosa, Rothschild... aucun ne résiste à son charme. S'ils ont le pouvoir, elle exerce sur eux une attirance fatale. Ils l'ont tous désirée. Elle les a tous aimés. Les conquêtes de Pamela sont des alliances, des trophées qu'elle brandit sans crainte de choquer les cercles mondains. Scandaleuse ? Intrigante ? Courtisane ? La ravissante Anglaise à la réputation sulfureuse, morte comme une légende dans la piscine du Ritz à Paris où elle était ambassadrice des États-Unis, a emporté ses secrets. Stéphanie des Horts en recherche les parfums et nous révèle l'existence flamboyante d'une séductrice hors norme.

La Panthère n° 32352

Jeanne Toussaint voit le jour dans la Flandre des brodeuses, à la fin du XIXe siècle. Dotée d'un goût très sûr et d'une volonté d'acier, elle part à la conquête de Paris, où elle enflamme le cœur de Louis Cartier, qui lui enseigne les pierres précieuses et les alliages mystérieux. De leur amour naissent des bijoux fabuleux : oiseaux de paradis, aigrettes et diadèmes ciselés, mais surtout la mythique panthère... Un style est né, le sien. Dans une traversée du siècle où l'on croise Proust, Cocteau, Hemingway, Scott et Zelda, Coco Chanel ou encore la duchesse de Windsor, Stéphanie des Horts met en lumière le destin extraordinaire de la géniale Jeanne Toussaint.

Les Sœurs Livanos n° 35936

Elles avaient tout : la beauté, l'intelligence, l'élégance, la fortune. En épousant les richissimes Onassis et Niárchos, elles ont cru atteindre leur idéal. Elles ignoraient que ces séducteurs, hommes d'affaires redoutables et ennemis jurés, ne vénéraient qu'un dieu : l'argent. De New York et Paris aux somptueuses villas de la mer Égée, les sœurs Livanos illuminent les soirées de la jet-set. Elles se jalousent, s'adorent, se détestent tandis que leurs maris s'affrontent à coups de pétroliers, de palais, d'œuvres d'art, de manipulations politiques ou mondaines. Mais, derrière les flashs des paparazzis et les sourires envoûtants de Jackie Kennedy, Maria Callas, Gianni Agnelli ou Marilyn Monroe, un drame se joue.

De la même auteure

Aux Éditions Albin Michel :

LA SPLENDEUR DES CHARTERIS, 2011.
LE DIABLE DE RADCLIFFE HALL, 2012.
LE SECRET DE RITA H., 2013.
LE BAL DU SIÈCLE, 2015.
PAMELA, 2017.
LES SŒURS LIVANOS, 2018.
LES HEUREUX DU MONDE, 2021.

Chez d'autres éditeurs :

LA SCANDALEUSE HISTOIRE DE PENNY PARKER-JONES, Ramsay, 2008.
LA PANTHÈRE, LE FABULEUX ROMAN DE JEANNE TOUSSAINT, JOAILLIÈRE DES ROIS, JC Lattès, 2010.

PAPIER À BASE DE
FIBRES CERTIFIÉES

Le Livre de Poche s'engage pour
l'environnement en réduisant
l'empreinte carbone de ses livres.
Celle de cet exemplaire est de :
200 g éq. CO_2
Rendez-vous sur
www.livredepoche-durable.fr

Composition réalisée par MAURY-IMPRIMEUR

Achevé d'imprimer en France par
CPI BRODARD & TAUPIN (72200 La Flèche)
en avril 2021
N° d'impression : 3043205
Dépôt légal 1re publication : mai 2021
LIBRAIRIE GÉNÉRALE FRANÇAISE
21, rue du Montparnasse – 75298 Paris Cedex 06

39/5271/9